서 재 원
평 론 집

매혹과 공포

▍서재원

1967년 서울에서 태어났다. 고려대학교 국어교육과를 졸업하고 고려대학교 대학원 국어국문과에서 문학박사 학위를 받았다. 1995년『문학사상』평론 부문 신인상에 「비밀 속삭이기-최윤론」이 당선되어 문학 평론가로 활동을 시작하였다. 저서로 『비밀과 공모』(새미출판사, 2004),『김동리와 황순원 소설의 낭만성과 역사성』(월인, 2005),『대학글쓰기와 토론』(북스힐, 2010)이 있다.

현재 인하공업전문대학 교양과 교수로 재직하면서 문학평론과 함께 대학 글쓰기에 관심을 갖고 책읽기와 글쓰기를 계속하고 있다.

역락비평신서 25

매혹과 공포

인 쇄 2013년 12월 20일
발 행 2013년 12월 30일
지은이 서재원
펴낸이 이대현
편 집 박선주
디자인 이홍주
펴낸곳 도서출판 역락
　　　　서울 서초구 동광로 46길 6-6(반포4동 577-25) 문창빌딩 2층
　　　　전화 02-3409-2058(영업부), 3409-2060(편집부)
　　　　팩시밀리 02-3409-2059
　　　　이메일 youkrack@hanmail.net
　　　　등록 1999년 4월 19일 제303-2002-000014호
ISBN 978-89-5556-680-2　94800
　　　　978-89-5556-679-6　세트

정 가 20,000원
* 잘못된 책은 구입처에서 교환해 드립니다.

이 도서의 국립중앙도서관 출판시도서목록(CIP)은 e-CIP홈페이지(http://www.nl.go.kr/ecip)와 국가자료공동목록시스템(http://www.nl.go.kr/kolisnet)에서 이용하실 수 있습니다.(CIP2013028241)

매혹과 공포

서 재 원

역락

　'책읽기'와 '글쓰기'는 내 삶에서 가장 중요한 부분이다. 무수한 책들은 항상 나를 매혹시킨다. 세상의 모든 도서관과 서점은 나의 놀이터이자 일터이다. 나는 책과 함께 자라왔고 책과 함께 살고 있으며 아마도 책과 함께 나이 들어갈 것이다. 책은 나의 정신을 풍요롭게 하였고 나의 영혼을 자유롭게 만들었다. 책에 대한 매혹은 글쓰기에 대한 욕망으로 자연스럽게 연결되었다. 그러나 글쓰기는 외로운 싸움이고 불안한 기다림이며 공포의 견딤이다. 적확한 단어와 울림의 문장을 만나기 위해 수많은 시간을 기다리고 견뎌야 했다. 영원히 완성되지 않을 글쓰기 때문에 끊임없이 썼다가 다시 지우고 또다시 쓰는 되새김질로 불면의 밤을 보내야 했다. 그래서 나의 비평적 욕망을 견인하는 '매혹'과 '공포'를 조합하여 두 번째 비평집 제목으로 정했다.

　1부 '책읽기와 글쓰기의 향방'에는 총론에 해당하는 4편의 글을 실었다. 「책과 소설가의 운명」은 책과 문학의 위기가 논의되는 21세기에 소설의 탄생과 죽음에 관한 담론을 통해 책과 소설가의 미래를 점검하는 글이다. 「사유와 독백의 글쓰기」는 환경과 매체가 급격하게 변화하는 21세기에 서사를 파괴하는 새로운 글쓰기의 문제를 모색하는 글이다. 「온전한 진보주의자의 부드러운 힘」은 20세기 후반 비평사에서 중요한 자리를 차지하는 김병익을 통해 21세기에도 여전한 비평의 위의와 아름다움을 탐색한 글이다. 「여성비평가들의 탄생」은 21세기에 새로운 시각을 제시하는 여성비평가의 비평세계를 조망한 글이다.

2부 '고립된 개인과 불안의 풍경'에는 작가론에 해당하는 6편의 글을 실었다. 박민규, 편혜영, 김애란, 김유진, 오탁번, 박정규를 대상으로 논의하였다. 젊은 작가들은 위험사회 혹은 피로사회를 살아가는 개인의 고립과 불안을 작품화하고 있다. 「견디거나 혹은 날아오르거나」에서는 박민규 작품에 나타나는 현실과 환상의 문제를, 「디스토피아의 미학」에서는 편혜영 작품에 나타나는 디스토피아의 문제를, 「먹이사슬의 도시」에서는 김애란 작품에 나타나는 불안한 도시의 문제를, 「추방당한 자들의 삶과 최후」에서는 김유진 작품에 나타나는 추방의 문제를 검토하였다. 중견작가들은 꿈과 현실, 그림과 언어의 불협화음을 작품화하고 있다. 「어두운 현실과 유년의 꿈」에서는 오탁번의 작품에 나타나는 미학의 문제를, 「미술과 언어의 이중주」에서는 박정규의 작품에 나타나는 미학의 문제를 검토하였다.

3부 '욕망의 미로와 소통의 윤리'에는 테마론에 해당하는 6편의 글을 실었다. 같은 시기에 발표된 소설을 대상으로 흥미로운 문제의식과 현장비평의 생동감을 부각시키기 위하여 쓴 글들이다. 주체, 전위, 불안과 공포, 강박과 히스테리, 불확실성 등은 나의 비평적 심미안을 자극하는 테마들이다. 김숨, 김이설, 김태용, 김중혁, 손홍규, 윤성희, 서하진, 김윤영, 고종석, 송하춘의 작품을 통해 인간의 들끓는 욕망과 소통의 윤리문제를 탐색하였다.

9년 만에 두 번째 비평집을 묶는다. 이 글이 너무 늦게 도착한 답장이 아니라 늦었지만 의미 있는 평론이기를 기원해본다. 대부분의 소설가에게는 그 사람을 소설가로 탄생시킨 원체험이 있다. 나를 평론가로 이끈 것은 무엇이었을까 생각해본다. 지금까지 살아오면서 나에게 가장 영향을 끼친 것은 '피아노'와 '책'이었다. 나에게도 현실과 환상, 사실과 꿈이 뒤섞인 어떤 희미한 장면이 떠오른다. 어느 무더운 여름날, 이층 내 방에는 선풍기만 돌아가고 있었고 방안은 나른하고 적막하였다. 어린 꼬마였던 나는 몇 시간째 방 안에서 홀로 피아노를 치고 있었고 어떤 몽환적인 분위기에 빠져드는 느낌을 받았다. 선풍기에 절대로 손가락을 넣어서는 안 된다는 금기를 어기고 판도라의 상자를 열었다가, 새끼손가락이 잘리는 사고를 경험하였다. 그 이후로 악보를 잘 해석하고 싶었던 나의 욕망은 작품을 잘 읽고 싶은 욕망으로 변화하였다. 그렇다면 정신분석적으로 말하면, 나를 비평가로 이끈 것은 어느 여름날 선풍기에 잘린 나의 새끼손가락은 아니었을까?

감사할 사람들이 너무 많다. 공부하는 딸을 자랑스러워하는 부모님, 언제나 사랑과 용기를 주는 가족, 평론가로서의 길을 걷도록 격려해준 모교의 은사님, 문학의 길을 함께 걷는 안암의 선후배, 그리고 일상의 즐거움과 어려움을 나누는 인하의 동료 교수님 등 모두에게 사랑을 전하고 싶다. 또한 출판 현실의 어려움에도 선뜻 평론집을 출간해 준 역락출판사의 이대현 사장님, 박태훈 본부장님, 그리고 편집부의 박선주씨에게도 감사를 표한다. 훌륭한 평론집을 간행하는 '역락비평신서'에 이름을 올리게 되어 무엇보다도 기쁘다. 끝으로 꼼꼼히 원고 수정을 도와준 고지혜, 송현지 선생에게도 고마움을 전한다.

2013년 12월
서 재 원

차례

제 1 부
책읽기와 글쓰기의 향방

책과 소설가의 운명

—이승우론—

> 책을 읽는 일은 그에게 너무 익숙했다. 그의 게걸스러운 책
> 읽기의 습관은 세상에 대해 수줍음과 적의를 동시에 키워내는
> 유년시절부터 형성된 것이었다.
>
> —이승우, 『생의 이면』, 210쪽

1. 책과 문학의 위기

전자매체는 우리 삶에 깊숙하게 들어와 있다. 이제 우리는 공적인
일은 물론 사적인 휴식까지 전자매체와 함께 살아가고 있다. 아침에
스마트 폰의 알람에 맞추어 일어나며 하루의 계획을 점검하고 지하철
안에서 인터넷을 통해 뉴스를 검색하고 친구와 메신저로 대화를 주고
받는다. 업무 중에는 정보를 검색하고 휴가 중에는 사진을 찍어 실시
간으로 전송한다. 또한 서울의 친구가 뉴욕과 밴쿠버의 친구와 동시에
공통의 채팅창을 통해 서로의 안부를 주고받을 수도 있다. 이제 스마
트 폰은 시계와 전화기와 사진기와 전자사전과 컴퓨터와 신용카드와

책 등이 모두 합쳐진 전자매체가 되었으며, 스마트 폰은 모르는 지식과 정보를 알려주는 백과사전이자, 대화를 나눌 수 있는 친구이자, 세상과 소통하는 창구이기도 하다. 바야흐로 전자매체는 우리의 삶을 지배하는 가장 강력한 무기가 되었다.

새로운 전자매체의 탄생은 수많은 변화를 가져왔는데, 종이책의 존립가능성에 대한 회의의 시각이 이런 상황을 대변한다.(서면 영, 『책은 죽었다』, 눈과 마음, 2008) 종이 신문의 몰락은 이런 흐름을 단적으로 보여준다. 스마트 폰의 정보를 읽는 데 익숙한 사람들은 아날로그적인 종이책이 아닌 디지털 전자매체에 익숙해져 있다. 그런데 문제는 이러한 변화가 단순히 책의 물리적인 형태를 변화시킬 뿐 아니라 인간 삶의 풍경과 인간 사유의 체계와 나아가 패러다임의 변화까지 야기한다는 것이다.

인쇄술의 발명으로 인한 문자문화의 발달이 근대사회의 모든 면을 가능하게 했다는 것은 단순하면서도 탁월한 맥루한의 생각이다. 그의 대표적 저술의 하나인 『구텐베르크 은하계』는 이 내용을 펼친 책이다. 이에 따르면 근대는 곧 문자시대이므로 전자 시대의 도래는 이 모든 근대의 제도와 사유와 문화와 경향을 쇠퇴하게 만든다. 소설의 죽음이나 합리적 이성의 쇠퇴도 근대의 종언에 따른 필연적 현상이다. 즉 근대의 종언이란 곧 전자문화 시대의 도래라는 뜻이 된다. 물론 전자시대라고 해서 문자문화가 완전히 사라지는 것은 아닐 것이며, 따라서 이러한 근대적 제도와 문물들도 완전히 소멸되는 것은 아닐 것이다. 그렇지만 사회를 움직이고 변화의 흐름을 주도하는 동력으로서는 무장 해제될 것이다. 현대 문자문화 시대의 꽃인 문학의 세력 약화가 이 점을 분명히 보여주고 있다.(이남호, 『문자제국쇠망약사』, 생각의 나무, 2005, 26-27쪽)

21세기에 들어서면서 책과 문학은 더 이상 문화의 중심이 아니다. 1990년대부터 끊임없이 제기된 문학의 위기나 죽음이 디지털 시대의 새로운 매체의 등장과 관련이 있는지 경제만능시대의 인문학적 위기와 관련이 있는지 단언할 수 없지만, 책과 문학이 인류지성의 보고가 아니라 그저 향유되고 소비되는 하나의 문화상품으로 몰락하였음은 분명해 보인다. 이제 책과 문학은 점점 학교에서 교육제도로 존재하는 유물이 되어가고 있다.

　이렇게 책과 문학이 위기에 놓인 상황에서 실제 작품 활동을 하는 문단의 소설가들은 어떤 반응을 하고 어떤 고민과 모색을 하고 있을까? 이 글은 이런 의문점에서 출발한다. 컴퓨터와 전자매체 시대에 문학과 소설쓰기와 소설가의 존재론과 책의 미래에 대하여 고민하는 일군의 소설가들이 존재한다. 이들은 종교와 정치와 제도와 역사를 탐구하는 철학자의 마음으로 소설을 쓰는 자들이다. 나는 이런 경향의 소설가 중 가장 대표적인 작가인 이승우의 소설을 대상으로 책과 소설가의 실존에 관하여 논의하려 한다.

　이승우는 사색의 과정과 내면의 성찰을 지루할 만큼 집요하게 소설화 하는 대표적인 작가이다. 그는 구도자가 도를 닦듯 소설을 집필하기에 때로는 관념적이고 사변적이라는 평가를 받아왔다. 소설가로서의 소명의식이 없다면 결코 실천할 수 없을 만큼 오랜 시간 꾸준히 작품을 발표하여 왔다. 그래서 그의 소설은 첫눈에 매혹되기보다는 되새김하고 싶은 대상으로 존재한다. 그는 화려하게 등장하여 잠시 인구에 회자되는 소설가가 아니라, 꾸준히 자신의 세계를 구축해나가다가 결국 모든 사람의 인정을 받는 대가의 경지에 오른 소설가이다. 이승우는 지금까지 『구평목씨의 바퀴벌레』(문학과지성사, 1987), 『日蝕에 대하여』

(문학과지성사, 1989), 『세상 밖으로』(고려원, 1991), 『미궁에 대한 추측』(문학과
지성사, 1994), 『목련공원』(문이당, 1998), 『사람들은 자기 집에 무엇이 있는
지도 모른다』(문학과지성사, 2001), 『나는 아주 오래 살 것이다』(문이당,
2002), 『오래된 일기』(창작과비평사, 2008) 등의 단편집을 간행하였다.

이승우는 1990년대와 2000년대에 중요한 문학상을 연속하여 수상
하면서 문단에서 관심의 대상이 되었다. 그는 초기에는 종교와 초월의
문제와 관련된 형이상학적 소설을 발표하였으나, 그 이후 관심의 영역
이 점차적으로 구체적인 현실의 문제로 확대되는 경향을 보이면서 정
치적 혹은 예술적 문제를 작품화 하였다. 그는 신화와 현실의 중첩,
종교적 상상력, 권력의 광기에 대한 풍자, 죄의식과 구원의 문제, 미로
에서 길 찾기, 상징과 알레고리의 기법, 현실과 환상, 책과 소설가의
존재에 대한 메타적 탐색 등을 심도 있게 다루고 있다.

이 글은 이승우 작품 중에서 '책과 소설가의 의미'를 탐색하는 소
설들을 대상으로 논의 하려고 한다. 이승우 소설 중 「육화(肉化)의 과정」
(『나는 아주 오래 살 것이다』, 문이당, 2002), 「책과 함께 자다」(『나는 아주 오래 살 것
이다』, 문이당, 2002), 「전기수이야기」(『오래된 일기』, 창작과비평사, 2008)를 대상
으로 책과 소설가의 운명을 살펴보려 한다.

2. 소설과 소설가의 탄생

이승우는 문학의 죽음이 선고된 전자시대에 소설과 소설가와 운명
에 관한 형이상학적 문제를 집요하게 파고든다. 「전기수이야기」는 '소
설'에 관한 인식을 소설의 형식으로 담아내는 메타소설이며, 작가가
오랫동안 관심 가져왔던 소설과 소설가의 존재론적 문제를 탐구해 들

어간 작품이다. 이승우에게 소설가란 예언자(豫言者)가 아닌 대언자(代言者)를 의미한다. 작가는 21세기에 한국에서 소설이란 무엇이며 소설가란 어떤 존재인가, 하는 근원적인 질문을 던지고 있다.

「전기수이야기」에는 '서울, 21세기, 전기수'라는 사이트를 운영하는 아내와 실직자 남편이 등장한다. 아내는 책을 읽어주는 사람과 책 읽는 것을 듣고자 하는 사람을 일대일로 연결해주는 중개업체를 운영하고 있다.

> 조선시대에 사람들이 많이 모이는 거리에서 이야기책을 전문적으로 읽어주던 사람이 있었다는군. 조선 후기에 활동한 조수삼이라는 문인이 쓴 『추재집』에 그 기록이 나온다는 거야. 임진왜란을 전후해서 중국으로부터 『삼국지』나 『수호지』같은 소설들이 이 땅에 들어오게 되었고 그 영향으로 소설과 이야기에 대한 관심이 증가하게 되었다는 것, 마침내 조선후기에 이르러 서울거리에 소설책을 읽어주거나 옛날이야기를 전해주면서 일정한 보수를 받는 직업적인 이야기꾼이 등장했는데 이런 사람을 전기수(傳奇叟)라고 불렀다는 게 그녀의 설명이었어. 전기수는 사람의 왕래가 많은 곳에 자리를 잡고 앉아 주로 『소대성전』이나 『숙향전』 『심청전』 『설인귀전』같은 이야기책을 읽어주었다는군. 물론 『추재집』에 기록된 내용이지.
>
> －이승우, 「전기수이야기」, 『오래된 일기』, 102-103쪽

인용문에 의하면, '전기수(傳奇叟)'란 조선시대에 일정한 보수를 받는 전문적인 이야기꾼을 말한다. 전기수는 책이 귀하고 문맹이 많았던 시대에 이야기책을 읽어주는 것을 직업으로 삼은 사람이었다. 근대소설이 성립하기 전에 대부분의 독자들은 전기수나 구연자가 들려주는 이야기를 귀로 들었지만, 근대소설이 성립된 후의 독자들은 눈으로 소설을 읽게 된다. 귀에서 눈으로, 구술에서 서술로, 무형에서 유형으로의

변화는 근대 소설의 탄생과도 관련을 갖는다. 전기수가 행하였던 '낭독'은 사실상 공동체적이고 전근대적인 독서의 시작이었을 것이다.

대부분의 사람들에게 이야기의 경험은 사실 '읽기' 이전에 '듣기'로부터 시작된다. 보통의 경우 글자를 알지 못하던 어린 시절 우리는 할머니가 해주시던 옛날이야기나 엄마가 읽어주던 동화책을 듣는 것으로 이야기와 책을 만나게 된다. '귀로 듣는' 행위가 독서의 시작이라면, '눈으로 읽는' 묵독은 독서의 완성이다. 그런데 작가는 이러한 근대적 독서가 어려움에 처하게 된 21세기의 상황을 돌파하기 위하여 소설책을 읽어주고 듣는 그 기원을 탐색한다. 그러므로 이승우의 「전기수이야기」는 소설로 쓰는 새로운 '소설론'이 되며, 독자들은 소설을 읽으며 소설가와 독자의 현재적 관계에 대해 숙고하고 미래에 관해 고민하게 된다.

실직자인 나는 아내의 요구로 책을 대신 읽어주는 일을 우연히 맡게 된다. 어느 날 나는 휠체어에 앉은 까다로운 고객인 늙은 남자를 만나게 된다. 처음에 나는 노인에게 톨스토이의 '인생론'을 읽어주나 그는 아무런 반응도 하지 않았고, 나는 반응하지 않는 사람을 대상으로 책을 읽어가는 행위에 모멸감을 느끼게 된다. 그래서 고객의 반응을 이끌어 내기 위해 자신이 알고 있는 재미있는 이야기를 하기 시작한다.

시간이 흐르면서 나는 단순히 정해진 책을 읽어주는 수동적인 역할에서 하고 싶은 이야기를 자유롭게 들려주는 능동적인 역할을 하는 것으로 변모하게 된다. 나는 텔레비전에서 본 이야기, 책에서 읽은 이야기, 그리고 자신이 경험한 이야기 등을 섞어서 노인에게 들려준다. 이제 나는 사실과 허구의 세계를 넘나들며 픽션과 논픽션이 뒤섞인 소설을 창조해내는 경지에 이른 것이다. 그러면서 나 자신 역시 함께 변화하기 시작한다. 노인을 만나는 경험은 단순히 시간을 보내기 위한 고역에서 이제는 어느덧 자신의 삶과 내면까지 고백하는 단계에 이르게 된다.

이 작품은 '소설'에 관한 인식을 소설의 담론으로 담아내는 메타소설 형식을 띠고 있다. 나는 노인에게 잡다한 이야기를 하는 과정에서, 타인에게 이야기하기의 어려움을 경험하게 된다. 그리고 그 경험 속에서, 자신이 어떻게 이야기를 만들어 나가는지를 파악하게 되는데, 이는 소설가들이 소설을 완성하는 과정과 일치한다.

> 우선 머릿속에 있는 이야기는 이미지 덩어리로 존재하지, 그것을 풀어낸다는 것은 그 이미지에 육체를 부여하는 과정이야. 자잘한 세목의 연쇄가 이야기-육체이기 때문이지. 덩어리인 이미지를 세목으로 잘게 분리한 다음 사슬로 잇듯 일일이 연결해야해. 그것이 누군가에게 어떤 이야기를 할 때 우리 안에서 일어나는 과정이야. 세목들은 일차적으로 기억 속에서 불러내져야 하지만 그런 일이 일어나지 않을 때는 즉 기억이 제 기능을 수행하지 않을 때는 지어내기라도 해야지.
>
> —이승우, 「전기수이야기」, 『오래된 일기』, 116쪽

> 누군가에 의해 말해지지 않으면 도저히 알 길이 없는, 깊고 어둡고 놀랍고 뜨거운 이야기들이 우리 삶의 지표면 아래로 흐르고 있다는 사실을 잊으면 안 돼.
>
> —이승우, 「전기수이야기」, 『오래된 일기』, 128쪽

앞의 인용이 소설의 형식, 즉 플롯에 관한 것이라면, 뒤의 인용은 소설의 내용, 즉 주제에 관한 것이다. 이미지에 육체를 부여하는 것이 소설의 형식과 관련된다면, 삶의 아래로 흐르는 이야기는 소설의 내용

과 관련된다. 위의 두 인용문들은 한 편의 소설이 탄생하는 과정을 잘 드러내고 있는데, 이는 소설과 소설가의 탄생 과정에 대한 사유를 보여주는 장면이기도 하다.

그러던 어느 날 노인은 외마디 비명을 지른 후 쓰러지고, 나는 노인을 돌보는 여자를 통해 노인의 과거에 관해 알게 된다. 노인은 30년 전, 고위공직자의 의문의 죽음과 관련되어 있는데, '최고 실력자'가 입을 다물고 있으면 언젠가 다시 불러주겠다는 약속을 믿고, 평생을 기다림으로 살아왔다는 것이다. 그런데 노인은 그 '최고 실력자'가 죽었다는 뉴스를 듣고 충격을 받아 쓰러진 것이다. 희망과 기다림으로 일관된 노인의 외로운 삶이 결국은 허무하게 끝맺음하는 순간이었던 것이다. 한 달이 지난 후, 나는 노인의 요청으로 노인을 다시 만나게 되고, 평생을 세상으로부터 단절되어 살아온 그의 응어리진 이야기를 듣게 된다. 노인은 비밀을 지키기 위하여 현실로부터 자신을 유폐했고, 그 방법으로 벙어리처럼 말을 하지 않고 살아왔다. 그런 노인은 마치 고해성사를 하듯 자신의 삶을 반추하여 이야기했고, 자신의 이야기를 끝낸 지 얼마 지나지 않아 숨을 거두게 된다.

이 소설에서 또한 우리는 '전기수 역할을 하는 나'와 '이야기를 듣는 노인'을 통해 소설가와 독자의 커뮤니케이션 문제를 구체적으로 살펴볼 수 있다. 나는 노인과 관련하여, "상대방의 끈질긴 무반응은 나를 거북하게 하고 어이없게 하고 불안하게 하고 굴욕감을 느끼게 하고 마침내는 자기연민에 빠지게 했어. 알아들을 귀가 없는 사람을 향해 무슨 말인가를 끊임없이 내놓아야 하는 일의 무의미함이라니."(110쪽)라며 절망한다. 그러다가 나는 노인의 관심을 끌어내기 위해 적극적으로 대응한다. 나의 이러한 대응은 소설가가 독자와 소통하기 위해 기울이는 노력으로 비유할 수 있다. 소설가는 우선 이야기를 모으는 데 주력하고, 내용보다 중요한 것이 화법이라는 사실을 알게 된다. 독자와 소통이 가능한 상황에 이르자 어느덧, 소설가는 자신이 독자를 위해 소설을 쓰는 것이 아니라, 자신 스스로를 위로하기 위해 혹은 치유하기 위해 소설을 이야기하고 있음을 깨닫게 된다.

> 두려움과 불안 때문에 현란한 세상의 불빛 속으로 차마 얼굴을 내밀지 못하고 깊고 어두운 구멍과 같은 공허 속에 스스로를 유폐시킨 불쌍한 영혼들 말이야. 마음속으로 누구보다 간절하게 소통을 원하면서 그 욕망을 겉으로 표현하는 데 서툴다는 것이 또 이런 사람들의 특징이야. 그들은 공개되지 않은 방식으로 그러니까 자신들의 고립과 공허가 선전되지 않은 아주 개인적이고 내밀한 과정을 통해 자신들의 고립과 공허가 해소되기를 바라지. 그들은 소통에의 욕구를 가지고 있다는 것은 물론 외톨이라는 사실조차 들키고 싶지 않거든.
>
> ─이승우, 「전기수이야기」, 『오래된 일기』, 104쪽

소설가와 독자의 소통이 정점에 이르렀을 때, 독자는 스스로 소설가의 역할을 하기 시작한다. 독자는 소설가의 이야기를 듣고 난 후, 독자 스스로 자신의 이야기를 하고 싶은 욕망을 갖게 되기 때문이다. 그런 독자 중의 소수는 소설가로 새롭게 탄생하기도 한다. 결국 소설과 소설가의 탄생은 인간의 소통 욕망, 누군가에게 자신의 이야기를 들려주고 듣고 싶다는 이야기의 욕망에서 시작된 것이다.

3. 책과 소설가의 죽음

이승우는 「육화(肉化)의 과정」, 「책과 함께 자다」에서 '소설가와 책의

죽음'에 대해 천착한다. 「육화(肉化)의 과정」에는 돈 때문에 사채업자에게 소설과 육체를 파는 '소설가'가 등장하고, 「책과 함께 자다」에는 마지막 독자에게 독자가 사라져버렸다는 고민을 털어놓은 후 자살하는 책 배달 조합의 '책 배달꾼'이 등장한다. 이들은 모두 변화하는 사회 혹은 독자와 소통하지 못한 채 정신적인 혹은 육체적인 죽음을 맞이하는 인물들이다.

우선 「육화(肉化)의 과정」에는 돈 때문에 사채업자에게 소설과 육체를 파는 소설가가 등장한다. 소설가는 빚을 내어 집을 한 채 구입한 것이 계기가 되어, 돈이 급박하게 필요한 상황에 놓인다. 그러나 모든 것이 경제논리로 판단되는 시대에 세상은 소설가를 백수로밖에 취급하지 않는다. 은행에서 소설가라는 직업으로 대출을 받을 수 없는 상황이 이를 단적으로 대변하고 있다. 자본의 논리가 지배하는 사회에서 소설가란 돈을 벌지 못하는 혹은 이윤을 남기지 못하는 백수에 다름 아니다. 그렇다면 소설가가 스스로 정의하는 소설가란 어떠한 사람인가?

> 꿈이 해몽을 필요로 하는 까닭은 무의식이 은유와 상징을 통해 욕망을 감추거나 드러내기 때문인 거지요. 그런데 소설가들이라는 작자들은, 보통 사람들이 의식을 재워놓고 조심조심 숨어 들어간 꿈속에서 숨죽인 채 겨우 하는 걸 소설 속에서 비교적 쉽게, 어쩌면 드러내 놓고 한단 말입니다. 소설 작품이란 그걸 쓴 소설가의 확장된 무의식, 또는 무의식의 구체화이고, 그러니까 소설가들은 따로 꿈꿀 필요가 없는 자들인 거지요.
>
> ─이승우, 「肉化의 과정」, 『나는 아주 오래 살 것이다』, 127쪽

소설가 스스로 정의하는 소설가란 "금지된 것을 소망하며" 살아가는 사람이다. 즉 소설가란 공적인 사회체제를 위해 무의식에 가두어

놓은 금지된 욕망을 추구하는 지극히 개인적인 인간이다. 그러나 모든 가치가 물질로 환산되고 산술되지 않은 산술할 수 없는 가치는 인정받지 못하는 시대에 소설가란 그저 실업자의 다른 이름에 지나지 않는다.

소설가의 진단에 의하면, 예로부터 평범한 독자들이 소설을 읽는 동기는 대개 오락이나 교양과 관련되어 왔다. 그런데 문제는 환경이 바뀌어서, 소위 멀티미디어라고 하는 다양한 채널을 통해 오락과 지식을 채울 수 있기에 소설의 위치가 하락하고 있다는 것이다. 그러다보니 소설을 읽는 독자의 수가 현저하게 줄어들었고 그나마도 인기 있는 몇몇 작가들의 작품에 편중되면서 출판사들은 신중해졌고, 대부분의 작가들은 책을 내기가 더욱 어려워졌다는 것이다. 즉 소설가가 이 시대와 불화하는 이유는 소설의 독자가 줄어든 상황과 관련된다.

그리하여 소설가는 은행에서 대출을 거부당한 상황에서 어쩔 수 없이 사채업자에게 돈을 빌리러 가게 된다. 그리고 거기서 늙은 여자 사채업자를 만나서 오히려 그녀가 어떻게 돈을 벌게 되었는지에 관한 이야기를 듣게 된다. 중년여자인 사채업자 사장이 소설가에게 관심을 표하면서, 소설가는 여자에게 포획되고 만다.

이제 거기 앉아 소설을 읽어 봐. 여자는 흡사 속삭이는 것처럼 나지막한 목소리로 말했지요. 그러나 그것은 거역할 수 없는 명령이었어요, 침대에 걸터앉아 책을 읽으려고 하는데 속에서 왈칵 서러움 같기도 하고 분노 같기도 하고 치욕 같기도 한 것이 치밀어 올라오면서 목이 메게 하더군요. 내가 쓴 문장들이 내 몸의 일부인 것 같았다고 하면 이해할 수 있을까요? 내 소설과 내가 동일시되는 느낌이었다고 하면? 내 몸의 일부인 것처럼 느껴지는 소설을 읽기 시작하자 그녀는 살며시 눈을 감더군요. 그러고는 내 몸을 더듬기 시작했어요, 그녀가 더듬는 내 몸이

내 소설의 일부인 것 같다는 생각이 들었어요, 내가 한 문장을 읽으면 그 문장이 책에서 뜯겨져 나가는 것 같았어요. 책이 훼손되면서 내 존재가 조금씩 지워져가는 느낌을 가져야 했어요, 눈물이 나오려고 했지요.

　　　　　　　　　　　－이승우, 「肉化의 과정」, 『나는 아주 오래 살 것이다』, 153쪽

　　자신이 정당화되지 못하는 세계 속에서 느끼는 소설가의 난처함은 "서러움", "분노", "치욕"과 같은 감정으로 변주되어 나타난다. 또한 몸의 일부이자 영혼의 일부인 문장들이 지워지는 느낌 속에서 자신의 존재 전체가 지워져가는 느낌을 갖는다. 그럼에도 소설가는 사채업자의 성희롱을 돈 때문에 박차고 나오지도 못한다. 결국 소설가는 자신을 모욕한 사채업자를 죽이기 위해 살인을 할 거라고 술집주인에게 취하여 말을 한다. 그러나 술집주인이 걱정이 되어 가본 곳에서 목격한 마지막 장면은 다음과 같이 무기력한 소설가의 모습이다.

　　내가 본 것은 벌거벗은 한 남자와 한 여자였다. 여자는 뚱뚱했고 키가 기형적으로 작았다. 여자는 남자 아래서 그 뚱뚱한 몸을 격렬하게 흔들며 소리를 내지르고 있고, 남자는 여자의 몸 위에서 여자의 흔들림에 따라 흔들리며 무슨 책인가를 읽고 있었다. 신음 소리 사이사이에 계속해, 계속해 라고 내지르는 여자의 거친 목소리를 들을 수 있었다. 책을 읽는 남자의 목소리는 그렇게 생각해서 그런지 꼭 우는 것처럼 들렸다.

　　　　　　　　　　　－이승우, 「肉化의 과정」, 『나는 아주 오래 살 것이다』, 156-157쪽

　　자신을 모욕한 사채업자를 죽이겠다는 소설가의 희망사항과는 다르게 소설가는 점점 더 사채업자의 노리개로 전락하고 있다. 즉 위 인용문은 아무리 부인하여도 소설가 역시 자본의 논리에서 벗어나지 못한다는 것을 보여준다. 이런 모습은 소설을 팔아 살아가는 소설가에 관

한 알레고리이기도 하다. 동시에 이는 소설가와 책에 관한 작가의 비관적 전망을 드러내는 결말로 보인다.

다음으로 「책과 함께 자다」에서 화자는 자신이 만났던 독특한 인물인 '책 배달꾼'의 죽음에 대해 진술한다. 화자는 10년 동안 사보 만드는 일을 한 사람으로 지방에 내려가 근무하라는 회사의 제안을 받고, 남쪽 소도시에 12평짜리 원룸아파트를 얻어 혼자 생활하게 되었다. 화자는 이제 은둔에 가까운 생활을 하게 된다. 그런 화자에게 우편물이 도착했다는 쪽지가 계속해서 오는데 알고 보니, 전에 이 아파트에 살던 사람 앞으로 온 우편물이었다. 그리고 이웃 사람에게 전에 살던 사람에 대한 정보를 듣게 된다. 전에 살던 사람은 미술학원 봉고차를 운전하던 사람이었는데 일주일에 한 번씩 책을 우편으로 받아 보았으며, 한동안 보이지 않아 이웃사람이 경비와 함께 문을 따고 들어가니 책이 가득 있는 아파트에서 이미 죽어 있었으며, 이후 동생이 와서 미술학원 봉고차 운전하던 형의 책들을 다 태워버렸다는 것이다.

자신의 아파트에 살던 사람이 죽었다는 이야기를 듣고 난 이후에도 그의 우편물은 계속해서 배달되어 왔다. 우편물을 보낸 사람은 '책 배달조합'이라고 되어 있었다. 화자는 이미 죽은 사람에게 지속적으로 오는 그 우편물을 개봉하게 된다. 그 안에는 세 권의 책이 들어 있었다. 화자는 '책 배달조합'이라는 단체에 이 책을 받던 사람이 죽었으니 더 이상 우편물을 보내지 말라는 편지를 보냈으나 책은 계속해서 배달되어 오고 결국 화자는 그 이후 그 책을 열심히 읽게 되었다.

화자는 가치관의 차이 때문에 아내와 별거 중이었다. 아내는 돈을 버는 일을 최고의 가치로 생각하는 사람이어서 주식과 부동산 등에 관심이 있었다. 반면 화자는 새로운 세기에 민감하게 반응하지 않는 사람이었다. 즉 아내가 자본의 시스템에 민감한 사람이라면 화자는 자본의 시스템에 둔감한 사람이라고 볼 수 있다. 어느 날 그런 화자에게 아내의 이혼장이 날라 오고, 울적한 마음에 술 한 잔 하고 늦게 아파트에 돌아왔을 때 '책 배달꾼'이라고 하는 사람이 화자의 집 앞에 기다리고 있었다.

그는 책 배달 조합의 '책 배달꾼'이라며 자신을 소개하였다. 그는 자신이 손수 베낀 책을 들고 글을 아는 사람을 찾아 이곳저곳을 떠돌아다닌 집안의 5대손이라고 소개한다. 그리고 자신은 사람들이 책장수라고 비하(卑下)하여도 세상을 움직이는 책을 보급한다는 자부심으로 평생을 살아왔다고 말한다. 그러나 그는 이 집에서 살았던 봉고차 운전하는 사람이 자신의 마지막 조합원이었다면서, 요즘 사람들은 책을 창기(娼妓) 대하듯 한다면서 분개하였다. 그리고 책 배달꾼은 밤이 너무 늦어 화자의 아파트에서 잠깐 잠이 들었다가는 새벽에 사라졌다. 그 이후 화자는 우연히 신문에 실린 한 남자의 죽음에 관한 기사를 읽게 되고, 그가 바로 자신의 집에 왔던 책 배달꾼이라는 사실을 알게 된다.

천장까지 온통 책으로 뒤덮여 발을 들여놓을 틈도 없는 방 안에 잠든 듯 죽어있는 한 남자에 대한 기사가 11월 16일 아침에 배달된 지방 신문에 실렸다. 책 말고는 덮고 자는 이불 한 채와 두 끼 분량의 밥을 지을 수 있는 아주 작은 전기밥솥과 그릇 몇 개와 후줄근한 옷가지들과 밥상으로도 쓰이는 듯한 앉은뱅이책상이 전부였다. … (중략)… 문제의 남자는 책으로 쌓아 올린 그 여러 개의 탑들 사이 비좁은 공간에 다리를 가슴까지 바짝 끌어당기고 웅크린 자세로 누워 있었다. 그 모습은 언뜻 모체 밖으로 나오기 전의 태아를 연상하게 했다. 주의 깊게 살피면, 책들이 먼저 차지한 자리를 침범하지 않으려는 세심한 배려의 흔적이 엿보이는 것 같기도 했다. 방바닥에 아무렇게나 널린 책들을 피해 에스자 모양으로 구부러진 몸의 형태가 그런 생각을 하게 했다.

－이승우, 「책과 함께 자다」, 『나는 아주 오래 살 것이다』, 227-228쪽

위 인용문은 한 남자의 죽음에 관한 신문 기사를 읽은 화자의 반응을 담고 있다. 화자는 그 신문을 보고 경찰서에 가서 그를 만났다는 사실을 증언하고, 경찰로부터 그가 화자를 만난 이후 물 한 모금도 먹지 않고 음식물 섭취를 거부한 일종의 자살을 하였으며 화자를 자신의 최후를 증언해줄 사람으로 지목한 것 같다는 이야기를 듣게 된다. '책 배달꾼'이 더 이상 자신의 책을 받아보려는 사람이 없어서 외로움과 모멸감을 견디다 못해 책이 가득한 방에서 홀로 죽어있는 장면은, 소설가들이 직면한 위기의식의 극한을 섬뜩하게 보여준다.

화자는 책 배달꾼의 책을 가지고 와 이제 스스로 책 배달꾼과 수취인의 역할을 동시에 맡게 된다. 화자는 책 배달꾼이자 마지막 독자로 자신이 선택되었다는 생각을 받아들이기로 결심한다. 그러나 "아직까지는"이라는 어조에서 풍기는 비극적인 느낌은 화자 역시 책 배달꾼처럼 모멸감과 외로움을 느끼며 불행한 종말을 맞이할 것이라는 비관적인 전망을 내포하고 있다.

4. 책과 소설가의 미래

책은 더 이상 인류의 생각과 경험과 지식의 보고라는 가치를 인정받지 못한다. 활자문화가 발달한 이래 구술문화시대의 유산까지 인류가 이룩한 모든 것은 활자로 기록되었다. 그것은 오랫동안 인류의 위대한 유산으로 받아들여졌다. 그러나 컴퓨터가 발명되고 모든 것들이

컴퓨터에 저장 가능해지면서 종이라는 질료로 이루어진 책은 더 이상 이전 같은 지위를 누릴 수 없게 되었다.(박철화, 「빈자리와 와해, 그리고 언어」, 『인문과학』, 2011, 264쪽)

또한 아날로그가 디지털화되는 과정에서 현대인들은 문자문화보다는 영상과 만화, 게임으로 취향이 바뀌고 느림의 철학적 사고보다는 순간 쾌락적이며 속도감 있는 일회성 놀이에 관심과 선호를 보인다. 문자세대와 영상세대가 소통하려면 문자세대는 이미지와 이미지에서 비롯된 감각을 지녀야 하며, 영상세대는 기호와 이미지에 바탕을 둔 이성적이고 논리적인 사고를 수용해야 한다. 급격한 사회변동 속에서 새로운 변화에 적응한 자와 그렇지 못한 자의 소통이 문제가 되고 있다.(이도흠, 「현대사회의 문화론 : 기호와 이미지, 문자세대와 영상세대의 소통」, 『인간연구』, 2006)

우리는 이승우의 소설을 통해 책과 소설가의 탄생과 죽음을 살펴보았다. 보통의 사람들에게 소설가는 어떻게 각인되어 있을까? 사람들이 소설가를 골방에 유폐되어 실존문제를 고민하는 불안한 영혼으로 생각할까, 아니면 광장에서 다양한 경험을 체험하며 소통하는 존재로 생각할까? 이 사회에 의미 없는 일을 하는 잉여인간으로 취급하고 있을까, 아니면 의미 있는 일을 하는 영혼의 소유자로 인지하고 있을까?

> 문득 그의 몸이 보였다. 그의 몸은 흙투성이였고 상처가 나지 않은 곳이 없었다. 온몸이 흙이었고 상처였다. 흙과 상처의 육체였다. 육체였으므로 나는 그를 의심할 수 없었다. 나는 부끄러움을 느꼈다. 소설은 세상을 향한 내 가난한 소통의 수단이다. 나는 절필하지 않을 것이다.
>
> ─이승우, 「작가의 말」, 『나는 아주 오래 살 것이다』, 서문

이승우가 소설에 대한 비관적인 전망에도 불구하고 절필하지 않는 이유는 인간과 사회에 대한 소통의 욕망을 버리지 않았기 때문이다. 그것이 비록 이승우가 자신의 소설이 메아리로 되돌아오거나 독백처럼 공중에 흩어질지라도, 세상을 향한 소통을 포기하지 않고 끊임없이 소설을 창작하는 이유일 것이다.

소설가와 책에 관한 비관적 전망에도 불구하고, 소설가와 책은 인류가 멸망하는 날까지 함께 존재할 것이다. 그리고 소설가들은 소설을 마지막까지 계속해서 써 내려갈 것이다.

사유와 독백의 글쓰기
—한유주론—

1. 메아리의 글쓰기

독서는 오랜 세월 정보와 지식을 얻을 수 있는 가장 좋은 도구였다. 그러나 매체와 환경이 달라진 21세기에, 독서에 대한 비관적인 보고서가 쏟아지고 있다. 사람들은 인터넷의 바다에서 헤엄칠 뿐, 더 이상 책의 숲에 가지 않는다. 또한 사람들은 빠른 속도에 몸을 맡길 뿐, 책이 요구하는 사색의 시간을 갖기 어려운 상황에 놓여있다. 이런 시대에 독서는 어떤 의미를 가질 수 있을까? 우리 사회는 작가로 하여금 당대 독자와의 소통을 포기하고 단지 자신의 사유를 위한 독백을 강요하고 있는지도 모르겠다. 작가들은 자신의 작품이 시공간을 넘어 오랫동안 남아 있거나, 시공간을 능가할 수 있는 작품을 소망하는 것이 쉽지 않다는 것을 깨달아 가고 있는지도 모르겠다.

이제 글을 쓴다는 것은 작가와 독자의 소통이 아니라 작가만의 독백과 메아리가 될지도 모르는 상황에 직면해 있다. 그럼에도 불구하고 작가는 쓴다. 작가는 말하기를 멈출 수 없기에 메아리가 될 위험을 감수하고라도 쓴다. 독백일지라도 자신의 사유를 위해, 또 스스로를 되돌아보기 위해 글쓰기를 감행한다. 블랑쇼의 말처럼, 문학은 "사용의 대상이 아니라 관조의 대상이며, 더구나 자족적인 것으로서 스스로에 의지하고, 다른 그 무엇도 참조하지 않으며, 그 자체의 끝이 되리라는 것을 의미한다. 나아가 예술가는 세계에 보다 넓은 지평을, 결코 닫혀 있지 않은, 오히려 온갖 형태로 현실이 확장되는 그러한 가능성을 열어주는 새로운 현실의 창조자"(모리스 블랑쇼, 『문학의 공간』, 그린비, 2010, 305-306쪽)이다.

과거에 문학은 신들의 언어를 전달하는 것이었다. 문학은 신들이 사라지고 신들의 부재와 결핍과 운명이 아직 끝내지 못한 미결정의 언어로 남은 흔적이었다. 또한 낭만주의 시대에 예술가들은 신들의 부재로 비어있는 자리를 차지한다고 믿은 적이 있었다. 그들은 천재적 영감에 의지하여 글을 써왔다. 문학은 '유용한 현실의 겸손'과 '본질의 무익한 자만' 사이에 존재하였다. 시대의 급속한 변화에 의해 문학이 사라지려는 순간, 문학은 본질적인 것을 탐색하는 하나의 '탐구의 대상'으로 떠오른다.

이렇듯 시대의 변화를 예민하게 감지하며, 문학을 탐구의 대상으로 보면서 글쓰기를 고민하는 젊은 작가로 한유주를 들 수 있다. 한유주는 『달로』(문학과지성사, 2006), 『얼음의 책』(문학과지성사, 2009), 『나의 왼손은 왕, 오른손은 왕의 필경사』(문학과지성사, 2011)를 간행했다. 이광호에 의해 "현대소설의 장르적 관습을 배반하는" 작가로 명명된 바 있는 한유주는 기표가 기의를 미끄러지며 끊임없이 연쇄하는 무의미 형식의 글쓰기를 실험하고 있다. 한유주는 이처럼 음악이 되려는 글쓰기, 소설 장르를 거부하는 글쓰기, 쓰면서 지워지는 독특한 글쓰기를 지속적으로 감행하고 있는 실험적인 작가이다.

2. 음악이 되려는 글쓰기 – 한유주의 『달로』

이야기는 오래 전에 모두 매진되었다.

한유주는 이미 '이야기의 죽음'을 선언한 바 있다. 그녀는 완전한
서사나 묘사를 믿지 않으며, 완결된 인물이나 사건도 존재하지 않는다
고 생각한다. 그리하여 그녀의 첫 번째 소설집은 이야기가 죽은 자리
에서 이야기의 죽음을 인정한 상태에서 시작한다. 그래서 그녀의 글쓰
기는 사건이나 의미를 전달하는 소설이라기보다는 음악이 되려는 문
장들의 형식 실험에 가까워 보인다. 한유주의 소설에 관하여 기존 평
론가들이 '이야기의 무덤에서 글쓰기'(이광호)라고 하거나, '독백의 다양
성'(우찬제)이라고 하거나, '시적인 것의 현현'(강계숙)이라고 하는 것도
이런 이유 때문이다.

첫 번째 소설집 『달로』에는 이야기가 죽은 시대에 쓰는 다양한 글
쓰기가 진행된다. 그것은 때로는 일방적으로 영상을 보내는 전파의 시
대에 대한 절망(「그리고 음악」)이기도 하고, 유럽을 떠돌며 전쟁과 죽음에
대해 사유하는 암울한 전언(「베를린 북극 꿈」)이기도 하고, 특별한 임무를
위해 특파된 첩보요원들의 죽음(「세이렌 99」)이기도 하고, 사색의 편린더
미(「지옥은 어디일까」)이기도 하다.

한유주는 자기 세대의 문학적 상황을 정확하게 인식하고 있다. 첫
번째 소설집 『달로』에서 그녀가 "우리의 세대는 레토릭으로 무장된
세대"임을 선언하고 있는 것도 이 때문이다. 그녀는 역사 이래 더 이

상 새로운 이야기는 존재하지 않기에 소설가가 할 수 있는 일이란 "입을 다물고 있거나 아니면, 치장된 언어만을 뱉을 수 있다"고 선언한다. 그래서 한유주 소설의 핵심은 무엇을 이야기 하는가가 아니라, 어떻게 수사학적인 언어를 표현할 것인가이다.

한유주의 『달로』에 수록된 「그리고 음악」은 작가 자신의 소설에 대한 시론을 보여주는 작품이다. 이 소설의 서사는 다음과 같다. 화자인 '나'는 친구 '환영'과 경춘선 기차를 타고 남이섬에 들렀다가 음악회가 열리는 춘천으로 갈 계획을 세운다. '환영'에게는 트라우마가 있다. 그녀의 아버지는 정치인으로 성공했으나 어머니는 납득할 수 없는 사고로 집안에 불어난 물에서 나오지 못하고 익사하였는데, 그 장면을 유일하게 목격한 사람이 바로 '환영'이었다.

만약 이 소설이 기존 소설처럼 '무엇을 이야기하고 있는가?'에 관심이 있었다면, 엄마의 사고와 관련된 '환영'의 상처 드러내기, 혹은 정치인 아버지와 연관된 사회 비판 등으로 나아갔을 것이다. 그러나 한유주는 '어떻게 레토릭으로 치장된 언어를 즐길 것인가'에 관심이 있기에 '잃어버린 시간을 찾아서'식의 이야기를 진행시키지 않는다. 그녀는 구원의 글쓰기란 존재하지 않는다고 생각하기에 비밀을 고백하는 소설에는 관심이 없다.

브레히트가 자신의 세대는 서정시를 쓸 수 없다고 선언했듯이, 혹은 아도르노가 아우슈비츠 이후 서정시를 쓰는 것은 야만이라고 선언하였듯, 야만적인 역사를 경험한 모든 세대는 그 야만의 서사로부터 완벽하게 자유로울 수는 없다. 그렇다면 전쟁이나 정치적 억압 등과 같은 '야만의 역사'를 경험하지 못하여, 역사가 사라진 '망각의 시대'를 살아가는 21세기의 젊은 세대는 어떻게 글을 쓸 수 있을까?

우리의 세대는 수사학이 선(善)인 세대야. 우리는 아무것도 가진 것이 없는 세대지. 우리의 과거는 전파로 얼룩져 있고 그러므로 우리는 어떠한 반성도 회의도 추억도 갖지 못한다. 텔레비전의 화면은 한 가지 전파만을 송신하고, 그마저도 뒷면을 갖고 있지 않으므로, 우리에게는 영혼이 없다. 오직 전파만이 영혼의 속도로 직진하고 있을 뿐이다. 그것이 우리의 야만이다.

-한유주, 「그리고 음악」, 『달로』, 118쪽

그녀는 자신의 세대는, 9·11사태나 오래된 독재자와 관련된 사건이나 누군가의 몸에 박힌 탄환이나 바닷가로 떠밀려온 신원미상의 몸 등으로 상징되는, 정치성 혹은 역사성을 갖지 못했기에 '사건의 재구성'은 아무런 의미도 나타낼 수 없다고 단언한다. 왜냐하면 자신의 세대는 역사적 사건 자체를 갖고 있지 않고 가상의 전파만을 단순히 받아들이는 망각의 시대이기에, 서사가 아닌 수사학만이 의미를 갖는다는 것이다. 그렇게 수사학만으로 남은 자신의 세대는 영혼이 없는 세대이며, 바로 그것이 또 다른 야만이라고 비판한다.

그렇다면 한유주가 추구하는 글쓰기는 어떠한 육체성을 갖고 있는가? 한유주 소설의 육체성은 역사가 없는 글쓰기, 수사학만으로 이루어진 글쓰기, 하나로 환원될 수 없는 화자들의 글쓰기, 유사한 선율과 리듬을 반복하고 모방하는 '푸가적인 글쓰기' 등으로 드러난다. 「그리고 음악」에서 화사는 "2001년 9월 11일로 시작하는" 아민의 역사와 관련된 글을 쓰고 싶었던 적이 있으나 쓰지 않은 이유에 대해 다음과 같이 진술하고 있다.

2001년 9월 11일 우리는 새로운 광경을 목도한다. …(중략)… 카메라는 이미 그곳에 당도해있다. 장면은 0과 1로 전환되어 잠시 대기권 밖을 떠돌다가, 곧바로 세계 곳곳의 안테나로 흡수된다. 전광판, 텔레비전, 갑작스런 호외. 우리의 세대는 너무나 공시적이다. 장면은 감각 너머에 있다. 그것이 우리의 야만이다.

– 한유주, 「그리고 음악」, 『달로』, 118-119쪽

우찬제는 한유주가 "일방적인 소통을 강요하는 텔레비전 전파에 속박된 나머지 반성적 영혼을 지니지 못한 세대로서 야만적인 삶을 살고 있음에 절망"하고 있다고 언급한다. 미디어 정치만이 남아 있는 21세기를 단적으로 드러내는 사건이 아마 9·11 테러일 것이다. 그러나 테러와 죽음의 이야기를 우리는 아날로그적인 감성이 아닌 단지 디지털 전파를 통해 시각적으로 받아들일 뿐이다. 그렇기에 21세기의 글쓰기는 문자를 도구로 사용하여 의미를 전달하는 것이 아니라 전파를 수신하는 '안테나로서의 글쓰기'가 되어버린다.

이야기를 극단적으로 거부할 때, 한유주 소설에는 서사가 해체되면서 시적인 이미지만이 남게 된다. 「베를린·북극·꿈」은 유럽을 떠도는 방랑자의 사유를 시적 이미지로 드러낸다. '나'는 하수도 냄새가 올라오는 파리의 싸구려 호텔에서 낮에는 신문을 읽고 밤에는 냉동피자를 먹는다. '나'는 '너'와 함께 유럽 여행을 하지만 '너'는 어느덧 사라진다. 그 '너'란 결국 '나'가 만들어낸 환영에 지나지 않았을까?

언제나 전쟁은 잘못된 전언으로 시작한다. 그리고 어제, 사람들은 자신 안에 전쟁터를 일군다. 오늘, 그 모든 전쟁들은 바깥으로 터져 나온다. 내일, 크고 작은 모든 전쟁들은 마침내 하나의 전쟁이 된다. 전쟁은 계속되며, 결코 끝나지 않을 것처럼 보인다.

– 한유주, 「베를린·북극·꿈」, 『달로』, 132쪽

위 인용문은 음악을 지향하는 글쓰기를 단적으로 보여준다. 전쟁에 대한 사유를 담고 있는 위 단락은 "어제, 사람들은" "오늘, 그 모든 전쟁들은" "내일, 크고 작은 모든 전쟁들은"으로 변주되면서 반복에 의한 시적인 리듬을 갖게 된다. 이 소설은 '어제나 오늘이나 내일이나 전쟁은 끊임없이 일어날 것이다'라는 의미전달에 중심이 놓인 것이 아니라, '반복에 의해 음악적인 효과'를 나타내는 수사학에 중심이 놓여 있다. 세계는 여전히 끊이지 않는 전쟁으로 수많은 사람들이 죽어나간다. 살아 있다는 것은 단지 죽음을 운 좋게 피해갔다는 우연의 산물에 지나지 않는다.

'나'는 무덤이 있는 체르라세즈에 가기도 하고 베를린 전승기념탑 앞에 가기도 한다. 또 기차를 타고 유럽의 국경을 넘는다. 북쪽의 코펜하겐으로도 간다. 최후의 종착역은 어디일까? '나'는 왜 집시처럼 북쪽을 향해 여행을 하는 것일까? 소설은 약간의 정보만 제공한다. 눈에 파묻힌 북극 도시에서 '나'는 "물은 차갑고 어둡고 쓸쓸해요"라는 독백만 남긴 채, 호수에 몸을 던진다. 작가는 화자가 왜 그렇게 유럽의 끝에서 죽음을 선택했는지 어떤 사연도 정보도 주지 않는다. 우리는 그저 화자의 비관적인 사유와 외로움의 독백을 일방적으로 전파받을 뿐이다.

3. 서사를 파괴하는 글쓰기-『얼음의 책』

두 번째 소설집 『얼음의 책』에는 이야기가 죽은 시대에 적합한 다양한 실험이 진행된다. 그것은 때로는 글쓰기 과정을 기록해가는 메타적인 방법(「허구」)으로 진행되기도 하고, 이렇게 끝낼 수도 저렇게 끝낼

수도 있는 이야기의 욕망을 제거하고 순수한 사건만을 나열하는 실험
(「흑백사진사」)으로 드러나기도 하며, 이야기를 부정하는 부정문으로 이루
어진 문장더미(「재의 수요일」)로 나타나기도 한다. 작가는 서사를 벗어나
기 위해 소설의 뼈대를 이루는 요소인 '사건'이나 '화자'나 '인물'을
의도적으로 배제한다.

한유주는 소설에 대한 자의식을 가장 많이 드러내는 「허구」에서 소
설이라는 장르의 육체성에 대해 회의를 제기한다. 작가는 "어떤 이야
기들은 한 줄의 문장으로 요약되지 않는다. 그것은 가능하지 않았다."
(「되살아나다」, 218쪽)고 단언한다. 그러나 「허구」의 이야기 구조를, 육하원
칙에 의거하여 거칠게 한 문장으로 요약해 보면, "어떤 인물이 7월 1
일부터 7월 17일까지 뉴욕에 머물면서 글을 쓰기 위해 고심하는 과정
을 보여주고 있다"로 정리할 수 있다. 이 작품은 화자가 어떤 글을 쓰
기 위해 첫 문장을 고심하는 과정을 드러낸다. 글은 '문득'이라는 부
사의 빈번한 출몰과 함께 사유의 흐름이 곧잘 끊어지고 조각난다. 화
자는 단어를 생각하고 문장을 생각하고 제목을 생각한다. 하나의 이야
기를 구성하지 않는 문장더미를 쓰기 위해 고민하는데, 그 과정을 그
대로 보여주고자 한다.

세상에 존재하는 모든 이야기들은 이야기되는 것만으로도 가치가 있
다고 생각한다. 그런데 내가 지금 쓰고 있는 문장들은 하나의 이야기를
구성하지 않는다. 그저 글자들의 총합인 것은 아니라고 여겨진다. 그러
나 일기도 아니다. 여행기도 아니다. 원예서적은 더더욱 아니다. 상품
카탈로그도 아니다. 소설로는 가능할까? 불가능하지는 않다고 생각하지
만 여전히, 확신할 수는 없다.

─한유주, 「허구」, 『얼음의 책』, 39쪽

글쓰기를 위한 주인공의 모색은 현실과 텍스트의 뒤섞임, 또는 텍스트가 현실을 대체하는 방식으로 나타난다. 즉 내용 없는 기호들이 현실을 대체한다. 허구는 주인공이 보고 생각하고 행동하는 것을 기록한다. 인물은 사건을 통해서 드러나는 것이 아니라, 자신이 남겼던 기록과 흔적을 닮아간다. 이제 인물은 단어들의 집합, 문장들의 집합 사이에서 언어학적 수사 안에서만 그림자로 존재한다. 그의 소설은 세계를 단어로 매개하는 것이 아니라 단어와 단어를 매개하며, 그의 모험은 이야기의 세계가 아니라 단지 수사학적 기표의 세계이다. 그녀가 이야기의 가치를 전면 부인하는 것은 아니다. 다만 그녀는 이미 수많은 선배작가들이 이룩한, 이야기가 있는 소설을 벗어나는 새로운 글쓰기를 시도하려는 것이다. 한유주가 꿈꾸는 인물도 사건도 없는 소설은 과연 어떤 모습일까?

> 이야기를 어떻게 시작하면 좋을까. 그러니까, 이 이야기를 어떻게 시작하면 좋을까. 아니, 이 이야기는 이미 시작되었는지도 모른다. 그러나 어떻게, 이 이야기는 이미 시작되었다. 이 이야기는 곧 끝나게 될지도 모른다. …(중략)… 이야기가 이미 시작되었으므로 이야기의 시작을 저지하는 것이 불가능하다면, 불가능했다면, 이야기의 끝은 아직 생각하지 않아도 좋았다. 처음도 끝도 없는 이야기를 쓸 수는 없었다. …(중략)… 그저 일어나는 사건들을 끝없이 지연시키고 싶었다. 목숨을 담보로 천일 동안 이야기를 계속했던 어느 왕비의 운명 위에, 나는 없는 이야기들을 이야기하지 않는 것, 사건을 야기하지 않는 것, 아무것도 예기치 않는 것에 대한 욕망을 덧입힌다.
>
> —한유주, 「서늘한 여름 사냥」, 『얼음의 책』, 269–270쪽

한유주가 쓰고 싶은 소설은 "없는 이야기를 이야기하지 않는 것",

"사건들을 끝없이 지연시키는 것"이다. 이것이 가능한가? 소설의 운명은 없는 이야기를 지어내어 지속시키는 것에 있는데, 한유주는 그런 천일야화의 '세헤라자데'의 운명을 거부한다. 그렇다면 한유주가 맞이할 미래는 곧 소설의 해체가 아닐까? 그래서 그녀는 이야기를 거부하고 사건을 지연시키는 문장을 쓰고 있을 뿐이다. 그녀가 쓴 문장을 읽을 때, 우리는 혼란을 느낀다. 그녀가 쓴 문장들은 소설일까? 아니 그녀는 소설이라고 읽히기를 바라고 쓴 것일까? 이야기가 지속되기 위해서는 이야기를 듣고자 하는 독자의 욕망이 필요하다. 그런데 그녀는 이야기를 듣고자 하는 독자의 욕망을 문장의 반복을 통해 의도적으로 무시하고 부인하고 조롱하면서 끝없이 지연시킨다.

> 이 이야기를 시작하기 위해서는 내가 필요하다. 사람들은 욕망에 따라 움직인다. 이 이야기가 지속되기 위해서는 욕망이 필요하다.
>
> ─한유주, 「흑백사진사」, 『얼음의 책』, 125쪽

> 이 이야기를 시작하기 위해서는 두 명의 등장인물이 필요하다.
>
> ─한유주, 「흑백사진사」, 『얼음의 책』, 123쪽

> 이야기는 이렇게 끝날 수도 있었다.
>
> ─한유주, 「흑백사진사」, 『얼음의 책』, 131쪽

위의 진술은 소설에 대한 세 가지 정보를 제공한다. 우선 소설의 이야기가 지속되기 위해서는 작가와 독자의 욕망이 필요하다는 것, 다음으로 이야기를 구성하기 위해서는 등장인물이 필요하다는 것, 끝으로 결말을 위해서는 사건 혹은 구성이 필요하다는 것이다. 작가의 욕망이 인물을 만들어내고 사건도 만들어낸다. 그런데 한유주는 소설의 두 가

지 요소인 인물과 사건을 확정하지 않고 고심하는 작가의 글쓰기 과정을 날것 그대로 드러낸다.

이번 소설집에 수록된 소설 가운데 그나마 최소한의 서사를 갖고 있는 「흑백사진사」를 살펴보자. 적어도 이 소설에는 구체적인 인물과 사건과 배경이 등장한다. 이 소설에는 '아이'와 '유괴범'이라는 구체적 인물이 등장하고, '납치'라는 사건이 등장하며 아이가 갇혀 있는 '공간'이 등장한다. 그런데 한유주는 두 가지 장치를 통해 이 소설을 아주 낯설게 만들어 버린다.

우선 소설의 서두 부분에 소설의 전체 스토리와 관계없는 '나'의 꿈을 길게 서술한다. 소설이 시작되면 '짐'과 '베티'와 '앨런'이라는 인물들이 등장한다. 그리고 '짐'이 잃어버린 쌍둥이 동생 '짐'을 만나게 되는데 그 쌍둥이 '짐'에게도 '베티'라는 부인과 '앨런'이라는 아들이 있다는 내용이다. 그들은 마치 복제처럼 끝없이 분열한다. 즉 작가는 인과관계 없이 소설을 창작하기 위해 소설가가 수많은 등장인물들을 만들기도, 제거하기도 하는 소설의 창작 과정을 나의 꿈 부분을 통해 보여주고 있다. 이 부분은 의도적으로 독자의 소설 독해를 방해하며 실제의 '유괴담'이라는 서사를 파괴한다.

다음으로 유괴당한 아이의 경험담에 관한 부분이다. 인과성이 결여된 사건은 우연의 연속으로 이루어진다. 1991년 6월 아이는 학교로 향하던 중 아버지가 교통사고를 당했다는 소식을 듣고 흰색 승용차에 태워져 유괴된다. 아이는 어떻게 될까? 이야기의 끝은 어떻게 될까? 아이는 유괴범에게서 풀려날 수도 있다. 그것은 아이의 아버지가 유괴범의 요구를 들어주었기 때문일 수도 있고, 들어주지 않았는데도 그렇게 되었을 수도 있다. 아이는 부모가 요구한 신촌 교회 후문에서 풀려났을 수도 있고, 아니면 강화도에 버려져 한 파출소로 들어가 풀려났을 수도 있다. 그것도 아니라면 최악의 경우, 아이는 유괴범에게서 풀려나지 못하고 유괴범의 손에 의해 목이 졸려 죽을 수도 있다.

첫 번째 꿈 부분이 인물창조를 고민하는 창작 과정을 담고 있다면 두 번째 부분은 플롯을 고민하는 창작 과정을 드러낸다. 작가는 유괴라는 익숙한 사건을 우연들의 세계로 재구성한다. 작가에게 중요한 것은 완성된 글이 아니라 글쓰기 과정이다. 한유주는 독자들이 만나는 단일한 구성의 텍스트가 겉보기와 달리 아주 복잡하고 다양하며, 그 최종 버전에 이르기까지 작가가 얼마나 많은 가능성을 탐색하는지를 보여주고자 한다. 작가가 단번에 결말을 내린 것처럼 보일지라도 수많은 결정과 그것의 번복, 그 번복을 뒤집고 또다시 뒤집는 과정이 있었음을 드러낸다. 결국 소설의 사건이라는 것, 혹은 이야기라는 것은 우연에 의해 이루어지기에, 서사라는 것은 흑백사진처럼 흐릿하게 모습을 드러낼 뿐이라는 것이다.

또한 한유주는 부정문으로만 이루어진 소설을 시도한다. 부정문이란 끊임없이 의미를 지워가는 작업이다. 그녀의 시도는 다음과 같이 나타난다.

> 사건의 배후를 파헤치지 않겠다. 사건의 내막을 캐내지 않겠다. 사건의 전말을 알리지 않겠다. 그것이 가능하다면. 그것은 가능하지 않았다. 그러나 불가능하지 않을 것이다. 모든 사건들에서 주어는 삭제되고 없었다. 모든 장면들에서 인물은 지워지고 없었다. 모든 풍경들에서 사물들이, 사물들이 범람하지 않았다. 사물들은 이동하지 않았다. 사물들은 아무 말도 하지 않았다.
>
> —한유주, 「장면의 단면」, 『얼음의 책』, 263-264쪽

아래층에서 개가 짖지 않았다. 죽은 바람이 부서지지 않았다. 나는 어떤 소리를 듣지 않았다. 그 소리가 어디서 들려오는지, 무엇을 말하고 있는지는 알 수 없었다. 차가 식고 있었다. 아니었다. 차는 없었다. … (중략)… 우리는 각자 말없이 담배를 입에 물었다. 연기가 나지 않았다. 재가 떨어지지 않았다. 그가 내게 무슨 말인가를 하려고 입을 열지 않았을 때, 그의 등 뒤 검은 커튼에 촛불이 옮겨 붙지 않았다. 커튼은 순식간에 붉게 타오르지 않았다. 그 속도가 너무나 빠르지 않았다. 불길의 커다란 그림자가 검게 일렁이지 않았다. 나는 비명을 지르지 않았다. 그것은 불가능했다.

－한유주, 「재의 수요일」, 『얼음의 책』, 208-209쪽

이 인용문은 "않았다"라는 부정의 서술형으로 끝나는 문장들로 구성되어 있다. 부정문이란 의미를 지우는 작업인데, 부정문만으로 이루어진 소설이 가능한 걸까? 비유컨대, 그녀의 소설은 모래 위에 쓰인 글자이며 혹은 얼음으로 만들어진 집이다. 한유주에게 글쓰기란 서사를 파괴하는 작업이다. 그러기에 그녀의 글쓰기란 결국 바람이 불면 사라질 모래이며, 시간이 지나면 녹아내릴 얼음이다. 작가가 자신의 책 제목을 '얼음의 책'이라고 명명한 것도 바로 이러한 자신의 운명을 알고 있기 때문일 것이다.

4. 이중의 글쓰기-『나의 인손은 왕, 오른손은 왕의 필경사』

한유주의 세 번째 소설집 『나의 왼손은 왕, 오른손은 왕의 필경사』에서도 다양한 글쓰기 시도가 여전히 진행되고 있다. 그것은 때로는 말과 말을 베끼는 '이중의 글쓰기'이기도 하고(「나는 필경…」), 소설의 창작과정을 보여주기도 하고(「자연사 박물관」), 쓰고 있는 것만이 드러나는

실험이기도 하고(「농담」), 이상의 「지주회시」를 패러디하기도 하고(「돼지가 거미를 만나지 않다」), 에드가 알렌 포의 「도둑맞은 편지」를 비틀기도 하고(「도둑맞을 편지」), 대재앙으로 지구의 반이 잠긴 미래 상황이기도 하고(「인력입니까, 척력입니까」), 동화 백설 공주를 비판적으로 사유하기도(「불가능한 동화」) 한다. 작가는 첫 번째와 두 번째 소설집에서 지속한 '사유와 독백'이라는 글쓰기를 여전히 지속하고 있다.

> 나는 아무것도 쓸 수가 없다. 내가 글쓰기를 시작하는 순간, 이 글은 이중의 글쓰기가 되기 때문이다. 내가 나를 쓰고, 나의 단어가 나의 단어를 지우고, 나의 문장이 나의 문장과 사라지기 때문이다. 나는 아무것도 쓰지 않는다. 이 글을 쓰는 사람은 내가 아니다. 착각에서 벗어나야 한다. 내가 쓰고 있지 않음에도, 이 글은 계속해서 쓰인다. 순간 나는 아무것도 쓰지 않는다. 그것은 나도 마찬가지다.
>
> ─한유주, 「도둑맞을 편지」, 『나의 왼손은 왕…』, 153-154쪽

소설가는 자신의 소설을 "이중의 글쓰기"로 명명한다. 이중의 글쓰기의 핵심은 라캉 식으로 말하자면, "이 글을 쓰는 사람은 내가 아니다"라는 주체의 사라짐에 놓여 있다. 라캉은 「도둑맞은 편지」에 대한 세미나에서, "잊기 위해 섬으로 물러난 사람처럼─ 무엇을 잊기 위해서였지? 그는 이를 잊고 말았다. ─그렇게 그 장관은 편지를 이용하지 않음으로써, 그것을 잊고 말았다. 하지만 편지는, 신경증자의 무의식이 그렇듯, 그를 잊지 않는다."(브루스 핑크, 『라캉의 주체』, 도서출판b, 2010, 53쪽)라고 말했다. 주체가 소설을 창조하는 것이 아니라 주체는 단지 필경사처럼 무의식을 받아쓸 뿐이다.

나의 왼손은 왕, 오른손은 왕의 필경사. 오늘 왕의 입은 고요하고 왕의 필경사는 왕의 명령을 기다린다. 나의 왼손은 왕, 나의 오른손은 왕의 필경사. 오늘 왕은 피곤하고 왕의 필경사는 제 낯에서 피로를 감춘다. 나의 왼손이 드물게 말하므로 나의 오른손은 드물게 받아쓴다. 나의 오른손이 나의 왼손을 베끼는 동안 왕국은, 몰락의 징후를 드러내거나 혹은, 힘겹게 지속된다.

—한유주, 「나는 필경…」, 『나의 왼손은 왕…』, 11쪽

베끼지 않고 무언가를 쓸 수는 없어, 적어도 나는 누군가의 말을 따라하며 언어를 익혔어, 누군가의 문장을 흉내 내며 글쓰기를 익혔지, 내가 말했다. 그런 면에서 언어는 진화하지 않고 문학은 진보하지 않아. 베끼는 것만이 가능하지. 게다가 나 자신을 쓴다는 것이 뭐지? 그것이 어떻게 가능하지?

—한유주, 「인력입니까, 척력입니까」, 『나의 왼손은 왕…』, 189쪽

라캉에 따르면, 언어는 트로이의 목마처럼 위험한 선물이다. 언어는 우리에게 공짜로 주어진다. 하지만 일단 언어를 받아들이면 언어는 우리를 식민화 한다.(지젝, 『How to Read 라캉』, 웅진, 2007, 23쪽) 그녀에게 언어와 글쓰기는 '받아쓰기' 혹은 '베끼기'이다. 그래서 그녀는 의식에 떠오른 것을 문장으로 옮기거나 기존의 작품들을 베끼거나 심지어 왼손의 명령을 오른손이 베끼는, 이중의 글쓰기를 감행한다. 그렇다면 왜 그녀는 글쓰기를 베끼는 작업으로 생각하는 것일까? "나와 여러분은 모두, 남의 입을 빌려 말을 배웠고, 남의 손을 빌려 글을 배웠으니, 베끼고 베껴지는 것은, 우리가 공유하는 숙명과도 같은 것"(한유쥬, 「인력입니까 척력입니까」, 앞의 책, 100쪽)이라는 생각 때문이다.

「돼지가 거미를 만나지 않다」는 이상의 「지주회시」를 베껴 쓴 소설이다. 이상의 「지주회시」는 "거미가 돼지를 만나다"는 제목의 소설이

다. "그날밤에그의안해가층계에서굴러떨어지고"로 시작하는 이상의
소설에서 아내와 자신은 거미이고 살찐 전무는 돼지에 비유된다. 한때
그림을 그렸던 그는 R 까페 여급을 하는 아내에게 얹혀사는 신세이다.
그에게는 미두를 하는 친구 '오'가 있다. 친구 '오'가 R 까페에서 망년
회를 하는 중에, 전무가 아내에게 "말라깽이"라 하는 바람에 아내가
전무에게 "양돼지"라고 대들다가 전무의 발에 채여 계단에서 굴러 떨
어지는 사건이 발생한다. 경찰서까지 갔다가 아내는 합의금으로 20원
을 받아오고, 남편은 이 돈을 들고 술을 마시러 '오'의 여자에게 간다.

한유주의 「돼지가 거미를 만나지 않다」는 "밤, 그의 아내는 층계에
서 굴러 떨어진다"로 시작한다. 그러나 한유주의 소설에서는 '날마다
오그라드는 아내'와 '매일같이 부풀어 오르는 그'가 등장한다. 이상의
소설에서 전무가 돼지였다면 한유주의 소설에서는 '그'가 돼지이다.
'그'는 몸의 중심을 잃고 계단을 구른다. 돼지인 '그'는 거미인 아내를
만나지 못하고 추락한다. '그'의 아내는 사라졌고, '그'는 자신이 불행
하다고 생각한다. '그' 역시 영원처럼 긴 계단을 구른다. '그'는 지상
에서 영원으로 추락한다. '그'가 아내를 부르지만 아내는 사라지고 없
다. 돼지인 남편은 영원히 거미인 아내를 만나지 못한다.

한유주에게 이 소설이 이상의 「지주회시」의 패러디로서 원작과 비
교하여 공통점이 무엇이고 차이점이 무엇인지는 중요하지 않다. 글을
쓰는 주체는 이상이기도 하고, 한유주이기도 하고, 둘 모두이기도 하
고, 둘 모두 다 아니기도 하다. 그녀는 다만 '왕의 필경사'로서 '이중
의 글쓰기'를 묵묵히 감행할 뿐이다.

5. 언어유희로서의 글쓰기

다시 반복하여 질문해 보자. 한유주는 왜 '사유와 독백'의 글쓰기를 멈추지 않는가? 그것이 스스로를 독자와 유리시켜 고립시킬 위험이 있는데도 말이다. 모리스 블랑쇼는 "쓴다는 것 그것은 언어를 매혹 아래 두는 것이다. 그리고 언어를 통하여 언어 가운데 절대적 상황과 관계하여 머무는 것이다. 그 상황 가운데, 사물은 다시 이미지가 되고, 거기서 형상을 암시하는 이미지는 형상이 없는 것에 대한 암시가 된다. 그리고 부재 위에 그려진 형태로서 이러한 부재의 형태 없는 현존이 되고, 더 이상 세계가 존재하지 않을 때, 아직 세계가 존재하지 않을 때 존재하는 것으로의 불투명하고 텅 빈 열림이 된다"(모리스 블랑쇼, 『문학의 공간』, 그린비, 2010, 34-35쪽)고 말한다.

한유주는 이미 존재하는 소설의 형식을 뛰어넘어 아직 존재하지 않는 새로운 소설의 형식을 실험하기 위해서 쓰는 것은 아닐까? 그녀 역시 이러한 이유로 '텅 빈 열림'의 위험을 무릅쓰고 새로운 글쓰기를 감행하고 있는 것으로 보인다.

> 현재형의 시제를 사용한다고 해도, 의식이 문장으로, 아니 문장이 의식으로 발아하는 순간, 모든 시간은 무화되는 것처럼 느껴졌고, 그럼에도 불구하고, 나는 계속해서, 의식에 떠오르는 것들을, 문장으로, 돼먹잖은 문장들로 옮겨야한다고 생각했는데, 그것만이 내게 주어진 사명과도 같은 일이기 때문이 아니라, 단지, 그것이 어떻게 가능할 수 있는지, 혹은, 그것이 어떻게 불가능할 수 있는지에 대해, 나의 목숨을 걸고 스스로에게 설명하고 싶어졌기 때문이다.
>
> —한유주, 「자연사 박물관」, 『나의 왼손은 왕…』, 86쪽

소설장르는 기본적으로 과거시제를 사용한다. 회상은 2차적 기억이다. 즉 일종의 자동 저장(auto-save)된 기억들을 읽어내는(load) 기능이다. 그러나 한유주는 현재형의 시제를 사용함으로써 시간의 부재에 자신을 맡기고자 한다. 그녀는 의식에 떠오르는 말과 문장을 즉각적으로, 감각적으로 표현하려는 자신의 욕망을 일종의 사명감으로 받아들이고 있다. 그녀 스스로 그 사명감을 벗어던지지 않는 한, 언어유희와 사유로서의 글쓰기는 계속될 것이다.

한유주는 소설(서사)이라는 주류 문법에 균열을 내고 변종의 바이러스를 만들어내는 해커처럼 글을 쓴다. 한유주는 사건 없는, 이야기 없는, 화자 없는, 묘사 없는 문장더미들을 계속 쓸 것이다. 독자들의 독서를 방해하고, 소설의 서사를 파괴하고, 혼란을 야기하는 이 낯선 실험을 계속할 것이다. 그녀는 이미 출간된 많은 기존 작품들에 균열을 내면서 새로운 글쓰기를 지속할 것이다. 한유주의 "그럼에도 불구하고, 나는 쓸 것이다"(한유쥬, 「자연사 박물관」, 앞의 책, 110쪽)라는 선언은 글쓰기의 운명이 무한히 지체되는 것, 바로 쓰고자 하는 이상향에 비해 현재의 글쓰기는 영원히 도달할 수 없는 틈새를 가진다는 것에 대한 깨달음을 전제하고 있다.

인물도 사건도 의미도 없는, 끊기지 않고 끝나지 않는 웅얼거림을, 내밀한 사유의 문장을, 글쓰기를, 그녀는 지치지 않고 써낼 것이다. 그런데 과연, 독자들은 지치지 않고 읽어낼 수 있을까? 그리고 이런 형식적 실험이 과연 소설장르를 위해 긍정적인 시너지 효과를 발휘할 수 있을까? 우리가 한유주의 소설을 좀 더 지켜보아야 하는 이유가 바로 여기에 있다.

온건한 진보주의자의 부드러운 힘
—김병익론—

1. 한글세대 비평가로서의 자부심

김병익은 4·19세대, 혹은 한글세대를 대표하는 비평가이다. 4·19세대 비평가란 1970년대 문단을 이끌었던 창작과 비평사와 문학과 지성사 두 계열에서 중심적인 활동을 했던 비평가로, '사회적 모더니티'를 중시했던 백낙청, 염무웅, 김우창과 '미적 모더니티'를 중시했던 김현, 김치수, 김주연, 김병익 등을 통칭하는 용어이다. 이 비평가들이 활동한 1970년대는 현대성(modernity)이 광범위한 영역에서 정착되는 시기로, 이후 20세기 후반기 비평 담론 형성에 큰 영향을 끼쳤다.

이 가운데 나는 김병익이 특히 중요한 비평가라고 생각한다. 김병익은 김현, 김치수, 김주연과 함께 문학의 미적 모더니티를 강조해온 비평가로, 문학의 자율성과 함께 비평 역시 문학 속에서 고유하고 자율적인 영역으로 자리매김 되어야 한다는 생각을 견지해왔다. 물론 그들의 사유를 형성하는 미적 모더니티는 김현의 비평에 의해 좀 더 선명하게 드러난다고 볼 수 있다. 그러나 불행히도 김현은 1980년대와 함께 비평 활동을 마감하였다. 이런 의미에서 김현에 비해 상대적으로 주목을 덜 받아온 김병익의 비평 활동은 김현 사후 오히려 더욱 활발해졌다고도 볼 수 있다.

김병익은 『지성과 반지성』(민음사, 1974), 『상황과 상상력』(문학과지성사, 1979), 『지성과 문학』(문학과지성사, 1982), 『들린 시대의 문학』(문학과지성사, 1985), 『전망을 위한 성찰』(문학과지성사, 1987), 『열림과 일굼』(문학과지성사, 1991), 『숨은 진실과 문학』(문학과지성사, 1994), 『새로운 글쓰기와 문학의 진정성』(문학과지성사, 1997), 『21세기를 받아들이기 위하여』(문학과지성사, 2001), 『그래도 문학이 있어야 할 이유』(문학과지성사, 2005) 등의 비평집을 간행하였다. 김병익의 비평을 통시적으로 살펴보는 것은 김병익 비평의 변화와 동시에 1970년대에서 1990년대로 이어지는 20세기 후반기 비평의 흐름을 살펴볼 수 있는 중요한 의미를 갖는다.

정과리[1]는 초기 비평집에서부터 1985년 비평집까지를 대상으로 하여 김병익의 비평 세계를 검토한 바 있다. 그는 김병익이 문학 내부의 끈질긴 탐사와 함께 미래 전망을 향한 부단한 움직임을 감행한다고 보고 있다. 김병익의 평론 방법에 대해 "사실주의적 정신과 비사실주의적 기법의 결합"이라고 명명하면서, 김병익에게 문학은 "실체로서 있는 혼란"을 "정신으로서의 질서"로 바꾸는 것이었다고 평가한다. 김병익은 개인과 사회를 각각 독립적으로 상정하되 한 공간 안에서 함께 포착하고 관련지으려 했으며, 내용과 형식의 접합 논리를 구상했다는 것이다. 또한 정과리는 김병익의 비평적 관심이 1970년대에는 민중과 지식인 문제에, 1980년대에는 역사의 필연과 배반에 놓인다는

---

1) 정과리, 「깊어져 열리기」, 『문학의 시대』, 1986. 6.

점도 지적하였다. 박혜경2)은 김병익의 비평이 합리주의적 이성에 대한 믿음을 바탕으로 한 개인의 자기완성이라는 '개인주의적 이상의 실현'을 내적 추진력으로 삼고 있다고 진단한다. 이광호3)는 김병익이 4·19세대 비평가로서 변화하는 사회문화적 현실에 대해 적극적으로 대응하는 유연성을 갖고 있다고 높이 평가하고 있다. 구모룡4)은 1970년대에 김병익 스스로 '야곱의 씨름'이라 명명한 4·19의 희망과 5·16의 좌절이라는 상반된 체험을 통해 역사를 사유했으며, 1980년대에는 자신의 계층에 대한 반성적 성찰을 감행했다며 그 의미를 높이 평가한다. 권성우5)는 김병익의 비평을 '문화비평'이라는 점에서 살피고 있으며, 우찬제6)는 김병익의 비평이 열린 사유와 대화적 지성을 사유하고 있다고 보고 있다. 다양한 논의에도 불구하고, 김병익에 대한 평가는 시대에 대한 역사적 전망과 문학의 방법론에 대한 모색이라는 거시적인 틀과 미시적인 분석을 동시에 진행시켜온 비평가라는 점에서 대체적으로 비슷한 찬사를 받고 있다.

이러한 선행 연구의 성과와 한계를 디딤돌로 하여, 우선 김병익의 비평 활동 전체를 대상으로 하여 시기 구분7)을 한 후, 각 시기에 비평

---

2) 박혜경, 「자유와 문화적 초월, 혹은 열린 전망」, 『비평 속에서의 꿈꾸기』, 문학과지성사, 1991.
3) 이광호, 「비평의 이타성과 초월적 전망」, 『현대 비평과 이론』, 1994, 가을호.
4) 구모룡, 「야곱의 씨름 : 자기 지키기와 타자 감싸기─김병익의 문학 비평」, 『오늘의 문예비평』, 1995, 봄호.
5) 권성우, 「문화의 희망, 희망의 문화」, 『오늘의 문예비평』, 1995, 봄호.
6) 우찬제, 「위기의 담론, 혹은 대화적 읽기의 진정성」, 『문학과 사회』, 1997, 가을호.
7) 김병익의 비평이 시대상황에 민감한 편이므로 1970년대, 1980년대, 1990년대로 나누어 살펴도 무방하리라 본다. 물론 이러한 시기구분은 한국문학에서 10년씩 나누어 살피는 외재적 상황에 기댄 것이기도 하지만, 그것보다는 실제로 70년대, 80년대, 90년대에 쓰인 김병익 비평의 내재적 변화 때문이다. 변화에 관해서는 본문에서 상술하겠다.

가 김병익을 특징짓는 두드러지는 비평적 사유의 틀을 살펴볼 것이다. 이 글이 목표하는 바가 개별 비평가론이지만, 이러한 목표가 충분히 수행되었을 때, 단지 개별 비평가론에서 끝나지 않고 1970년대에서 1990년대로 이어지는 20세기 후반기의 한국비평사에 대한 통시적 점검까지도 수행할 수 있을 것이다.

2. 산업화 시대와 지성의 문제

1970년대는 김병익에게 4·19의 희망과 5·16의 좌절을 함께 고민하여야 할 시기였다. 스스로 '야곱의 씨름'8)이라고 명명했던 1970년대는 정치적으로는 군사독재인 유신 시대였으며 경제적으로는 본격적인 산업화가 진행되던 시기였다. 또한 문학 내부에는 '문학과 지성'과 '창작과 비평'이라는 문학잡지가 간행되면서 순수—참여 논쟁을 통해 한결 성숙해지는 시기였다. 김병익은 4·19세대 혹은 한글세대9)의 문화적 자부심을 강하게 표출하였고, 또 이 자부심은 그에게서 한국문학의 이식성과 주변성에 대한 극복의지로 표출되기도 하였다.

1970년대 김병익 비평에서 가장 중심에 놓이는 문제는 '지성'이었다. 그는 기능인으로 살기를 강요하는 산업화 시대에 지성인은 단순한 기능인을 거부하고 적극적인 성찰자(省察者)가 되어야 한다는 지성의 문

---

8) "그들은 4·19의 패배를 인정함에도 불구하고 그 정신과 의의의 패배를 허용하지는 않았던 것이다. 그들의 집요한 노력과 희생은 무용한 정열로 보일 만큼 가혹한 것이었으나, 밤새 야훼와 씨름하며 구원을 얻어낸 야곱처럼, 침묵하고자 하는 역사로부터 교훈과 의미를 뜯어내는 데 성공한 것이다" (김병익, 「야곱의 씨름」, 『지성과 문학』, 문학과지성사, 1982, 32쪽)
9) 김병익, 「모국어 세대와 모국어 문화」, 『숨은 진실과 문학』, 11-21쪽 ; 「4·19와 한글세대의 문화」, 『열림과 일굼』, 80-96쪽.

제를 제기하고 있다. 「지성과 반지성」(1971)은 유신 시대의 언론 자유라는 상당히 정치적인 사건을 제기하면서도 지성의 문제를 핵심으로 논의하고 있다. 그에 의하면, 지식인과 지성인은 분명히 구분된다. 즉 김병익은 지성을 지식과의 대조를 통해 설명하고 있다. 즉 지식이 실용적인 것이라면, 지성은 실용을 넘어서는 초실용적(sur-practical)인 것이며, 지식이 해답을 설명하는 것이라면, 지성이란 "해답을 질문으로 전환시키는 역량"이라는 것이다. 지성을 중시하는 김병익의 비평은 이후 정치적인 상황의 빠른 변화에도 불구하고 그의 비평의 중심이 되는 핵심 개념으로 자리한다.

> 지성인은 실제로 무능하고 무위한 존재로 보인다. 그러나 그들의 게으른 명상, 무위한 고집 속에서 새로운 창조가, 예술의, 정신의, 학문의, 과학의 창조가 이루어진다. 엄격히 말하자면 지성인은 실용적인 것도, 비실용적인 것도 아닌, 초실용적(sur-practical), 적어도 실용외적(extra-practical)인 것이다. 그런 만큼 그들에게는 자유란 주어질수록 좋은 것이며 자유가 많을수록 더 많은 실용성을 창조해낼 수 있다. 지성인의 창조적 기능에 불가결한 자유가 제한되어야 한다면 그 자체가 분명한 손실을 의미하고 그 손실의 보상책은 자유 그것 외에 어떤 것도 없는 것이 확실하다.
>
> 지성인에게 창조의 자유 못지않게 중요한 것이 비판의 자유다. 비판이 허용되지 않는다면 비판이 돼야 할 행위의 참뜻이 결코 밝혀지지 않으며 그것이 범할 오류가 조정되지 않으며 ㄱ 행위 다음에 올 행위에 대한 대책이 마련되지 않는다. 비판의 자유야말로 일방화 하는 추세를 저지하며 화석화의 위험을 타개한다.
>
> —김병익, 「지성과 반지성」, 『지성과 반지성』, 24쪽

김병익은 산업화 시대의 지성의 역할을 "초실용적인" 가치에 두고

있다. 즉 지성이란 실용적인 사회에 실용을 초월함으로써 실용 일변도
로 질주하는 사회를 견제하고 비판하는 정신의 힘이라고 보고 있다.
이는 기본적으로 김병익 비평이 인문학적 사고에 기반하고 있음을 보
여주는 대목이다. 그는 지성의 가장 중요한 두 가지 작용을 '창조의
자유'와 '비판의 자유'에 두고 있다. 그에게 이 두 개의 중심축은 '개
인과 사회', '문학과 정치', '안과 밖', '미시와 거시'로 변주되어 개인
과 세계를 인식하는 사유의 틀을 형성한다.

김병익에게 비평이란 지성의 작용으로 현실 사회를 비판하면서 동
시에 그것에 질문을 제기하며 개인의 창조적 문학 활동을 옹호하는
작업이다. 김병익 비평집의 제목을 살펴보면 좀 더 명확해진다. 즉『A
와 B』로 이루어진 비평집 제목에서 A의 계열에 놓이는 것이 상황, 시
대, 전망, 열림과 같은 사회적 현상에 대한 비판을 지칭하는 단어군(單
語群)이라면, B의 계열에 놓이는 것이 상상력, 문학, 성찰, 일굼과 같은
문학적 창조를 지칭하는 단어군이다. 즉 김병익은 시대상황과 문학의
자율성을 동시에 고려하고 있었는데, 이는 김병익 비평의 핵심으로 파
악할 수 있다.

1970년대에 김병익이 주목한 작가는 홍성원, 김원일, 조세희 등이
다. 김병익이 이들 작가를 높이 평가하는 데에는 세대론적인 전략도
있지만, 그것보다는 자신의 비평관과 관련된다. 그는 "창작이 언어에
의한 세계의 질서화라면, 비평은 그 언어들의 메타적 질서화이며, 그
래서 잘된 비평이란 현실 세계와 그것의 언어적 질서화 간의 관련성
을 정확하고 의미 있게 메타화 장르"이기에 "좋은 비평은 우선 좋은
작품을 대상으로 해야 할 것이며 다음 그것의 의미와 가능성을 발견
하는 것이고, 그 메타적 방법이 진실한 관점과 좋은 문체로 서술되어

야 한다"(김병익, 「생각 뒤에 숨은 생각」, 『김병익 깊이 읽기』, 문학과지성사, 1998, 61-62쪽)고 밝힌 바 있다. 김병익이 이들에게 주목하는 까닭은 시대상황을 예리하게 비판하면서도 기존 작품들과는 다른 창조를 동시에 이루었기 때문이다.

특히 그는 홍성원과 김원일이 6·25를 성공적으로 소설화했다면, 조세희는 산업화 시대를 성공적으로 소설화했다는 점에서 높이 평가하고 있다. 「6·25 콤플렉스와 그 극복」(1975)에서 김병익은 홍성원의 작품에 대해 "이들 1970년대 작가들의 6·25 문학은 소년의 눈을 통한 회상의 기록으로 성인기에 전쟁의 현장에서 상처 입은 그들의 선배 작가들과 다른 시선을 통해 6·25 문학의 일방적인 수난의식을 극복"[10]하고 있다고 본다. 즉 김병익은 6·25에 대한 단순한 수난의식이 아니라, 6·25를 비판적으로 바라보려는 작가 의식과 이를 선배 작가와는 "다른 시선으로" 그리려는 점을 긍정적으로 평가하고 있다. 나아가 6·25 콤플렉스의 극복이란 "6·25의 궁극적인 책임이 우리에게 귀속되어야 하며 우리가 그 책임을 감당할 때에만 이 전쟁의 희생에 의미가 부여되고, 이 비극의 주체화를 통해 우리 민족의 주체적 결단이 가능해진다는 것을 뜻한다. 이 결단은 피해의식과 도피주의를 거부하고 마치 우리 자신의 결점을 우리 것으로 사랑함으로써 진정한 자아를 발견하듯, 민족적 콤플렉스를 극복할 계기를 만들어 주는 것"(183쪽)을 의미한다고 보고 있다. 김병익은 홍성원의 『남과 북』이 6·25를 새로운 시각으로 살펴본 작품이라고 평가하고 있다.

「대립적 세계관과 그 미학」(1978)은 『난장이가 쏘아올린 공』을 분석

10) 김병익, 「6.25 콤플렉스와 그 극복」, 『상황과 상상력』, 문학과지성사, 1979, 7쪽.

한 글로, 사회 인식 못지않게 문학의 기법을 중시하는 그의 비평관을 여실히 보여주는 비평이다. 김병익은 조세희의 소설이 "사실주의적 소재를 반(反)사실주의적 수법으로 형상화하고 있다"[11]는 점에 주목한다. 즉 조세희의 소설에서 우리가 사회적 실감과 주체적 정서를 동시에 얻어낸다는 것이다. "조세희는 극히 현실적이고 당면 사회문제들을 단절과 대립적 세계관 위에 자명성·단순성·환상성의 기법이란 동화적 공간으로 용해시킴으로써 화해 불가능의 세계라는 모습으로 조형하면서 실현될 수 없는 꿈과 상상으로 그 절망감을 승화 또는 심화시키고 있다. 우리는 꿈과 상상의 이룰 수 없는 아름다움 때문에 현실의 어두움과 아픔을 더욱 격렬하게 느낄 수 있다. 조세희의 동화적 발상과 비사실주의적 문체는 그래서 사실 세계의 억압된 불행을 보다 사실적으로 드러내 보여주며 사회적 실감을 주관적 공감으로 실체화, 내면화시키면서 초월적 승화를 유도"(212쪽)하고 있다고 본다. 김병익은 조세희의 이 작품을 "내용과 형식이 상극적이며 따라서 택일적인 것이 아니라 오히려 화해 공존적이며 상보적인 관계에 있다는 것을 구체적인 창작을 통해 실증"[12]해 주었으며, 나아가 "순수 참여의 대립된 견해를 극복시키는 하나의 범례"(213쪽)로 보고 있다.

김병익이 비사실주의적 기법을 옹호하는 것은 사실 이념 찾기의 전망이 현실의 표면에 부재하기 때문이다. 그것이 현실에 현존한다면 그것을 따라 베끼기만 하면 되지만, 부재하기 때문에 현실 모사로써는 그 전망을 환기할 수 없다는 것이다. 그에 따르면, 문학의 기법, 상상력, 언어는 현실을 뛰어넘는 작용이어야 한다.[13] 이처럼 문학의 형식

---

11) 김병익, 「대립적 세계관과 미학」, 앞의 책, 203쪽.
12) 김병익, 「난장이, 혹은 소외 집단의 언어」, 앞의 책, 59쪽.

적 미학에 대한 관심은 근본적으로 문학 작품을 자율적인 독립체로 간주하는 김병익의 비평관을 반영하는 것이다.

「두 열림을 향하여」(1980)는 1970년대를 종합하고 1980년대를 전망하는 글로, 사회적 긴장과 문학적 긴장의 관계를 중심으로 논의하고 있다. 김병익은 우리 문학의 상황을 사회적 긴장과 문학적 긴장이 마주하고 있다고 평가하면서, 1970년대 문학의 성과를 사회적 긴장에 예민하게 대응한 특징에서 찾고 있다.[14] 나아가 1980년대에 사회적 긴장이 심화될 경우 지나친 현실적 긴장에 의해서 문학적 긴장이 파열되거나 해이해질 수 있는 점과 문학의 지나친 긴장에 의해 외부로부터 덮씌워지는 막힌 상태를 문학 자체 속으로 끌어들이게 될 점을 우려하고 있다. 그러면서 그는 1980년대의 열린 문학을 지향하기 위해 세 가지 문제의식을 전망하고 있다. 첫째가 민족주의 혹은 분단의 문제이고, 둘째가 소외계층과 근로자의 문제이며, 셋째가 대중사회와 대중문화의 문제이다. 실제로 첫째와 둘째로 제기한 문제의식은 1980년대에 활발하게 논의되었으며, 세 번째 문제의식은 1990년대의 문제를 선취하고 있다는 점에서 그의 거시적 안목이 돋보이는 부분이다.

본격적인 비평 활동을 시작한 1970년대에 김병익은 4·19세대로서의 자부심을 바탕으로 산업화 시대를 헤쳐갈 수 있는 비평의 가장 큰 힘을 '지성'에서 찾았다. 그에 의하면, 지성이란 지식과 변별되는 것으로, 비판과 창조를 이끌어 낼 수 있는 정신을 의미한다. 지성에 입각한 김병익 비평 활동이란 1970년대의 사회적 긴장에 대한 비판과 새로운 기법을 창출해내는 문학의 창조 행위를 밝혀내는 데에 맞추어져

---

13) 정과리, 「깊어져 열리기」, 앞의 책, 112쪽.
14) 김병익, 「두 열림을 향하여」, 앞의 책, 61쪽.

있었다. 그에게 비평이란 지성의 작용으로 현실 사회를 비판하면서 동시에 그것에 질문을 제기하며 개인의 창조적 문학 활동을 옹호하는 작업이었다. 1970년대 김병익 비평은 분단과 산업화의 문제점에 대한 자각과 새로운 형식의 소설화에 대한 옹호로 요약될 수 있다.

3. 급진적 이념의 시대와 장인성의 문제

1980년대 김병익 비평의 중심에 놓이는 것은 급진적인 이념의 시대에 문학의 미적 모더니티를 어떻게 연결시킬 것인가 하는 화두였다. 5·18 광주로 시작된 1980년대는 그야말로 "부도덕한 권력과 도덕적 저항"15)의 시대였다. 또한 지식인들에게 전면적인 세계관의 변화를 요구하던 "급진적이고 개방적이며 역동적인 시대"였다. 김병익 역시 1980년대를 지식세계의 적극적인 현실 도전과 지배적인 이념체계와의 격렬한 싸움의 시대로 보면서, "인식 체계의 지평 확대"16)를 요구받았음을 고백한다. 특히 그는 우리에게 금기시되었던 마르크시즘의 한국적 수용과정을 긍정적으로 평가하며, 그것의 문학적 성과를 한국 문학의 영토 회복 및 분단 해소 작업의 발전 과정으로 보는 유연한 사고를 드러낸다.

실제로 1980년대는 사회적으로는 마르크시즘이라는 금기에 대한 도전이라는 특징을 가지며, 문학 내부적으로는 민중문학과 노동문학이라는 급진적 논쟁으로 점철된 시대였다. "70년대의 순수, 참여 논쟁이 80년대의 전환기에 '시민적 전망의 문학론'과 '민중적 전망의 문학론'

---

15) 김병익, 「부도덕한 권력과 도덕적 저항」, 『열림과 일굼』, 문학과지성사, 1991, 97쪽.
16) 김병익, 「80년대 : 인식변화의 가능성을 향하여」, 앞의 책, 13쪽.

이라는 사회과학적 용어로 변별되다가, 그 모든 것들이 부인되고 나서 80년대 중반 이후 이렇게 새로운 민족 문학론과 당파성의 문학을 제시하는 헤게모니 쟁탈에 이르기까지 되었다는 것은, 이 길지 않은 시간 동안 우리의 문학론이 얼마나 현격하게 급진화 되었는지를 보여준다"[17)]면서 김병익은 1980년대의 획기적인 급진적 변화를 살피고 있다.

우선 그는 1970년대에 지성인으로서의 고민을, 1980년대에 역시 지식인 계층으로 살아간다는 것이 어떠해야 되는가에 대한 질문으로 확대한다. 「문화와 민주주의」, 「지식인 됨의 고민」 등은 이런 문제의식 아래 쓴 글들이다. 이는 지식인 계층의 역할과 관련된 것이기도 하지만 비평가 자신의 계층적 기반에 대한 실존적 고민까지도 담아내고 있다. 즉 김병익은 1980년대에 급변하는 역사를 읽어내고 그 의미를 분석하며 또 그것을 자신의 사유 속으로 끌어들이려는 노력을 보여주었다.

「문화와 민주주의」(1984)[18)]에서 김병익은 1970년대가 민주화에 역행하는 정치 세계와 그것의 민주화를 주장하는 문화 세계의 싸움이라고 보고, 이것이 1980년대에도 여전히 계속되고 있다고 본다. 그리고 '문화적 민주주의'와 '민주주의적 문화'가 항상 행복하게 일치하는 것은 아니라는 전제 아래, 문화적 민주주의의 실천적 구조는 경제적 평등, 참여의 보장, 주도 계층의 형성 등이 이루어져야 하며, 민주주의적 문화가 성취되기 위해서는 유기적 다원주의, 보편적 이념의 발견, 문화 향수권의 신장 등이 필요하다고 보았다.

---

17) 김병익, 「인식론적 단절과 대화 문화의 가능성」, 앞의 책, 30-31쪽.
18) 김병익, 「문화와 민주주의」, 『들린 시대의 문학』, 문학과지성사, 1985, 11-21쪽.

「지식인 됨의 고민」(1984)에서 그는 좌파적 지식인의 내면적 정신과 고뇌, 구체적인 투쟁과 갈등의 궤적을 진술하거나 추적하는 텍스트를 대상으로 하여, 지식인의 존재론에 대한 질문을 제기하고 있다. 이념과 실천 사이에 개입해 있을 간극이나 개인과 집단, 지식인과 무반성적 세계와의 긴장 등 좌파 지식인의 존재론에 대해 질문을 하고 있다. 그는 이념의 실천에 따르는 비참함과 오류를 역사의 대세 속으로 끌어들여 명분화하는 『아리랑』의 주인공 김산보다는 혁명의 도덕성을 강조하는 로자 룩셈부르크를 더 높이 평가하고 있다. 특히 그는 로자 룩셈부르크가 보여주는 "예술가의 진정한 밑바탕이 되는 것은 그가 의식적으로 설정한 것이 아니라 활기찬 인간 정신"이라는 언급 속에 표현된 지성을 높이 평가하고 있다.

그는 문학과 정치의 관계맺음에 대한 논쟁에도 치열하게 대응했다. 물론 이 문제는 김병익이 속해 있던 미적 모더니티를 중시하는 그룹이 아니라 사회적 모더니티를 중시하는 그룹의 비평가들에 의해 제기되어온 것이 사실이다. 그러나 비평의 존재론을 뒷받침하는 근간이 '타자와의 대화'라는 점을 중시할 때, '민중문학론'이나 '노동 문학론' 등은 김병익에게도 중요한 사유의 대상이었으며, 이 타자들과의 대화를 통해 김병익은 자신의 문학관을 변화시키는 동시에 더욱 견고하게 만들어갈 수 있었던 것이다.

「민중문학론의 실천적 과제」(1985)는 바로 이러한 타자와의 대화 과정에서 자신의 비평관을 확고히 드러내는 글이다. 그는 "민중문학에 대한 필자 나름의 이해와 공감을 유지하면서도 그것에 아직 전폭적으로 수용하기에는 많은 유보가 있는 사람으로서, 민중문학 진영 바깥에서 그 유보를 극복하고자 하는 기대"19)에서 쓴다고 밝히면서, 민중적 문학의 실천적 정착을 위해 고려되어야 할 것을 4가지로 제시하고 있다. 첫째 민중문학의 실천에 대한 문제제기이다. 그는 모더니즘을 타락한 예술로 비판하는 루카치보다는 전위적 형식을 중시하는 프랑크푸르트학파의 입장에 서서 민중문학의 내용 편향을 비판하고 있다. 둘째 장르의 해체 또는 확대에 대한 문제제기이다. 특히 르포와 일기 혹은 구비 문학의 무분별한 도입에 대해서는 문학의 하향화에 대한 우려를 보이고 있다. 셋째 비전문가들의 글쓰기 문제에 대한 문제제기이다. 그는 민중문학론이 보다 건강하게 전개되기 위해서는 전문 문학의 약점을 반성하는 것과 동시에 아마추어 문학의 한계도 인식되어야 한다고 못 박고 있다. 마지막으로 현실적으로 타당한 미래에 대한 전망의 제시를 요구하고 있다.

「'노동'문학과 노동'문학'」(1988)은 노동자들이 창작한 노동 소설들에 대한 비판을 감행하고 있다. 그는 홍희담의 「깃발」과 한백의 「동지와 함께」의 결론이 똑같이 '투쟁'이라는 구호로 끝나는 사실을 비판한다. '노동'문학이 문학을 버리고 노동 쪽으로 나갈 위험을 감지하면서, 앞으로 나가야 될 길은 노동'문학'임을 강조한다. 그리고 그 선례로 고리키의 자전소설 3부작을 올바른 노동'문학'의 예로 제시하고 있다.

위의 두 글은 모두 민중문학 논의 중 가장 급진적인 견해에서 강력하게 제시되는 '민중에 의한 문학', 곧 민중문학의 주체가 현장의 기층민이 되어야 한다는 주장에 대한 강력한 비판이다. 아마추어들에 의한 문학의 하향평준화를 우려하는 문제의식은 결국 자연스럽게 작가의 문제로 넘어가게 된다. 그는 작가에게 필요한 것은 첨예한 의식과

---

19) 김병익, 「민중문학론의 실천적 과제」, 앞의 책, 191쪽.

함께 형식에 대한 기법적인 능력임을 분명히 밝히고 있다.

「작가란 무엇인가」(1987)에서 고전주의 시대, 낭만주의 시대 등 시대의 변화에 따른 작가의 위상을 검토한다. 김병익은 작가가 자기 계급을 거부하고 현대의 경우 주도적 사회 계급으로서의 부르주아적 세계를 부정할 수 있는 힘을 개연적으로서만이 아니라 실체로서 확인할 수 있다는 점에서 초계급적 존재라는 점을 강조한다. 요컨대 그는 작가의 장인성(匠人性)을 주장한다.

> 우리는 여기서 '전문성'이라는 말을 기능인의 의미보다는 장인성이란 뜻으로 사용하고 싶다. 기능성이라면 직업적인 기술로서 능숙하게 비슷한 수준의 상품을 만들어내는 테크닉을 가리키지만 장인성이라는 데에는 숙련된 기술 위에서 그 한계를 극복하여 보다 새로운 제품을 창조해내려는 진지한 욕구가 들어있다. 이들은 다 같이 전문적인 기술의 습득을 전제하고 있지만, 그것이 기능성을 뜻할 때는 상투성의 반복을 수행할 것이며 장인성을 가리킨다면 반(反)상투적인 그래서 독창적인 새것을 제작해내는 것을 보여줄 것이다. 작가 모두가 장인적인 것은 아니며 현대 문화 산업의 구조가 장인성의 유지를 좁혀들게 하고 있는 것은 사실이지만, 그럼에도 생산의 모든 부면 중에 문학과 예술의 생산에 가장 넓게 이 장인성의 문이 열려있고, 또 기능적 전문성이 지배하는 사회이기 때문에 좁은 장인성의 문이 고귀한 의미를 띠게 된다는 점은 마땅히 주목되어야 할 것이다. 장인성으로서의 선택 자체가 타락한 지배 세력과 물신화 추세에 대한 부정과 저항의 표지이며, 실험적이고 전위적인 문학과 예술 작품이 오늘의 수용층으로부터 소외되고 무시된다는 그 측면에서 바로 그것은 진지한 도전적 문제성을 제기한다.
>
> —김병익, 「작가란 무엇인가」, 『전망을 위한 성찰』, 122쪽.

김병익이 말하는 '장인성'이란 독창적인 새것을 제작해내는 전문적인 능력으로, 타락한 지배 세력과 물신화 추세에 대한 부정과 저항의 정신을 실험적이고 전위적인 형식으로 창조해내는 것을 말한다. 이런 의미에서 위의 글에는 1980년대의 급진적 변화를 껴안으면서도 장인성이라는 문학의 미적 자율성을 지키려는 김병익 비평의 특징이 잘 드러나고 있다.

이런 맥락에서 김병익이 김영현의 『깊은 강은 멀리 흐른다』에 대해 '감동'을 논의하는 대목은 눈여겨보아야 한다. 즉 김병익은 김영현이 운동권 출신의 작가이면서도 '문학주의'를 포기하지 않고 있다는 점을 높이 평가하고 있다. 김병익은 "그의 가장 뛰어난 작품으로 「멀고 먼 해후」에서처럼, 그가 운동가로서의 투쟁적인 모습을 보여줄 때가 아니라 대의를 위해 헌신해야 할 자리에서 한없이 나약한 인간의 존재로 누추하게 나타나는 장면에서였고 거기서의 감동은 운동권의 좌절에 대한 피학적 쾌감에서가 아니라 저처럼 두려움 속에서 키워지는 헌신이야말로 진정한 변혁의 투신을 이룰 것이라는 그 변증의 섬뜩한 깨달음에서 얻어지는 것이었다."[20]고 고백하고 있다. 이런 평가의 근저에 사회변혁을 위한 문학도 문학예술로서의 품격을 지켜야 한다는 문학적 장인성에 대한 비평가의 판단이 작용하고 있음은 물론이다.

1980년대에 김병익은 급진적 변화를 껴안으면서도 앞으로 나갈 수 있는 비평의 가장 커다란 힘을 '장인성'에서 찾았다. 그에 의하면, 장인성이란 타락한 지배 세력과 물신화 추세에 대한 저항을 실험적이고 전위적인 형식으로 창조해내는 능력이다. 장인성에 입각한 김병익의 비평 활동은 1980년대 이념의 급진적 변화에도 문학의 장인성을 잃지 않는 문학의 창조 행위를 밝혀내는 데에 모아져 있었다.

---

20) 김병익, 「감동의 문학을 향하여」, 앞의 책, 195쪽.

4. 후기 산업 사회와 신세대 문학의 문제

1990년대는 환경과 매체가 급격하게 달라지면서, 1960년대에서 1970년대로, 혹은 1970년대에서 1980년대로의 변화가 주었던 충격보다도 더욱 강한 충격을 야기한 시기였다. 김병익에게 있어서 1980년대는 견뎌내어야만 했던 야만의 시대였던 동시에 자기 갱신을 가능하게 했던 시기였다고 볼 수 있다. 그렇기 때문에 1990년대의 달라진 문화 지형도 위에서도 그의 비평은 탄력성을 유지할 수 있게 되는 것이다.21)

그는 1990년대를 1980년대적 문제의식이 무장 해제된 시대로 파악하며,22) 싸움이 없다는 것, 이 시대가 어떻게 움직여가고 있는지 그 천착이 없다는 것이 진짜 위기임을 언급한다. 그는 1990년대에 와서 본격적으로 대중사회와 대중문화가, 미래가 아니라 우리들의 생활 속으로 들어와 우리의 의식과 정서를 뒤바꾸고 있다고 분석한다.23) 나아가 그는 1990년대 활발하게 활동하는 젊은 비평가들과 대화하면서 자신의 문제의식을 더욱 첨예화한다.

「90년대 젊은 비평의 새로운 양상」은 1990년대에 활발하게 활동하는 젊은 비평가들의 비평세계를 점검하면서 비평에 대한 자신의 입각점을 점검하는 글이다. 그는 권성우, 이광호, 신범순, 우찬제 등의 비평집을 검토하며, 1990년대에 와서야 비평문학이 바로 "문학 외적 세계로부터 문학의 자장 안으로 돌아와 '닫혀 있던' 문학의 텍스트를 펼

---

21) 구모룡, 「야곱의 씨름」, 『김병익 깊이 읽기』, 문학과지성사, 1998, 192쪽.
22) 김병익, 「우리 문학, 어디로 갈 것인가」, 『숨은 진실과 문학』, 문학과지성사, 1994, 69쪽.
23) 김병익, 「대중사회와 대중문화 논의」, 앞의 책, 41쪽.

치고 그 속을 들여다보며 그것들의 분석과 해석을 통해 인간과 인간의 구성체들을, 그것들의 고통과 꿈, 내면과 실체를 밝혀보자는 쪽으로 자리 옮김을 하게 된다"[24]고 긍정적으로 평가한다. 그는 1990년대에 대해 "독점 자본의 자기 증식운동과 정보 매체의 증대, 매스 미디어의 발달, 뉴미디어의 등장 그리고 문화 산업의 비대화로 특징지어지는 우리의 새로운 문화적 구조가 문학의 비판성, 신성성 등을 무화시키고, 모든 진지한 성찰의 담론을 세속화, 희화화시키는 파괴력을 보여주고 있다"는 이광호의 진단에 공감한다.

이렇듯 변화된 시대에 관한 관심은 장정일의 소설에 대한 점검으로 나타난다. 김병익은 이순원과 장정일의 성장소설을 분석하면서, 이것들을 현재 나타나는 상반된 두 전환기적 풍경으로 파악한다. 특히 장정일의 『아담이 눈뜰 때』에 대해 "주인공들은 바로 이렇게 타락하고 병든 사회 속에서 앓고 있다. 그 병을 장정일은 섹스로 앓고 있다"[25]라고 결론 내리면서, "후기 산업 사회의 퇴폐적 소비주의가 이미 우리의 삶의 현장 속으로 스며들고 있다는 것을 드러내는 작품"이라고 평가하고 있다. 장정일의 소설에 대한 평가는 젊은 작가의 작품들을 해석하고 적극적인 의미를 부여하는 김병익 비평의 유연성과 적극성을 드러내는 예이다.

그는 1990년대 중반기에 접어들면서 1990년대를 자본과 과학에 의한 패러다임 변화의 시기로 인식하고 있다. 1990년대에 와서 사유의 틀이 변모하는 것, 산업 구조와 경제 규모의 질적 양적 성장이 유도해내는 것, 정치적 사회적 행위와 풍속의 변화가 일구어내는 것들이 모

---

24) 김병익, 「90년대 젊은 비평가의 새로운 양상」, 앞의 책, 96쪽.
25) 김병익, 「고통에의 기억과 창조에의 고통」, 앞의 책, 262쪽.

두 "현저한 과학 기술의 발전"에 말미암고 있음을 분명히 밝히고 있다. 이는 소비 지향의 포스트 모던한 삶의 조건들과 가치체계, 컴퓨터에서 비롯된 멀티미디어의 일상,[26] 그리고 영상 사업의 폭주 속에서 문학이 무엇을 할 수 있고 해야 할 것인가[27]에 대한 근원적인 질문을 제기하는 문제의식으로 발전된다.

김병익은 다음과 같이 1990년대를 정리하고 있다. 우선 컴퓨터와 멀티미디어 등의 새로운 전자 과학과 그것들이 일구어놓을 소통 방식은 문학의 문체에서부터 장르와 개념에 이르기까지 폭넓은 변화를 야기하고 있으며, 그것은 이제까지의 문학적, 창작적 관념과 실제에 있어서의 변모를 예고하고 있다는 사실이다. 다음으로 이념의 붕괴와 체제의 변화, 사회와 문화 및 문학적 풍토의 변모는 창작의 성격을 대중화 상업화의 추세에 얹어 진정성의 문학을 위축시키고 생산과 소비의 시장 경제의 체계로 흡수하고 있으며, 따라서 문학 자체는 문화 산업의 한 기능적 부분으로 퇴화될 우려를 가진다. 따라서 작가는 자신의 위엄어린 자리로부터 밀려나 기능인으로 추락하고, 문학이 감당해온 역할과 기능 혹은 그것의 존재 이유까지도 현저하게 달라지며, 종래의 문학적 제도와 더불어 현대문학의 이념적 주축을 이루었던 리얼리즘도 변질될 것이라는 예견이다.[28]

김병익은 기본적으로 "새로운 삶의 양상은 새로운 형식을 통해 표출되어야 한다"[29]는 열린 시각으로 1990년대에 활동하는 젊은 신세대

---

26) 김병익, 「컴퓨터는 문학을 어떻게 변화시킬 것인가」, 『새로운 글쓰기와 문학의 진정성』, 문학과지성사, 1997.
27) 김병익, 「문학은 이제 어떻게 생산 소비 되는가」, 앞의 책.
28) 김병익, 「오늘의 우리 문학과 장인 정신을 위하여」, 앞의 책, 120-121쪽.
29) 김병익, 「신세대와 새로운 삶의 양식」, 앞의 책, 35쪽.

작가들의 작품에 적극적인 의미부여를 시도한다. 그는 '신세대 문학'에 대한 논의의 추이를 지켜보며 우려를 표하면서도 『신세대 : 네 멋대로 해라』의 서문에 나온 "구세대의 하모니와 신세대의 비트는 이성의 문화에서 감성의 문화로의 변화를 의미하며, 구세대의 오리지널과 신세대의 짜깁기는 창조의 미학에서 모방의 미학으로, 구세대의 원색과 신세대의 파스텔색은 강한 주체의식에서 중성적인 주체의식으로, 무거운 것에서 가벼운 것으로, 질서에서 무질서로, 정신의 문화에서 육체의 문화로, 가난에서 풍요로 변화하는 모습을 의미한다"와 같은 진단에 공감을 표한다. 그러면서 1990년대가 "새로운 전자 미디어와 그것이 만들어 놓은 문명 체계에 전염되고 혹은 틈입해 들어가면서, 자신들의 문학을 만들고 있다"[30]고 진단하며, 박청호와 김영하 등의 젊은 작가들에로 관심을 넓히고 있다.

김병익은 새로움과 진정성 사이의 균형감각을 잃지 않고 부단히 자기갱신을 이루어가는 평론가이다. 1990년대에 김병익은 환경과 매체의 급격한 변화를 껴안으면서도 헤쳐 나갈 수 있는 비평의 커다란 힘을 '신세대 문학'에서 찾았다. 새로운 삶의 양상은 새로운 형식에 의해 표출되어야 한다고 보고 있다. 그는 신세대 문학이란 컴퓨터 세대의 글쓰기라고 보면서, 신세대 문학의 특징으로 경쾌한 감수성, 도시적 상상력, 무감각한 윤리의식 등을 분석해 내고 있다. 1990년대 김병익의 비평 활동은 1990년대 후기 산업사회의 변화 속에서 파생되는 문학의 변모양상을 밝히는 데 모아지고 있는 셈이다.

---

30) 김병익, 「신세대의 새로운 삶의 양식, 그리고 문학」, 『21세기를 받아들이기 위하여』, 문학과지성사, 2001, 26쪽.

5. 열림의 유연성과 일굼의 성실성을 겸비한 비평

김병익은 시대상황에 대한 비전을 제시하면서 동시에 내면적 성찰을 중시하고, 디지털 시대의 전위에 동참하면서도 문학의 위의를 이야기하고, 변화하는 시대를 껴안으려는 '열림의 유연성'을 보이면서도 작품을 품으려는 '일굼의 성실성'을 잃지 않는다. 김병익은 온건한 진보주의자의 부드러운 힘을 가졌다. 비평의 미래를 부단히 탐구하는 정신이야말로 40년 동안 비평가의 길을 갈 수 있었던 대가의 힘이다. 디지털과 바이오테크 시대인 21세기가 내포하는 새로움과 변화를 누구보다도 능동적으로 껴안으면서 문학과 비평의 미래를 부단히 탐구하는 김병익의 비평 정신이야말로 40년 동안 끊임없이 글을 쓸 수 있던 대가의 원동력이었다.

앞서 언급한 것처럼 김병익은 새로움과 진정성 사이의 균형감각을 잃지 않고 부단히 자기갱신을 이루어가는 평론가이다. 그는 『새로운 글쓰기와 문학의 진정성』의 서문에서 "환경과 매체가 달라지면서 글쓰기의 실체로부터 문학의 관념에 이르기까지의 모든 것도 함께 바뀌지 않을 수 없으리라는 것. 그 바뀜을 열린 마음으로 껴안으면서 우리의 문학사 속으로 수용해야 한다는 것. 그 수용의 척도는 시간과 자리의 다름에도 결코 달라져서는 안 될 문학적 진정성에 두어야 한다는 것"을 비평관으로 밝힌 바 있다. 또한 『21세기를 받아들이기 위하여』에서는 "아아, 나는 나의 삶이 생애의 끝자락만으로 21세기에 걸쳐 있다는 것을 참으로 다행스러워(!)하고 있는 중"이라고 말했던 과거의 진술을 "아아, 나는 나의 삶이 생애의 끝자락 만으로라도 21세기에 걸쳐 있다는 것을 참으로 흥미로워(!)하고 있는 중"이라고 고쳐 말하며, 인식의 변화와 그 궤적을 드러내는 자기갱신을 끊임없이 감행한다.

새 평론집 『그래도 문학이 있어야 할 이유』(문학과지성사, 2005)에서는 디지털 시대, 문학의 암울한 전망에도 불구하고 여전히 존재하는, 아니 계속해서 존재해야 되는, 문학의 진정성을 지켜내려는 대가의 격조와 품위를 보여준다. 김병익은 문자문화로서의 문학이 디지털 시대의 접속 문명으로 편입되어야 할 운명에 직면해 있는 곤혹스러운 상황을 직시한다. 그는 그 곤혹스러운 자신의 심경을 왕당파이면서 부르주아의 상승을 예견했던 발자크를 빌어 '그럼에도 불구하고(malgr lui)의 탄식'(김병익, 「변화의 틈새에서의 문학」, 92쪽)이라고 이름 붙이고 있다. 그는 문학이 처한 암울한 상황을 직시하면서도, 문학의 존재 이유에 대해 "문학은 인간을 사물화 하는 기능주의, 사람을 기계로 전락시키는 속도주의, 인류의 다양성을 파괴하는 획일주의에 대항하는 아마도 유일한 휴머니즘으로서의 역할과 소명"(김병익, 「그래도 문학이 있어야 할 이유」, 102쪽)을 가지고 있음을 재확인한다.

특히 새 평론집에서 김병익은 중용과 중재를 강조하고 있다. 가령, 곤혹스러운 시기를 이성적으로 판단하고 온유와 타협으로 포용한 염상섭 『삼대』의 조덕기와 같은 인물이 오늘의 우리 현실에 더욱 필요한 존재(「중용과 화해의 인간형을 기다리며」)라는 진술이나, 자유주의자이며 인문주의자인 고종석의 소설에서 읽어낸 품위와 연민의 미덕을 중시(「품위와 연민」)하는 모습이나, 조경란의 소설에서 은희경의 외향적 서술과 신경숙의 내면적 독백을 융합시킨 아름다운 문체미학(「괴이한 기척에서 원초에의 기억으로」)을 읽어내는 시각이나, 개발주의가 야기하는 문제도 심각하지만 대책 없는 보존론자의 완강한 고집도 벗어나야 한다는 환경에 대한 진단(「호수공원에서 북한산을 바라보다」) 등은 병든 세상을 껴안는 이

해와 관용, 개방과 중재의 시각을 드러내는 대가의 글로 손색이 없어
보인다.

「소설가는 왜 소설을 쓰는가」에서 김병익은 "소설가의 소설쓰기에
대한 자의식은 소설가가 자기 시대에 대해 어떻게 생각하고 있으며
자신의 소설적 대응방식을 어떻게 설정하고 있는가에 대한 탐색에 다
름 아니다"(56쪽)면서, 1970년대를 대표하는 이청준과 1980년대를 대
표하는 김영현과 1990년대를 대표하는 김영하의 소설을 분석하고 있
다. 그리하여 "이청준은 '소설로 쓰는 소설가의 심리해부'를 통해 그
것을 개인적 자유의 문제로, 김영현은 '소설로 쓰는 소설가의 임무'
부여를 통해 공동체적 정의와 실천의 과제로, 김영하는 '소설로 쓰는
소설쓰기의 방법론'을 통해 인식의 해체적 수법으로 소설쓰기를 제
시"(57쪽)하였다고 논의하였다.

또한 「시는 컴퓨터를 어떻게 받아들이는가」에서 김병익은 하재봉,
서정학, 이원의 시를 함께 다루면서 시인들이 만들어내는 '인공서정'
의 의미를 논의한다. 김병익은 컴퓨터의 상용화가 기존의 글쓰기를 어
떻게 변화시킬 것인가에 대한 화두를 전개한다. 그리하여 "하재봉이
컴퓨터의 모니터를 도전적으로 대면(/)하고 있는 자세이고 그 자세를
바꾸어 서정학이 비디오 게임의 모니터 화면 속으로 들어가고 있음(-)
에 비해, 이원은 컴퓨터를 자신의 몸 안에 내장하여 클릭으로 자신과
한 몸(:)으로 만들고 있다"(78쪽)와 같은 감각적 결론을 제시하였다.

대가가 새로운 세대의 젊은 시인들을 읽어내는 이 동시대적 감각은
얼마나 신선한가! 또한 문학과 지성사를 대표했던 김병익이 박노해에
대해 썼던 글들은 또한 얼마나 아름다웠던가! 황순원은 그의 소설에서
"아름다운 남자"에 관해 이야기 한 적이 있다. 예리하면서도 부드럽고

엄격하면서도 관대한 정신이 아름다운 남자의 미덕이었다. 나는 김병익 비평들과 대화하면서 황순원의 소설을 읽으며 행복했던 기억을 떠올렸다. 관대하고 아름다운 남자에 대한 그리움은 아마도 마초들이거나 아니면 기회주의적인 남자들이 설치는 사회에 대한 환멸 때문이기도 하다. 김병익 비평의 '부드러움의 힘' 속에서 더 나은 질문을 향한 비평적 모험을 본격적으로 떠나보고 싶다.

여성비평가들의 탄생
—2000년대 평론집을 중심으로—

1. 여성, 다락방을 내려와 펜을 잡다

산드라 길버트와 수잔 구바는 19세기 여성작가의 문학적 상상력을 '다락방의 미친 여자'로 명명한 바 있다. 그들은 제인 오스틴, 샬롯 브론테, 에밀리 디킨슨, 버지니아 울프, 실비아 플러스에 이르는 여성들의 작품에서 감금과 탈출의 이미지, 미친 분신이 온순한 자아의 반사회적 대리인으로 기능한 점, 불편한 육체의 은유와 질병의 묘사 등을 읽어낸다. 그러면서 19세기는 여성이 작가가 된다는 것이 어떤 의미에서 더 이상 이상하지 않는 최초의 시기였음을 역설한 바 있다.(산드라 길버트·수잔 구바, 『다락방의 미친 여자』, 이후출판사, 2009)

그렇다면 우리문학사에서 여성이 비평가가 된다는 것이 더 이상 이상하지 않는 시기는 언제였을까? 여성작가에 관한 연구는 이제 활발하게 진행되면서 양적으로나 질적으로나 어느 정도 수준에 이르렀다고 판단된다. 그런데 이에 비해 여성비평가에 관한 연구는 어떠한가? 한국여성비평가로서의 맹아는 거슬러 올라가면 20세기 전반기의 나혜석과 임순득에서 찾아볼 수 있다. 나혜석은 전통적 가부장제에 도전하고 여성의 자의식을 부르짖는 자유주의 여성의 선각자적 인물로 볼 수 있다. 나혜석은 소설 「경희」와 수필을 통해 여성이 남성 주체와의 관계에 의해서만 위치 지어지는 존재로 규정되어 온 것을 비판하면서, 교육주체와 결혼주체로서의 자각을 통해 여성도 근대적 개인주체로 탄생하기를 요구하고 있다. 또한 나혜석은 여성의 고유한 경험을 공론화함으로써 여성의 문제를 좀 더 객관적으로 인식하는 것이 여성문학론의 중요한 측면임을 언급하였다.

또한 1930년대 후반에 등장한 임순득은 자기 시대의 '여류작가' 논의를 비판하고 여류작가도 여성이기 이전에 작가임을 강조하는 논쟁적인 글을 발표하면서 여성평론가로 등장하였다. 임순득은 사회주의 여성운동을 하면서 본격적인 비평가로서의 자의식을 갖고 '여성'과 '민족'에 관한 글쓰기를 감행하였다. 임순득은 소설 「일요일」과 많은 평론을 발표하면서 감상주의를 비판하고 여성지식인의 내면의식을 보여주는 글을 발표하였다.(이상경, 『임순득, 대안적 여성주체를 향하여』, 소명출판사, 2009, 120쪽)

해방 이후 여성문학 논의는 1980년대에 『여성과 사회』와 『또 하나의 문화』를 통해 본격화된다. 『여성과 사회』가 사회 변혁 속에서 여성의 문제를 모색했다면, 『또 하나의 문화』는 "진정한 여성성의 발견과 자매애(姉妹愛)를 통해 창조된 여성문화"를 주장했다. 두 집단을 중심으로 본격화된 여성문학론은 한국사회에서 일어나는 여성의 현실에 문제를 제기하면서 여성의 삶을 변화시키는 데 기여하는 여성해방문학론을 지향했다는 공통점을 가지고 있다.(이상경, 『한국근대여성문학사론』, 소명출판사, 2002, 26쪽)

이런 의미에서 1990년대는 한국에서 여성이 비평가가 된다는 것이 어떤 의미에서 더 이상 이상하지 않는 최초의 시기였다. 왜냐하면 1990년대가 추구한 탈이념, 일상성, 내면성의 문제는 자연스럽게 여성성과 함수관계를 맺고 있었기 때문이다. 더구나 1990년대는 문학에서 독자의 영역에 머물러 있던 여성들이 대거 생산자로 이동하면서 한국문학의 주류로 등장한 여성문학의 황금기였다. 1990년대에는 문학 전반에 걸쳐 많은 여성 문학가들이 진출하는 이른바 여성문학의 확산과 함께 페미니즘 논의가 활발해지는 이론적 심화를 동시에 보여주었다.

박혜경의 『상처와 응시』(1997)와 황도경의 『우리시대의 여성작가』(1999)는 젊은 여성비평가 그룹의 제일 앞에서 활동한 선두주자의 비평집으로 볼 수 있다. 박혜경은 사실상 1990년대 여성비평문학의 문을 연 담당자로 볼 수 있다. 특히 「여성의 자기 정체성 찾기」라는 글은 90년대 페미니즘 문학을 여는 일종의 이정표적 의미를 담고 있다. 황도경의 경우는 여성비평가의 시각으로 다시 읽는 본격적인 여성작가론을 집중적으로 발표한 점에서 주목해야 한다. 그녀는 이 평론집에서 박완서에서 송경아까지 분석하면서 여성작가의 여성성 발굴에 관심을 집중한다. 특히 "마녀의 탄생"으로 명명한 '전경린론'은 여성비평가로서의 비평안이 드러나는 뛰어난 평론이다.(황도경, 『우리시대의 여성작가』, 문학과지성사, 1999, 169쪽)

문학비평에서 페미니즘의 영향은 30여 년 동안 그 저변을 넓혀가고 있다. 2000년대 이후에는 오히려 '포스트-페미니즘'이라는 용어가 등장할 정도로 젠더뿐만이 아니라 계급, 인종, 종교와 섹슈얼리티에 의한 육체성이 부각되고 있는 추세이다. 페미니스트 문학비평은 초기에는 문학에 나타난 여성의 재현문제, 혹은 여성작가의 역사, 혹은 여성의 자서전적 글쓰기 등을 주로 다루었다. 최근 들어 페미니즘 비평가들은 후기구조주의와 페미니즘 비평 혹은 정신분석적 페미니즘 비평, 프랑스 페미니즘 비평과 여성의 몸에 대한 글쓰기, 후기식민주의와 페미니즘 비평, 퀴어 이론까지 그 영역을 넓혀가고 있다.(Gill Plain & Susan Seller, 『A History of Feminist Literary Criticism』, Cambridge U.P, 2007, pp.1-3)

이 글에서는 페미니즘의 역사적, 이론적 흐름을 바탕으로 젊은 한국 여성비평가들의 비평담론을 검토하고자 한다. 이를 통해 여성비평가들 여성문학, 혹은 여성비평의 흐름을 살펴볼 것이다. 논의의 집중을 위해 2000년대에 발간된 여성비평가의 비평집을 중심으로, 젊은 여성비평가의 비평을 살펴보고자 한다. 그 중에서도 분석의 대상을 김미현의 『여성문학을 넘어서』(민음사, 2002), 신수정의 『푸줏간에 걸린 고기』(문학동네, 2003), 최성실의 『육체, 비평의 주사위』(문학과지성사, 2003), 심진경의 『여성, 문학을 가로지르다』(문학과지성사, 2005)로 한정하여 논의를 전개할 것이다.

2. 여성의 몸, 인어공주와 아마조네스의 이중성

김미현의 비평집인 『여성문학을 넘어서』는 20세기 여성문학의 빛과 그늘을 중심에 놓고 여성문학의 과거와 미래를 성찰하고 있다. 이 비평집은 여성작가의 역사를 개괄하는 1부와 여성문학에 나타나는 정체성의 문제를 다룬 2부와 여성작품에 나타나는 현실 문제를 다룬 3부, 그리고 여성문학의 고유성의 문제를 다룬 4부로 구성되어 있다. 김미현은 'Herstory', 'Gender', 'Reality', 'Power'라는 키워드를 통해 '그녀들만의 역사'에 눈을 뜬 여성들이 자신들의 '정체성'을 어떻게 인식하는지, 그리고 그것이 '현실'과 어떤 관계를 맺으면서 자신의 '고유성'을 획득할 수 있는 가에 주목한다. 또한 여성작가들은 여성들의 역사를 바로잡기 위해 여성들의 몸과 감각과 언어를 어떻게 활용하는지, 그리고 가부장제, 자본주의, 식민주의라는 삼중고(三重苦) 속에서 어떻게 자아와 가족, 계급의식을 형성하는지 논의하고 있다. 나아가 이런 논의를 통해서 여성에 대한 차별만을 강조했던 '피해자 페미니즘'이나 여성이 남성과 자리만 바꾼 '전투적 페미니즘'의 한계를 극복하고 사랑, 모성, 생명 등 여성적 가치를 중심으로 여성의 힘과 다름을 강조하는 '파워 페미니즘'으로 나갈 수 있음을 역설한다.

김미현 역시 여성작가들에게만 지면을 할애한 것은 아니지만, 김명순, 강경애, 최정희, 백신애, 김말봉, 강신재, 박완서 등 20세기 한국 여성작가의 고전을 발굴하는 데에 힘을 쏟고 있다. 또한 그녀는 은희경, 공선옥, 서하진, 배수아 등 동시대 여성작가들의 작품에 애정을 갖고 정치하게 분석한다. 은희경의 소설에서 '판도라의 춤'을 읽어내고, 배수아 소설에서 '이미지가 생성하고 움직이고 기억하고 글을 쓰는 과정'을 읽어내고, 신경숙의 소설에서 사랑으로 인한 위안과 상처를 '유산과 불임'으로 읽어내고 있다.

김미현의 비평 가운데 가장 주목을 요하는 글은 「인어공주와 아마조네스, 그 사이」이다. 이 비평은 여성의 몸에 대한 철학적 사유에서 시작된 글이다. 김미현은 남성의 몸이 일반적인 인간의 몸을 대표하는 데 반해, 여성의 몸은 아직도 금기시되고 초월해야 할 대상으로 간주되고 있음을 지적한다. 그녀에 따르면, 여성의 몸은 한편으로 피폐해진 세상을 구원할 '대지'로 간주되면서 풍요와 치유의 상징으로 격상(格上)되거나, 다른 한편으로 영혼이 부재하는 '텅 빈 그릇'으로 간주되어 불완전한 남성의 몸으로 격하(格下)되기도 한다는 것이다. 때문에 김미현은 여성에게 몸은 '순응의 최후방'이자 '저항의 최전방'이 될 수 있으며, 순응의 극단에 '인어공주'가 있고 저항의 극단에 '아마조네스'가 있다고 파악한다. 그리고 오정희의 「중국인 거리」를 대상으로 여성작가가 바라본 여성의 몸을, 전경린의 「남자의 기원」을 대상으로 여성작가가 바라본 남성의 몸을, 이윤기의 「진홍글씨」를 대상으로 남성작가가 바라본 여성의 몸을 인어공주와 아마조네스라는 시각으로 분석해낸다.

오정희의 「중국인 거리」는 6·25 전쟁 직후의 인천 차이나타운을 배경으로 한 조숙한 열 살의 여자아이가 전쟁과 성과 죽음을 알게 되는 성장소설이다. 가난한 중국인 거리에 사는 여자아이는 아기가 "여자의 벌거벗은 두 다리 짬에서 비명을 지르며 나온다는 것쯤은 누구나 알고 있다"(오정희, 「중국인 거리」, 『유년의 뜰』, 문학과지성사, 1981, 71쪽)고 단언한다. 여자아이는 혼혈아를 키우는 매기언니와 일곱 번째 아이를 갖고 있는 어머니를 통해서 식민화된 여성의 몸과 만나게 된다. 특히 거듭되는 임신과 출산에 의해 황폐해진 어머니를 통해 여성의 몸을 부정적으로 바라본다. 이에 대하여 김미현은 식민화된 여성 몸의 원형으로 인어공주를 논의한다.

식민지화된 여성의 몸을 안데르센 동화에 등장하는 인어공주의 몸에서 확인할 수 있다. 사랑하는 왕자를 얻기 위해 인어공주가 잃은 것은 자신의 목소리였고, 얻은 것은 두 다리였다. 목소리는 자신의 존재를 알릴 수 있는 몸이기에 자아정체성을 상징한다. 반면 다리는 반인반어(半人半魚)에서 완전한 인간이 되기 위해 필요한 것이다. 그러나 다리는 남근과 비슷했던 인어의 꼬리 대신 여성성기가 생겨났다는 징표가 된다.

하나의 다리인 '꼬리'로는 남성의 몸이 들어갈 수가 없다. 때문에 피부를 갈라 두 개의 다리를 만들어야 한다.

이때 다리가 갈라짐으로써 생긴 여성의 성기를 통해 인어공주가 비로소 성적인 여성이 되었음을 확인할 수 있다. 때문에 인어공주의 피부는 그냥 갈라진 것이 아니라 처녀막처럼 찢어진 것에 더 가깝다. 그런 상실과 육체적 고통을 겪은 후에야 인어공주는 어린아이가 아닌 성숙한 여인으로 성장한다.

－김미현, 「인어공주와 아마조네스, 그 사이에서」, 『여성문학을 넘어서』, 85쪽

김미현은 인어공주를 남성에게 순응하는, 식민화된 여성의 몸을 상징하는 인물로 본다. 그녀의 관점에서 여성의 육체적 성장은 성행위나 임신과 출산이 불가능한 몸에서 그런 것이 가능한 몸으로 변화하는 것이다. 오정희의 「중국인 거리」의 여자아이가 "여성의 동물적인 삶에 대해 동정"하지만, 소설의 마지막이 여자아이의 '월경'으로 끝나는 것도 여자아이 역시 여성으로서의 임신과 출산이 가능한 몸을 갖게 된다는 것을 보여주는 고도의 전략으로 해석된다.

이윤기의 「진홍글씨」는 남녀평등주의자였던 남편의 뒤늦은 가부장적 사고에 대한 비판을 담고 있는 소설이다. 이윤기는 아마존 이야기를 통해 소설을 풀어나간다. 아마조네스의 잘린 오른쪽 유방은 저항하는 여성의 몸을 상징한다. 김미현에게 아마조네스는 남성의 성적 대상이 되는 아름다운 유방이나 인위적으로 만들어진 유방이 아니라, 일그러진 유방이나 있는 그대로의 유방을 통해 자기 몸의 주인이 되려는 몸짓을 보여주고 있다. 그녀는 이윤기가 스스로 자른 한쪽 유방을 지닌 아마조네스들을 통해 억압적인 모성을 문제 삼고 있는 것으로 해석한다.

김미현은 여성의 몸이 여성 경험의 토대이자 은유임을 역설한다. 그

런데 세상이 여성의 몸을 어떤 틀로 강요함으로 오히려 여성의 몸을 훼손시키는데, 이런 극단에 인어공주와 아마조네스가 있다고 본다. 이런 의미에서 김미현에게 여성의 몸은 인어공주와 아마조네스의 이중성을 갖고 있으며, 생물학적 차원을 넘어서는 사회문화적 구성물이자 여성문학을 사유할 수 있는 중요한 도구로 간주된다.

3. 여성의 언어, 고통과 희열의 이중성

신수정의 첫 비평집인 『푸줏간에 걸린 고기』는 1990년대의 젊은 작가들을 중심에 놓고 한국 문학의 가능성을 살피고 있다. 이 책은 1990년대 문학이 개인의 경험을 하나의 의미로 환원시키고 그것의 구체적인 진실을 은폐하는 집단 통념에 대한 거부의 목소리라고 보는 문학 일반론을 다룬 1부와 작가론 위주의 2부와 작품론 형식의 3부 그리고 리뷰 형식의 4부로 구성되어 있다.

신수정 역시 남성작가들을 배제하고 여성작가들에게만 지면을 할애한 것은 아니지만, 박완서에서 은희경, 신경숙, 하성란, 배수아, 조경란, 한강 등 동시대 여성작가들의 작품을 특별한 애정을 갖고 섬세하게 분석한다. 은희경의 소설에서 "유쾌한 환멸과 우울한 농담"의 이율배반을 읽어내기도 한다. 그리고 조경란의 소설에서 "집으로부터 도피의 여정"을 읽어내고 한강의 소설에서 "집을 향한 회귀의 여정"(390쪽)을 읽어서 여성 작가의 소설을 통해 집과 가족이라는 테마를 심도 있게 논의한다.

특히 신수정이 가장 공들여 분석하는 작가는 신경숙이다. 신경숙에 대한 신수정의 관심은 '90년대'와 '여성'이라는 두 가지 문제의식에서 출발한다. 우선 그녀는 신경숙의 『바이올렛』에 등장하는 여성인물 오산이를 '타자'로 읽어낸다. "오산이는 아버지의 호명을 받지 못한 존재이다. 그녀에게 이름을 부여해주고 상징적 질서의 안쪽으로 끌어당겨줄 유일한 존재로서의 아버지는 없다. 이 절대적인 아버지의 부재가 그녀를 하나의 '잉여' 혹은 정반대의 텅 빈 '결여'로 만든다. 아버지의 호명이 없이 그녀가 우리들의 의미체계 속으로 진입할 길은 없다. 당연히 그녀는 우리들의 언어로는 포착되지 않는 '타자'의 영역에 속한다."(신수정, 「다시, 씌어지는 이야기-신경숙의 바이올렛」, 앞의 책, 257쪽) 그리하여 오산이는 바이올렛처럼 어디에나 흔하게 피어있는 작은 꽃에 지나지 않는다. 그러나 누군가 그 존재를 '알아본다'면, 비로소 오산이는 타자가 아닌 주체가 될 수 있다. 그런 맥락에서 신수정은 신경숙의 소설에서 '알아본다'가 갖는 메타포를 분석하여 방에 유폐된 존재가 세계와 소통하려는 욕망으로 발전하는 양상을 분석한다. 나아가 이러한 소통 욕망은 신경숙 소설에서 동성애적 코드로 드러나기도 하고, 글쓰기에 대한 욕망으로 드러나기도 함을 밝힌다.

신수정의 여성적 글쓰기, 혹은 신수정이 생각하는 여성과 문학의 관계를 읽어낼 수 있는 글은 「비명과 언어-여성을 말한다는 것」로 보인다. 그녀는 여성작가들의 작품에 공통으로 등장하는 '비명'이라는 단어에서 여성적 글쓰기의 원형을 찾는다. 이 비평문은 마르그리트 뒤라스의 『모데라토 칸타빌레』와 신경숙의 『바이올렛』과 김혜순의 『불쌍한 사랑기계』를 검토한 후, 외국소설, 한국소설, 한국시에 등장하는 '비명'을 출산의 고통이나 희열과 관련지어 분석하고 있는 의미 있는 글이다.

이 '비명'들이 단순한 우연의 일치일까. 흔히들 비명이란 언어화되기 이전의 단계, 의미로 분절되기 이전의 음성이라고 말한다. 즉 언어적 상징화 과정의 이전, 혹은 그 바깥에 존재하는 언어라는 것이다. 그런 의미에서 비명을 언어라고 말하기는 곤란할지도 모른다. 그러나 우리가 어떤 급박한 상황에 놓였을 때 말보다 먼저 외마디 비명을 내지르기도 한다는 사실을 상기하면 비명 역시 또 하나의 언어라고 할 수 있다. 분명, 비명은 존재의 표현이자 존재 그 자체다. 그 속에는 사회적 상징체계보다 더 직접적이고 더 절실한 무엇인가가 깃들여 있다. 그렇다면 그것은 언어화되지 못한 언어는 아닌가. 비명은 아직 언어화되지는 못했지만 끊임없이 언어를 발생시키고 규제하는 의미의 원천으로서 언어와 비언어의 경계를 암시하는 그 무엇인지도 모른다.

— 신수정, 「비명과 언어」, 『푸줏간에 걸린 고기』, 20쪽

비명이란 언어가 되기 이전의 소리, 라캉 식으로 말하면, 상징계 이전의 상상계의 언어이다. 그래서 그것은 "카니발의 웃음이거나 무의미한 중얼거림"이다. 신수정은 그 비명을 신경증 화자의 병력구술로 이루어진 『모데라토 칸타빌레』, 고통 속에서 어머니의 상처와 어머니의 몸을 발견해내는 신경숙의 『바이올렛』, 여성만이 소리를 손길로 변용시키는 몸의 에로스를 알고 있다는 김혜순의 『불쌍한 사랑기계』의 분석을 통해 구체화시키고 있다.

신수정은 『모데라토 칸타빌레』을 분석하면서, "자기 안의 비명 소리를 환기하기 시작한 여성은 이제 말하기 시작한다. 그러나 그것은 더 듬거리며 이어지는 다양한 환유의 사슬이거나 질병에 대한 구술로 드러날 뿐이다. 바로 '그것'을 말할 수는 없다. 그것은 언제나 부재한다. 그것을 말하기 위해서는 항상 다른 어떤 것을 이야기 하지 않으면 안된다"(27쪽)고 서술한다. 그녀에 따르면, 여성의 언어는 논리적 의미를 함유하고 있는 남자의 언어가 아니라, 환유의 단어더미들이며 단발마

적인 비명이 된다. 신수정은 그 비명이 신경숙의 소설에서는 "고통이 어머니의 상처로 전이되고 어머니의 몸의 발견으로 이어지는 희열 (jouissance)의 과정"(35쪽)으로 드러나며, 또한 김혜순의 시에서는 출산으로 상징되는 "혼동의 언어를 몸으로 체험하는"(44쪽) 것으로 분석한다.

신수정은 여성이 글을 쓴다는 것은 남성의 상징적 언어체계에 편입되는 것이 아니라, 여성 내부의 욕망을 '비명'을 통해 드러내는 것임을 분석해낸다. 즉 그 비명은 상징계 이전의 상상계의 언어로 볼 수 있다. 신수정은 그러한 여성의 언어를 갈망하는 여성인물이 억압으로부터 돌파구를 찾아내거나, 혹은 혼동의 언어를 신생의 언어로 빚어내는 여성적 체험에 주목함으로써 여성의 언어가 고통과 희열의 이중성을 가지고 있음을 보여준다.

4. 여성의 섹슈얼리티, 낭만적 사랑과 열정적 사랑의 이중성

최성실의 첫 비평집인 『육체, 비평의 주사위』는 한국문학의 성적 상상력과 성 정치학을 개괄하는 1부와 1990년대의 문학적 특징을 살피는 2부와 여성작가의 작품에 나타나는 여성의 섹슈얼리티 문제를 다룬 3부로 구성되어 있다. 최성실은 포르노, 에로티즘, 섹슈얼리티 등에 문제의식을 갖고 평론을 발표하였다.

최성실 역시 여성작가들에게만 지면을 할애한 것은 아니지만, 오정희, 서하진, 전경린, 배수아, 이평재, 오수연, 김연경 등 동시대 여성작가들 가운데에서도 도발적이고 파격적인 작가의 작품에 애정을 갖고 문학적 의미를 부여한다. 전경린과 서하진의 소설이 "사회적인 이데올로기에 의해서 구성되지 않은 채 남아 있는 나, 자기 안에 감추어진 광기와 환상과 꿈을 현실에서 재현하고자 하는 욕망과 맞물려 있다"고 분석하거나(191쪽), 배수아의 소설에서 '잡종적 주체'(122쪽)를 읽어낸다.

여성적 글쓰기에 관한 테마가 가장 선명하게 드러나는 부분은 1950년에서 1990년에 이르는 여성작가의 작품을 통해 여성성과 근대성의 상관관계를 검토한 「근대, 자본주의, 여성성」이다. 최성실은 이 글에서 근대 자본주의와 여성성을 결부시켜 이중성에 대해 언급한다.

> 사실 여성성의 문제는 시대와 상황에 따른 차이를 만들어 내며 그 차이의 생산이란 끊임없이 변화하는 과정 속에서 이루어지고 있다는 사실과 함께 동시에 논의되어야 한다. 여성성은 근대성을 대변하는 남성성의 문제와 대립관계에 있는 것이 아니라 어쩌면 이의 합성물인지도 모른다는 것이다. 이성, 진보, 발전의 논리로 이루어진 근대성의 대변자가 남성적인 것으로만 귀결되는 것이 아니라 여성성 자체에도 근대성과 결탁하기도 하고 모순되기도 하는 수많은 논리가 함께 작용하고 있다는 것이다. 다시 말해서 여성성의 문제는 근대적인 것과 대치하고 있는 문제가 아니라 그 안에서 뒤틀리며 일어나는 내파의 영역이라는 사실과 밀접한 관련이 있다.
>
> ─최성실, 「근대, 자본주의, 여성성」, 『육체, 비평의 주사위』, 76~77쪽

최성실은 여성이 자신의 몸을 담보로 근대적인 것과 맞서 있으면서 다른 한편으로는 그 몸을 통해 근대적인 것을 구체화시켜야 하는 이중성, 혹은 양가성의 운명에 처한 것을 날카롭게 읽어내고 있다. 여성성은 단지 남성성이나 근대성과 대립되기만 한 것이 아니라는 논의는 이후 그녀가 여성문학을 비평하는 데에 중요한 근거로 작용한다. 그렇

다면 여성비평가 안에서 최성실의 개성이 부각되는 지점은 어디일까? 이는 섹슈얼리티와 관련된 3부의 글로 보인다. 최성실은 섹슈얼리티에 관하여 "섹슈얼리티는 물질적인 의미의 포르노와 에로티즘을 포괄하는 성담론으로 구체화되면서 성을 둘러싼 담론체계, 문화, 관습, 의식적 실천들을 아우르는 용어로 일반화"(64쪽)하여 논의하고 있다.

특히 「메두사의 얼굴을 한 섹슈얼리티, 그 존재적 모순」은 최성실의 개성을 읽을 수 있는 비평이다. 섹슈얼리티 문제에서 사랑을 도식화하자면 숭고함을 추구하는 낭만적인 사랑과 에로틱함을 추구하는 열정적인 사랑으로 구분할 수 있다. 낭만적인 사랑이란 정신적인 부분을 메워주는 영혼과의 만남을 가정하며 불완전한 개인을 완전한 전체로 만들어준다고 생각한다. 그러므로 낭만적인 사랑이란 기존의 제도와 쉽게 단절하지 못하고 그 안에서 숭고한 사랑에 대한 꿈을 키워나가려고 한다. 이에 반해 열정적인 사랑이란 관능과 유혹의 극단을 치달으면서 파멸도 불사할 만큼 욕망과 갈망을 추구한다. 그러므로 열정적인 사랑이란 제도와 사회적인 규범과 과감하게 단절한 채 육체적 쾌락을 키워나간다.

최성실은 이런 섹슈얼리티 문제로 개개인 사이를 규정하고 있는 친밀성의 문제를 되짚어보기 위하여 오정희, 전경린, 이평재 소설을 호출한다. 평론가에 따르면, 오정희 소설의 사랑은 낭만적인 사랑이라고도 열정적인 사랑이라고도 말할 수 없고 균형감을 유지한 채 그 두 영역에 모두 속한다. 이에 비해 전경린은 열정적인 사랑이 과연 모든 제도적인 것을 초월하여 완전한 것으로 존재할 수 있는가 하는 물음을 던진다고 본다. 그리고 열정적인 사랑도 결국에는 제도와 주변의 응시에서 벗어나지 못하고 망가진다는 것을 보여준다고 한다. 이에 반해 이평재는 낭만적인 사랑이나 열정적인 사랑 자체가 아닌 감각의 문제에 관심을 쏟는다고 해석한다. 그리고 이것은 섹슈얼리티와 친밀성의 문제를 근본적으로 해부하고 육체적 감각 자체를 끝까지 견지하며 그럼에도 불구하고 남아있는 잉여적인 억압이 무엇인가, 하는 물음으로 이어진다.

최성실은 여성의 섹슈얼리티 문제에 집중한다. 친밀성으로서의 섹슈얼리티 가운데 숭고함을 추구하는 낭만적인 사랑과 에로틱함을 추구하는 열정적인 사랑으로 구분한 후 논의를 전개한다. 낭만적인 사랑이란 정신적인 부분을 메워주는 영혼과의 만남을 가정하나 기존의 제도와 쉽게 단절하지 못하는 한계를 갖고, 열정적인 사랑이란 관능과 유혹의 극단을 치달으면서 욕망의 극단을 추구하지만 제도와 규범과 단절한 채 필연적으로 파멸을 향해 나아가는 한계를 갖고 있다고 본다. 이런 의미에서 최성실은 여성의 섹슈얼리티가 낭만적 사랑과 열정적 사랑의 이중성을 갖고 있다고 파악한다.

5. 여성의 모성, 억압과 해방의 이중성

심진경의 첫 비평집인 『여성, 문학을 가로지르다』는 '여성'과 '섹슈얼리티'를 중심에 놓고 여성문학의 가능성을 살피고 있다. 이 비평집은 한국문학의 섹슈얼리티를 다룬 1부와 여성성, 육체, 글쓰기의 문제를 다룬 2부와 비평가의 페미니즘적 성격을 강하게 드러내는 모성의 상상력을 다룬 3부로 구성되어 있다.

왜 '여성'과 '섹슈얼리티'를 글쓰기의 주제로 설정했는가에 대해서, 비평가 자신은 "여성은 문학 안에서 언제나 타자로서 소외되어 왔다.

그리고 섹슈얼리티의 문제는 그러한 여성의 타자화가 어떠한 심리적 사회적 메커니즘을 거쳐 이루어지는가를 극적으로 보여주는 지점이다. 그런 면에서 여성은 상징적 질서의 모순과 틈을 들여다봄으로써 지배 질서의 승인을 거부하고 그 질서 속에서는 포착될 수 없는 욕망과 언어를 드러내는 존재"(5쪽)라고 밝히고 있다.

'여성'에 관한 테마가 가장 선명하게 드러나는 부분은 염상섭과 이효석의 소설을 검토한 「문학 속의 소문난 여자들」에서이다. 이 글은 근대 초기의 신여성과 관련하여 "여성에 관한 소문의 서사화가 성별화된(gendered) 위계질서를 지지하는 어떤 지식-권력의 작동과 긴밀하게 관련된 것일 수도 있음을 암시"(심진경, 앞의 책,. 14쪽)한다는 문제의식에서 출발하여 남성작가들이 그려낸 여성 이미지와 '소문의 수사학'을 살펴보고 있다.

근대 초기의 실존인물을 대상으로 하는 소설에서 남성작가들은 그들의 내면을 손에 잡힐 듯 생생하게 그려내는 방식에 의해 이제 신여성의 외양이나 행동은 물론이거니와 내면까지도 철저히 지배하고 통제하게 된 셈이다. 따라서 근대 사회의 새로운 주체로 떠올랐던 신여성을 섹스와 돈에 환장한 허영심 덩어리로 규정하는 '소문의 서사화'는 남성지배적인 권력이 여성에 관한 규범을 만들어나가는 작동 방식의 하나로 파악할 수 있다.

이에 대해 심진경은 "남자들은 왜 도덕적 심판관의 외피를 걸쳐야 했을까?"(24쪽) 하는 물음을 제기하고, 여성에 관한 일련의 소문이 남성의 그늘진 욕망을 들여다볼 수 있는 거울이 되며 그들에 의해 만들어진 소문난 여자들이 "남성 중심의 가부장제 사회에서 이어져 내려온 '가정의 천사와 사회의 악마'라는 이분화 된 여성의 표상 또한 이러한 과정 속에서 반복적으로 만들어진 이미지에 불과"(26-27쪽)하다고 결론 내리고 있다.

여성문학에 나타난 '섹슈얼리티'의 문제는 「불륜의 서사, 여성문학과 섹슈얼리티」에 잘 드러나 있다. 심진경에 따르면, 가부장제에 있어 여성의 성은 신비화되거나 폄하되어 왔다. 그녀는 1990년대부터 여성의 섹슈얼리티에 대한 표현이 달라졌다고 보고, 여성들의 성적 욕망에 대한 각성은 여성들의 욕망 찾기라는 긍정적 의미 못지않게 그 한계 역시 내장하고 있음을 지적하고 있다.

그렇다면 여성 비평가 안에서 심진경의 개성이 부각되는 지점은 어디일까? 이는 모성과 관련된 3부의 글로 보인다. 심진경은 "모성성의 담론이 90년대 여성소설의 지형도 속에서 페미니즘의 새롭고 의미 있는 하위담론이 될 수 있다"(166쪽)고 생각한다. 심진경은 모성에 관한 일련의 논의를 계속하면서, 모성에 관한 기존 논의는 모성을 생물학적 본능으로 볼 것인가 아니면 사회문화적으로 구성된 것으로 볼 것인가 하는 문제에 집중되었다고 본다. 모성을 단지 생물학적 본능이라는 시각이 모성 이데올로기를 재생산하고 있다면, 모성을 사회문화적으로 보는 시각은 모성이라는 실존적이고 구체적인 체험을 무시할 위험을 갖고 있다고 주장한다. 다시 말해 심진경은 사회문화적으로 구성되는 모성과 생물학적 모성을 이분법적으로 가르는 것은 무의미하다고 본다.

그런 측면에서 생물학적 섹스(sex)도 문화적인 젠더(gender)만큼 구성적이라는 주디스 버틀러의 지적은 시사적이다. 즉 젠더가 사회적 인공물인 것과 마찬가지로 섹스 자체도 사회적 문화적으로 구성되는 측면이 있다는 것이다. 이처럼 성의 생물학적 측면과 사회문화적 측면이 서로 구분될 수 없을 만큼 긴밀한 상관관계를 갖는다는 관점에서 본다면, 사회문화적으로 구성되는 모성과 생물학적 모성을 이분법적으로 가르는 것은 무의미하다. 오히려 사회문화적으로 구성되는 모성의 기반에 존재하고 있는 생물학적 모성 체험의 구체성을, 그리고 동시에 생물학적 모성 체험에 각인되어 있는 사회문화적 구성 작용을 함께 고려하는 시각이 필요할 것이다.

—심진경, 「모성적 육체의 상상력」, 『여성, 문학을 가로지르다』, 120쪽

심진경은 모성성에 관하여 "모성은 여성들 각각의 개별적인 경험에 따라 다르게 해석될 수 있는 개별적 차원과 사회 역사적으로 조건 지어지는 담론적 차원에서 동시에 고려되어야 한다."는 기본 전제를 깔고 여성작가들의 작품을 분석하고 있다. 즉 노혜경과 김혜순의 시를 분석한 이후, "그들의 시 속에서 모성은 더 이상 상징질서의 폭력을 따뜻하게 위무해 주는 상징질서 이전의 미분화된 가치로서 신비화되지도 않으며, 탈물질화된 기호로서 관념화되지도 않는다. 노혜경의 모성이 의식적 기획의 차원에서 작동하는 것과는 달리, 김혜순의 모성은 상당부분 무의식적 차원에서 작동한다. 노혜경의 시에서 모성은 현실을 초월한 어떤 곳에 있다면, 김혜순의 시에서 모성은 자본주의적인 일상 질서의 폭력성과 반생명성이 새겨지는 공간이면서 동시에 타자와의 소통과 생명력의 순환을 가능하게 하는 통로이기도 하다는 점에서 모순이 소용돌이치는 공간"(134-135쪽)에 있다고 결론 내린다.

또한 오정희의 소설을 분석하며 "초기소설에서는 생물학적 모성에 대한 거부를 드러내는 데 비해 후기 소설에서는 모성을 긍정하고 있다면서 가부장적 권위를 상징하는 신에게 혼전 임신의 산물인 태아를 제물로 바치는 번제 행위를 통해 자신의 모성을 거부했던 서술자는 이제 그러한 태아 살해의 죄의식과 이에 대한 속죄의 퍼포먼스를 통

해 가부장제에 의해 부정된 자신의 모성을 회복하려고 노력한다. 그리고 그 결과 남성의 시선에 의해 정상과 비정상이 가름되는 현실 속에서 자신의 진정성을 찾고자 하는 여성의 노력은 이제 어머니 되기를 거부하는 것을 넘어 스스로 모성적 체험을 극화하는 데로 나아가고 있다"(160쪽)고 말한다. 그리고 심진경의 이러한 진술은 크리스테바가 말한 생명과 죽음의 부여자로서의, '숭배와 공포의 대상인 모성의 이중적 기능'을 받아들여, 모성에 대한 이론적 사유와 구체적 경험을 끌어안으려는 전략으로 보인다.

결론적으로 심진경은 모성을 생물학적으로 보는 시각이 모성 이데올로기를 재생산하고 있다면, 모성을 사회문화적으로 보는 시각은 모성이라는 실존적, 구체적 체험을 무시할 위험을 갖고 있다고 주장한다. 이에 그녀는 사회문화적으로 구성되는 모성과 생물학적 모성을 이분법적으로 가르는 것은 무의미하다고 보고, 모성은 억압과 해방의 이중성을 갖고 있으며 여성작가들은 경험과 제도로서의 모성을 통합할 수 있는 새로운 모성적 세계에 이르는 길에 대해 지속적으로 논의해야 함을 주장한다.

6. 여성, 비평가로 호명되다

여성비평가들은 다락방을 내려와 이론과 필력으로 펜을 잡고 자신의 비평관을 펼쳐 보였다. 페미니즘적인 문제의식은, 정도의 차이는 있지만, 1980년대 중·후반에 대학을 다니고 1990년대 중·후반에 등단하여 2000년대에 평론집을 간행한 여성비평가들이 공유한 부분이었다. 김미현, 신수정, 최성실, 심진경 등은 우리 시대의 누구보다도 적극적으로 여성비평가로서의 개성적인 목소리를 내고 있다.

1990년대에 젊은 여성비평가가 등장할 수 있었던 토대는 사실 여성작가의 활발한 작품 활동과 긴밀한 연관을 갖는다. 여성작가들의 소설에서 다루어지는 성장기 체험이나 연애, 결혼, 임신, 출산 등의 경험은 기존의 남성작가들의 작품에서는 잘 드러나지 않았던 것이 사실이다. 반면에 여성작가들의 소설은 한국 사회에서 고등교육을 받은 여성들이 살아가는 것이 어떤 의미를 갖는지, 연애와 사랑은 어떤 의미를 갖는지, 가부장적 가족 구조에서 어머니와 딸은 어떤 위치에 있는지 등 여성들의 체험을 적극적으로 작품화하고 있다. 이런 작품들이 있었기 때문에 여성의 몸과 모성과 언어의 문제 등에 관한 비평담론이 중심으로 떠오르면서, 여성작가와 여성평론가가 조망을 받을 수 있게 되었다.

김미현은 여성의 몸은 여성 경험의 토대이자 은유임을 역설한다. 그런데 세상이 여성의 몸을 균질화된 형식으로 강요함으로 오히려 여성의 몸을 훼손시킨다. 이런 극단에 인어공주와 아마조네스가 있다고 본다. 하지만 둘 다 온전한 몸이 아닌 훼손된 몸이라는 점에서 여성이 처해 있는 비정상적인 현실을 보여준다고 본다. 그런 맥락에서 여성의 몸은 생물학적 차원과 사회문화적인 구성물이라는 이중성을 갖고 있음을 논의하였다.

신수정은 여성이 글을 쓴다는 것은 남성의 상징적 언어체계에 편입되는 것이 아니라 여성 내부의 욕망을 '비명'을 통해 드러내는 것이라고 주장한다. 그 비명은 상징계 이전의 상상계의 언어로 규정하고, 그러한 여성의 언어를 갈망하는 여성인물이 억압으로부터 돌파구를 찾아내거나, 혹은 혼돈의 언어를 신생의 언어로 빚어내는 여성적 체험에 주목함으로써 비명으로서의 여성의 언어가 고통과 희열의 이중성을 가지고 있음을 밝혀내었다.

최성실은 여성의 섹슈얼리티 문제에 질문을 던진다. 친밀성으로서의 섹슈얼리티 가운데 숭고함을 추구하는 낭만적인 사랑과 에로틱함을 추구하는 열정적인 사랑으로 구분한 후 논의를 전개한다. 그리고 낭만적인 사랑이란 정신적인 부분을 메워주는 영혼과의 만남을 가정하나 기존의 제도와 쉽게 단절하지 못하는 한계를 갖고, 열정적인 사랑이란 관능과 유혹의 극단을 치달으면서 욕망의 극단을 추구하지만 제도와 규범과 단절한 채 필연적으로 파멸을 향해 나아가는 한계를 갖고 있다고 보았다.

심진경은 모성을 생물학적으로 보는 시각이 모성 이데올로기를 재생산하고 있다면, 모성을 사회문화적으로 보는 시각은 모성이라는 실존적, 구체적 체험을 무시할 위험을 갖고 있다고 지적한다. 이에 그녀는 사회문화적으로 구성되는 모성과 생물학적 모성을 이분법적으로 사고하는 것은 무의미하다고 보면서, 새로운 모성적 세계에 이르는 길에 대해 지속적으로 논의해야 한다고 주장하였다.

젊은 여성비평가들은 여성의 몸, 여성의 언어, 여성의 섹슈얼리티, 여성의 모성성이 갖고 있는 이중성에 관하여 논의하고 있다. 젊은 여성비평가들은 여성들 간의 차이나 여성 내부의 분열을 인정하면서도 동시에 남성과는 다른 여성의 주체성과 고유성에 관한 관심은 지속되어야 한다는 데에는 모두 동의하고 있는 것으로 보인다. 이제 더 많은 여성비평가들이 '이전과 다르게, 전위적으로 읽으며' 공적인 담론에 균열을 낼 것이다. 비평이란 글쓰기는 숙명적으로 비평가와 작품의 상호작용으로 이루어지는 작업이다. "글쓰기는 타자가 내 속으로 들어오고 머물다 나가는 통로, 입구, 출구, 거주지이다. 이 타자는 나이면서 동시에 내가 아니다."(엘렌 식수, 『새로 태어난 여성』, 나남출판사, 2008, 154쪽)

　다락방을 내려와 펜을 잡은 이 시대의 젊은 여성들은 이제 자신만의 개성적인 목소리를 획득하여 비평가로 호명되고 있다. 여성비평가들은 지금까지 페미니즘 이론들이 생산하는 차이의 정치성에 주목하고 그 이론들 사이를 횡단하고 접목하면서 젠더 지형의 변화를 도모해왔다. 앞으로 여성비평가들은 여성 내부의 다양한 차이들을 탐색하면서 동시에 여성 집단의 공동문제를 고민하면서 미래로 나갈 것이다. 또 그녀들은 기존의 비평담론이 부여한 이름을 다시 가로질러, '따로, 또 같이' 한국비평을 성장시킬 것이다.

제 2 부
고립된 개인과 불안의 풍경

견디거나 혹은 날아오르거나

-박민규론-

1. 백조가 될 수 없는 미운 오리들

여기, 미운 오리새끼가 한 마리 있다. 태어날 때부터 열등했던 미운 오리새끼는 무리의 다른 오리들에게 따돌림을 당한다. 그리고 무리로부터 추방당한다. 이제, 길 떠난 미운 오리새끼의 고달픈 인생이 시작된다. 배고픔과 추위를 견디지 못해 쓰러진 미운 오리새끼는 우연히 인자한 할머니에게 구출되어 따뜻한 곳에서 잠들고 배불리 먹는 잠깐의 행운을 맛보지만, 할머니네 고양이와 닭의 구박을 견디지 못해 다시 할머니네 집을 떠나게 된다. 추운 겨울을 죽지 않고 혼자 견디어낸 어느 봄 날, 미운 오리새끼는 물 위를 유유자적하는 아름다운 백조를 보게 된 후 그들을 부러워하게 된다. 그러던 어느 날 미운 오리새끼는 우연히 물에 비친 자신의 모습을 보게 된다. 놀랍게도 거기에는 미운 오리새끼가 아닌 아름다운 백조가 있었다.

아름다운 백조가 된 미운 오리새끼. 여기에 바로 동화가 갖는 판타지가 존재한다. 베텔하임에 따르면, 아이들은 어른들보다 모든 면에서

열등한 자신들을 '미운 오리새끼'로 인식하고 있다는 것이다. 이 동화
는 바로 열등감을 느끼는 아이들에게 언젠가는 자신도 '아름다운 백
조'인 어른이 될 것이라는 낙관적 희망을 전해준다. 즉 아이들의 마음
에 환상을 통해 치유와 탈출과 위안을 안겨준다.(Bruno Bettelheim, 『The
Uses of Enchantment』, 1977, Alfred A. Knopt) 그런데 어른이 되었는데도 여전
히 아름다운 백조로 변신하지 못하고 여전히 미운 오리로 남아 있다
면, 미운 오리들은 어떻게 이 험난한 세상을 살아가야 하는 것일까?
박민규의 소설은 그 '미운 오리새끼'가 여전히 '미운 오리'로 등장하
는, 동화의 판타지가 허용되지 않는 바로 그 지점에서 시작된다.

『카스테라』 속에는 아무리 세월이 흘러도 백조가 될 수 없음을 알
아버린 미운 오리들의 이야기로 가득 차 있다. 대학 근처에서 자취를
시작한 대학생은 너무 외로워 냉장고와 소통하며(「카스테라」), 과거의 로
커였던 인턴사원은 일자리를 위해 남색(男色)을 밝히는 인사부장에게
성희롱을 당한다(「고마워, 과연 너구리야」). 아버지의 초라함을 목격한 상고
생은 주유소와 편의점과 푸시맨으로 시간당 알바를 전전하며(「그렇습니
까? 기린입니다」), 일흔 세 곳에 이력서를 냈다가 떨어진 대학 졸업생은
유원지에서 오리배를 관리하고(「아, 하세요 펠리컨」), 아버지의 사업 부도로
가정이 해체된 대학생은 고시원에서 다리도 뻗지 못한 채로 살아간
다.(「갑을고시원체류기」) 이처럼 박민규의 『카스테라』에는 메이저만을 요구
하는 자본주의 시스템에서 추방당한 채, 그 외곽에서 살아가는 미운
오리새끼들의 후예인 마이너 인생들이 가득하다.

"보이지 않는 손"이 사회를 조종하며 "시장이 모든 것을 해결"(153
쪽)한다. 그래서 "사회는 무서운 것"(54쪽)이며, "뭔가를 얻기 위해서는
자신도 뭔가를 내줘야 하는 게 인생의 법칙"(61쪽)이다. "세상은 언제나

흔들리며"(91쪽), "삶은 만만치 않고"(149쪽), 세계는 "실업자들로 가득 차 있다"(156쪽). 그런 세상을 후기 자본주의라고도 하고, 프로의 세계라고도 한다. 그러나 이런 자본의 시스템에 소속되지 못한, 소속되기를 거부당한, 전문직이 아닌 사람들은 일용잡급직의 단가 낮은 주급이나 시급을 받고, '프로'가 아닌 '포로'로 살아가게 된다.

이제, 시스템에서 추방되어 아무리 발버둥 쳐도 백조가 될 수 없음을 여실히 알아버린 미운 오리들은 어떻게 살아가고 있을까? 미운 오리들에게 결국 남은 것은 시스템 안을 과감히 포기하고 "즐거움의 문제"를 추구하면서 영원한 마이너로 살아가거나, 아니면 "착지점 위에 무사히 착지하기 위해" 생각을 포기하고 "똥이라도 먹겠습니다"(156쪽), 혹은 "성기라도 빌려 주겠습니다"(62쪽)는 각오로 견디는 것뿐이다. 백조가 될 수 없음을 알아버린 미운 오리들에게 남겨진 선택은 백조가 될 수 있다는 희망 없이 두 가지 막다른 길 중의 하나를 결정할 수 있는 '자유'뿐이다. 박민규의 미운 오리들은 끊임없이 발을 저으며 물에서 견디거나, 혹은 물을 박차고 하늘로 날아오르거나, 하는 선택에 직면해있다.

2. '오리배 젓기', 산수와 견디기

> 정기적금 정기적금, 또 한 통의 자유적금. 시급 천오백 원과 천원이 따로따로 쌓여가는 통장들을 생각하면, 세상에 힘든 일은 없었다.
>
> ―「그렇습니까? 기린입니다」

백조가 절대로 될 수 없다는 사실을 알게 된 미운 오리들이 이 세상을 포기하지 않고 살아갈 수 있는 하나의 방법은 자신만의 '산수와 견디기'로 버티는 것이다. 말하자면, '오리배 젓기'의 전략. 「그렇습니까? 기린입니다」와 「갑을고시원체류기」와 「고마워, 과연 너구리야」 등은 박민규 소설 가운데에 이런 '오리배 젓기'의 전략을 보여주는 작품들이다.

이 작품들에는 현실의 고단함을 알게 된 이후 꿈을 접고 현실에 살아남기 위해 고투하는 청년들의 모습이 묘사되어 있다. 「그렇습니까? 기린입니다」의 나는 "원래 좀 노는 편이었는데, 아버지의 산수를 알아버린 이후" 조용한 소년이 된다. 「갑을고시원체류기」의 나는 "방이라기보다는 관이라고 불러야 할 사이즈의 공간"인 고시원의 방 열쇠를 넘겨받던 그 순간 "어른이 된 느낌이었고, 왠지 이 세계에 대해 조금은 알게 되었다"고 고백한다. 「고마워, 과연 너구리야」의 나는 대학 때 로커로 발탁된 인물인데, 이상하게도 군대를 다녀오니 짜증은 눈 녹듯 사라지고, 취업을 준비하는 성실한 학생으로 변모한다. 이들은 모두 백조가 될 수 있다는 희망 같은 것은 애당초 갖지 않고 단지 자신의 현실을 직시하면서 미운 오리로라도 이 세상에서 생존하기 위해 악전고투(惡戰苦鬪)하는 존재들이다.

「그렇습니까? 기린입니다」에서 현실을 알아버린 미운 오리새끼는 자신만의 산수를 하면서 어려운 상황을 견뎌낸다. 상업고등학교 학생인 나는 여름 방학에 주유소에선 시간당 천오백 원을, 편의점에서는 천 원을 받으며 일을 한다. 그리고 시간당 삼천 원을 받을 수 있기에 지하철의 푸시맨이 된다. 마흔 다섯 살에 시간당 삼천오백 원을 받는 아버지의 산수를 목격한 이후, 나는 이미 "세상엔 수학 정도가 필요한 인생도 있겠지만, 대부분의 삶은 산수에서 끝장이다. 즉 높은 가지의 잎을 따먹듯 균등하고 소소한 돈을 가까스로 더하고 빼다보면, 어느새 삶은 저물기 마련"(73쪽)이라는 세상의 이치를 저절로 알게 된다. 그런데 어려운 살림 가운데에 어머니가 쓰러져 병원에 입원하고, 설상가상 아버지가 홀연 사라져버리는 사건이 발생한다.

> 아버지는 회사에도 가지 않았고, 집으로도 오지 않았다. 말 그대로의 실종. 경찰은 요즘 그런 사람들이 꽤 있다는 말로 나를 위로했지만, 그런 사람들이 꽤 있다고 해서 위로가 될 리 없었다. 그 후의 기억은…… 잘 정리가 되지 않는다. 나는 아버지의 회사를 상대로 밀린 두 달 치 임금을 받아냈고, 이는 보통 힘든 일이 아니었고, 이런저런 서류를 마련해 할머니를 관인 <사랑의 집>에 보내고, 이 또한 정말 까다롭고 힘든 일이었으며, 경찰서와 병원을 꾸준히 오고, 가고, 또 여전히 일을 했다. 해야만 했다. 때로 새벽의 전철에 지친 몸을 실으면, 그래서 나는 저 어둠 속의 누군가에게 몸을 떠밀리는 기분이었다. 밀지 마, 밀지 말라니까.
>
> ─박민규, 「그렇습니까? 기린입니다」, 『카스테라』, 90-91쪽

고등학교를 겨우 졸업한 나이에 경험하는 현실의 고통으로 주인공은 "어둠 속에서 몸이 떠밀리는 기분"을 느끼며 살아간다. 아무리 열심히 일을 해도 나아지지 않는 산수의 세계, 대를 이어 반복되는 가난, 보이지 않는 자본주의 시스템이 그를 세상의 벼랑 끝으로 밀어내고 있는 것이다. 겨울이 가고 봄이 와도, 아버지는 돌아오지 않았다. 나는 여전히 힘든 상황이지만 자신이 그저 사라지지 않고 여전히 존재한다는 사실에 안도감을 느낀다.

이 소설에서 주인공이 마지막 지하철에서 기린을 보고, 그 기린이 아버지라고 생각하는 환각이 나타나지만, 이 소설이 판타지는 아니다. 지하철에서 푸시맨 아르바이트를 하는 나는 자신의 눈앞에 존재하는

것이 '은하철도 999'가 아니라 180명 정량에 400명이 타고 있는 '지하철'임을 분명히 인식하고 있다. 나는 오리는 날 수 없을 뿐만 아니라 오리배는 두 발로 쉬지 않고 페달을 밟아야만 겨우 앞으로 나간다는 현실을 너무나 잘 알고 있다. 희망은 없지만 그럼에도 불구하고, "열심히 사는 거 외엔 달리 방법이 없는" 것을 결코 잊지 않고 있다. 동시에 어둠 속의 누군가에게 몸을 떠밀리는 기분 속에서, 자신의 눈동자가 아버지처럼 잿빛이 되었음을 분명히 인지하고 있다.

「갑을고시원체류기」에서 현실을 알아버린 미운 오리는 점점 소리 없는 그림자 인간이 됨으로써 고통스런 현실을 견뎌낸다. 삼촌의 사기로 아버지의 사업이 망한 이후, 부모님은 시골로 형은 막노동판으로 스무 살의 주인공은 친구 집을 전전하다가 "방(房)이라기보다는 관(棺)이라고 불러야 할 사이즈"(280쪽)의 좁은 고시원으로 거처를 정하게 된다. 주인공은 당면한 현실 앞에서 갑자기 어른이 된 느낌을 받는다. 방이 너무 작아 컴퓨터를 두려면 다리를 뻗지 못하고 자야 되는데 주인공은 자신의 유일한 재산인 컴퓨터를 선택하고는, 다리도 뻗지 못하고 살아가게 된다. 그는 진짜 고시생이 살고 있는 옆 방 때문에 소음을 내지 않기 위하여 소리 없는 인간으로 살아가게 된다. 나아가 열악한 주거지로 고통을 받는다.

> 계절이 봄이란 이유로 히터를 전혀 가동하지 않았으므로, 실제 방 안의 체감온도는 몹시 추운 편이었다. 그리고 나는 늘 혼자였다. 그 좁고, 외롭고, 정숙하고, 정숙해야만 하는 방 안에서 나는 웅크리고, 견디고, 참고, 침묵했고, 그러던 어느 날 인간은 결국 혼자라는 사실과 이 세상은 혼자만 사는 게 아니란 사실을 동시에 뼈저리게 느끼게 되었다.
>
> ─박민규, 「갑을고시원체류기」, 『카스테라』, 286쪽

주인공인 대학생은 방음이 전혀 되지 않는 상황에서 옆방의 고시생 때문에 소리를 최대한 내지 않으면서 "웅크리고, 견디고, 참고, 침묵" 하면서 자신의 육체성을 소거해 나간다. 그리하여 조교로부터 "너는 참 눈에 띄지 않는다."라는 말을 들을 만큼 "조용한 인간"이 되어간다. 그리고 아이러니하게도 인간은 혼자서 세상을 사는 게 아니기 때문에, 더더욱 혼자인 것을 뼈저리게 깨닫는다. 수많은 사람들이 모여 살지만 자신의 고통을 나눌 사람이 하나도 없다는 사실 때문에 절대적인 고독을 느끼는 것이다. 그는 그 고시원에서 2년 6개월을 더 살게 된다. 그러면서 그는 항상 "결국 인간은 밀실에서 살아"간다고 생각한다. 이 작품은 가난하고 돈 없는 서럽던 시절에 대한, 그리고 어려움을 견디며 살아가는 사람에 대한 따뜻한 기도로 끝을 맺는다.

「고마워, 과연 너구리야」에서 미운 오리는 철저하게 현실에 순응함으로 살아남기로 결심하고 모욕과 수모를 견뎌낸다. 한때 대학 록밴드의 로커였던 주인공은 이상하게 군대를 다녀오니 매사에 긍정적으로 변모한다. 그는 스스로 "뭐야 음악 같은 거 하고 앉아 있을 때가 아니잖아"(51쪽)하는 생각을 하고는, 취업을 준비하는 성실한 학생으로 변모해 있었다. 현재 그는 인턴사원으로 연수중이다. 그런데 8명이 인턴사원을 하는데 한 명만이 정식 직원이 될 수 있는 좁은 관문을 앞에 두고 있다.

인턴사원은 회사에서 팀장을 만나게 된다. 그런데 팀장은 회사를 떠나기 전에 주인공에게 자신이 중학교 때 자주 하였던 너구리 게임을 컴퓨터에 깔아달라고 한다. 그리고 한동안 너구리 게임에만 몰두하다가 회사에서 쫓겨나게 된다. 그것과는 달리 인사부장이 인사권을 남용하여 주인공을 유인하는 메일을 보내오는데, 뻔히 알면서도 주인공은 인사부장의 저녁초대를 뿌리치지 못하여 함께 저녁과 술을 먹고 사우나에서 인사부장에게 성희롱을 당한다.

> 후회는 없다. 돌이켜보면 딱히 하고 싶은 일도 없었던 청춘이다. 경쟁자는 많고 취업은 힘들고, 세상은 엉망이었다. 잠깐이다. 잠깐이다. 잠깐이다. 이제 잠깐 후면 나는 저 허공 너머 점 한 칸 크기의 착지점 위에 무사히 착지해 있을 것이다. …(중략)… 나는 그 거대한 욕탕의 바닥 위에 말없이 주저앉았다. 그리고 피부가 견딜 수 있는 가장 뜨거운 수치의 온수를 머리끝부터 뒤집어쓰기 시작했다. 증기가 피어오르는 그 물줄기 속에서 나는 갑자기 혼자란 느낌이었고, 쓸쓸했고, 눈물이 났다.
>
> —박민규, 「고마워, 과연 너구리야」, 『카스테라』, 63쪽

위 인용문은 인턴사원인 주인공이 남색가인 인사부장에게 성 상납을 함으로써 정식사원이 되기로 결심하는 부분이다. 그는 "돌이켜보면 딱히 하고 싶은 일도 없었던 청춘이고, 경쟁자는 많고 취업은 힘들"기에, 그렇게 해서라도 취업에 무사히 착지할 수 있다면 모욕과 수모를 참고 견디기로 한다. 목욕탕에서 인사부장의 욕정을 만족시켜준 후 자신의 속물적인 욕망을 적나라하게 본 인턴사원은 너구리의 환각을 보게 된다. 이제 그는 "뭔가를 얻기 위해선 자신도 뭔가를 내줘야 하는 게 인생의 법칙"임을 스스로 받아들이게 되는 것이다.

실제로 컴퓨터의 너구리 게임에 등장하는 너구리는 어떠했던가? 너구리는 끊임없이 과일을 따먹어야 하고, 벌레들에게서 도망가야 한다. 실패했을 때 너구리를 기다리는 것은 압정에 찍혀 죽게 되는 상황뿐이다. 너구리가 선택할 수 있는 것은 두 가지뿐이다. 끊임없이 벌레들이라는 함정을 피하면서 과일을 따먹으며 생존하거나, 아니면 압정에 찔려 죽거나. 팀장이 압정에 깔려 죽은 너구리라면, 주인공은 자신이

압정에 찔려죽지 않기 위해 끊임없이 움직여 과일을 따먹으며 생존하는 한 마리 너구리라고 생각한다.

「그렇습니까? 기린입니다」의 주인공도 "혼자 울고"(93쪽), 「갑을고시원체류기」의 고시생도 어둠 속에서 "소리를 죽여 흐느끼고"(295쪽), 「고마워 과연 너구리야」의 인턴사원도 목욕탕에서 혼자 눈물을 흘린다(63쪽). '산수와 견디기'는 견고한 시스템과 맞서는 또 하나의 전략이다. 그것이 박민규 소설이 '눈물의 힘'을 통해 문학성을 확보하는 비결이다. 박민규의 소설이 가지고 있는 산수의 견딤의 미학은 '울음의 위무'를 통해 미운 오리들을 다독거린다.

미운 오리들은 가난과 슬픔이 잔잔하게 배어나오는 견디기의 세계 속에서 플러스가 되지 않는 마이너스의 산수를 견디면서 살고 있다. 그러면서도 그들은 "그래도 유사한 산수를 할 수 있단 것은 얼마나 큰 삶의 축복인가, 사라지기 전에 사라지기 전에 말이다."라고 읊조린다. 어둠 속 누군가에게 몸을 떠밀리며 살아가는 기분 속에서도 현실에서 사라지지 않고 그 현실을 견디는 것이다. 그런 점에서 『카스테라』는 가난하고 별 볼일 없는 마이너 인생에 대한 따뜻한 시선을 품고 있는 셈이다.

3. '오리 날다', 판타지와 농담

> "나는 꿈을 꾸었죠. 네모난 달이 떴죠. 하늘위로 올라가 달에게 말을 했죠. 늦은 밤, 잠에서 깨어 날개를 흔들었죠. 오리는 날 수 없다 엄마에게 혼났죠. 이제는 하늘로 날아갈래요. 하늘 위 떠 있는 멋진 달 되고 싶어. 날아올라"
>
> —체리 필터의 〈오리 날다〉 가사 중에서

백조가 절대로 될 수 없다는 사실을 알게 된 미운 오리들이 이 세상을 포기하지 않고 살아갈 수 있는 또 하나의 방법은 무겁게 현실 안으로 들어가지 않고 판타지와 농담의 세계로 가볍게 날아오르는 것이다. 이름 붙이자면, 판타지와 농담의 세계를 그려내는 가벼움의 미학인 '오리 날다'의 전략이다. 「카스테라」, 「아, 하세요 펠리컨」, 「야쿠르트 아줌마」 등은 박민규 식 '오리 날다'의 세계를 보여준다.

「카스테라」는 냉장고에 관한 하나의 판타지이다. 이 작품은 훌리건으로 죽은 자가 "열을 식힐 줄 아는 지혜를 배우기 위해"(13쪽) 냉장고로 환생했다는, 주인공의 허무맹랑한 공상으로 시작한다. 나아가 자신이 이 고물 냉장고를 만나게 된 것은 자신의 전생이 이 냉장고의 전생과 인연이 있던 다른 팀의 훌리건이었기 때문이라고 천연덕스럽게 단언한다.

> 독신인 나로서는 그 굉장한 소음이 있어 외롭지 않을 수 있었다. 라고 말할 수 있었다. 나는 인간, 결국엔 길들여지게 마련이다. 냉장고와 내가 만난 것은 대학생활을 갓 시작한 일학년 때의 여름이었다. 사상유래없이 불쾌지수가 높았던 여름으로 기억한다. 집에 불만이 많았던 나는 학교 근처에서 무작정 자취를 시작했고, 그래서 그 좁은 방 안에 냉장고와 TV, 미니오디오와 나 이렇게 넷이 옹기종기 모여 살고 있었다. 그러나 실제로만은 나와 냉장고만이 살고 있었단 느낌이다. 냉장고의 소음이 워낙 특출했기 때문이다.
>
> ─박민규, 「카스테라」, 『카스테라』, 15-16쪽

위 인용문에서 주인공은 "좁은 방에 냉장고와 TV와 오디오와 나 이렇게 넷"이 살았다고 기술한다. 즉 나는 방안의 다른 사물들과 연결형 조사 "와"와 함께 동등하게 열거의 대상으로 거론되고 있다. 이는

주인공이 냉장고를 단순한 사물로 생각하지 않는다는 의미를 내포하기도 하지만 동시에 사람과 소통을 하지 못했기에 오죽하면 냉장고와 소통하게 되었는가 하는 주인공의 외로움을 극대화시켜 보여주는 역할도 하고 있다.

주인공은 너무나 외롭기에 냉장고에 대한 명상을 시작한다. 그리고 다음과 같은 사실을 깨닫는다. "냉장의 세계에서 본다면, 이 세계는 얼마나 부패한 것인가." 그 후 그는 냉장고 속에 소중한 것이나 해악이 될 만한 것, 이 두 가지 이분법적 기준에 맞기만 하면 모두 다 집어넣는다. 많은 빚을 지고 아들에게 빚 갚기를 종용하는 아버지도, 성적표를 요구하는 어머니도, 학교도, 책도, 국회의원도, 대통령도, 심지어 미국까지. 어떻게 이러한 것을 냉장고에 집어넣느냐고? 그런 개연성의 질문은 판타지와 농담의 세계와는 어울리지 않는다. 우리는 모두 다음과 같이 코끼리를 냉장고에 넣는 방법을 알고 있지 않은가? "첫째 냉장고 문을 연다. 둘째 코끼리를 밀어 넣는다. 끝으로 냉장고 문을 닫는다." 그러니까 박민규 식 판타지와 농담의 세계에서는 이 모든 것이 가능하다.

마찬가지로 그 냉장고에 집어넣은 물건들이 마술처럼 뿅 사라지면서 카스테라 하나가 덩그러니 남았다고 해서 안 될 것은 없다. 실제로 마술사들은 종종 커다란 검정 모자 안에 찢어진 신문지와 잡다한 것들을 넣었다가는 모자 안에서 비둘기를 날리는 마술을 얼마든지 우리에게 선사하지 않는가? 박민규는 마술사처럼 이러한 판타지를 우리에게 선사한다. 중요한 것은, 냉장고 안에서 나온 것이 우리의 주인공에게 단순한 카스테라가 아니라 "따뜻하고 부드러운" 것이었으며 그것을 씹으며 주인공이 "눈물"을 흘리며 위로를 받았다는 사실이다.

「아, 하세요 펠리컨」은 오리배에 관한 하나의 판타지이다. 주인공은 대학을 졸업하고 취직에 실패한 후 공무원 시험을 준비하기 위하여 변두리 유원지의 오리배를 돌보는 일을 하고 있다. 유원지의 사장역시 원래 사업을 하였으나 실패한 후 가족들은 미국에 보내고 유원지는 주인공에게 맡긴 후 다른 사업을 알아보는 상황이다. 이 유원지에서 오리 배를 타는 사람들이란 중년의 연인들이나 외국인 노동자들이 대부분이다. 그러던 어느 날 한 남자가 사업 실패를 비관하여 오리배에서 자살을 하는 사건이 발생한다. 그 사건 이후 사장과 주인공은 유원지 경영에 전념한다. 그리고 그 남자가 죽은 오리배를 정성껏 돌본다.

이 소설이 여기에서 끝이 났다면 '산수와 견담'의 소설이 되었을 것이다. 그러나 이 소설에서 오리배가 갑자기 하늘로 날아오르면서, 소설은 판타지와 농담의 세계로 비약한다.

> 아, 집중호우보다 더한 그 무엇이, 우의 속의 이를테면 우리의 영혼 같은 것을 강타하며 지나갔다. 저수지는 수많은 오리배들로 가득 차 있었다. 물이 불었음에도 불구하고 물이 좀처럼 보이지 않을 만큼 많은 수의 오리배였다. 끄덕끄덕, 저마다의 주둥이를 주억거리며 마치 철새의 군락(群落)처럼 오리배들은 강풍과 비를 견디고 있었다. 각목을 꽉 움켜쥔 채 우리는 생소한, 그러나 분명한 우리의 저수지를 향해 천천히 걸어갔다. …(중략)… 그리고 오리배들은 날아올랐다. 호세와 후안이 손을 흔들었다. 손을 안 흔들기도 뭣해서 손을 흔들기는 했지만, 우리는 망연자실한 기분이었다. 이윽고 오리배들은 기러기 정도의 작은 점이 되어 하나의 편대를 형성하기 시작했다.
>
> ─박민규, 「아, 하세요 펠리컨」, 『카스테라』, 140~145쪽

위 인용문은 태풍이 온 어느 날, 주인공이 유원지에 나갔다가 수많은 오리배를 목격하는 부분이다. 오리배에 탄 사람들은 모두 하루아침에 실업자가 되었고 직업을 구하기 위해 세계를 전전하는 '오리배 세계시민 연합'이라는 거창한 이름을 가진 단체의 일원이었다. 그들은 여러 이유로 일자리를 찾기 위해 지구 곳곳을 전전하지만 비행기를 탈 경제적인 여건이 되지 않아 오리배를 타고 다니는 사람들이었다. 그리고 어느 순간 유원지에서 휴식을 취한 그들의 오리배는 일제히 하늘로 날아올라 이동한다.

「아, 하세요 펠리컨」는 직업을 구하지 못한 실업자의 판타지를 담고 있는 작품이다. 직업이 없는 그들이 이 세상에서 할 수 있는 현실적 일은 강풍과 비처럼 몰아치는 세파(世波)를 온몸으로 견디는 일 뿐이다. 그러나 '오리배 젓기'의 산수와 견딤이 아닌 오리가 펠리컨처럼 날아가는 모습을 보여줌으로 '웃음의 위안'을 준다. 중심에서 밀려난 마이너 인생들이 목격하는 오리배의 비상은 고단한 일상을 뛰어넘을 수 있는 판타지의 세계인 것이다.

「야쿠르트 아줌마」는 변비와 실업의 문제를 중의적으로 다루고 있는 소설이다. 그런데 주인공의 변비문제를 해결하는 것은 의사나 전문적인 조언이 아니라 야쿠르트 아줌마라는 것을 통해, 실업문제를 해결할 수 있는 것 역시 어떤 경제이론이나 정책이 아님을 보여주는 소설이다. 변비에 시달리는 '나'는 화장실에서 곧잘 농담 경제학사전과 도도새에 관한 이야기를 읽는다. 농담 경제학사전은 박민규 특유의 입담이 효과적으로 드러나는 부분인데, 풍자와 야유와 유머가 뒤섞인 그야말로 농담의 카니발을 이룬다. "시장이 모든 것을 해결한다."(153쪽)와 "일자리를 구합니다."의 반복이 드러나는 '농담 경제학사전'은 박민규

식 소설의 매력을 마음껏 보여주는 부분이다. 그 정보가 어디까지 사
실이고 어디가 거짓인지는, 현실과 환상의 경계처럼 모호하다.

주인공은 인터넷 정보를 통해 변비란 현대사회의 스트레스로 인해
생긴 새로운 산업화 질병으로 실제로 많은 사람들이 변비로 고생하고
있음을 알게 된다. 변비로 고생하지만 내놓고 말도 할 수 없는 그의
상황은 사실 실업과 중의적인 관계를 갖는다. 다음과 같은 부분은 이
런 중의적 관계를 잘 드러내는 부분이다.

> 적극적인 자세가 정말이지 중요합니다. 화장실을 나오면서 나는 다시
> 의사의 말을 떠올렸다. 인터넷을 뒤져 나는 몇 개의 활발한 동호회를 찾
> 아냈고 또 애써 가입을 했다. 변비로 고통 받는 사람의 수가 이토록 많
> 다는 사실에 나는 놀라지 않을 수 없었다. 이들을 이토록 방치해왔다니!
> 어쩌자는 건가. 세상의 관점을 나는 이해할 수 없었다.
>
> —박민규, 「야쿠르트 아줌마」, 『카스테라』, 171쪽

적극적인 자세를 강조하는 것은 담론의 표면에서는 변비에 관한 진
술이지만 그 이면에는 직업을 구하는 것에 관한 진술이 숨어있다. 변
비(실업)로 고통 받는 사람이 많은 데에 반하여, 이들을 이토록 방치한
다는 야유는 바로 이런 상황에 기인한다. 박민규가 변비(실업)문제를 본
격적으로 다루었다면, 이 소설 역시 견딤과 산수의 세계를 그린 소설
이 되었을 것이다. 그러나 박민규는 전문가가 해결하지 못한 것을 야
쿠르트 아줌마가 해결한다는 결론을 통해, 판타지와 농담의 세계에서
해결책을 구한다.

박민규의 소설 속에 대왕오징어가 지구를 습격하거나, 외계인이 농
촌에 출몰하거나, 오리배들이 날아올라 하나의 편대를 형성하거나, 아

이를 전달해준다는 펠리컨이 나타난다고 해서 이상할 것은 하나도 없다. 다만 기발한 상상력이 펼치는 판타지의 세계 속에서 미운 오리들은 무료함과 외로움과 불만과 무서움에 가득 차 "딱히 하고 싶은 일도 없었던 청춘"을 보내며 잠깐의 웃음을 통해 사라지지 않고 살아갈 힘을 얻는다. 미운 오리가 절대로 백조가 되지 못하는 무거운 현실을 박차고 가볍게 판타지의 세계로 날아오른다.

판타지와 농담은 견고한 시스템을 뛰어넘기 위해 박민규가 채택한 하나의 소설적인 전략이다. 그것이 박민규 소설이 갖고 있는 웃음의 힘이며 동시에 대중성을 확보하는 비결이기도 하다. 그것이 박민규 소설의 판타지와 농담이 지향하는 '웃음의 위무(慰撫)'이다. 그런 점에서 『카스테라』는 냉장고에 잡다하게 들어간 물건들이 카스테라가 되는 판타지와 농담의 세계이면서, 동시에 배변의 고통을 가뿐하게 해결하는 야쿠르트 아줌마처럼 따뜻하고 부드러운 웃음으로 가득 찬 위무의 세계이기도 하다. 이런 점에서 박민규의 소설은 충분히 신선하고 새롭다.

4. 울음과 웃음의 위무

박민규는 『지구영웅전설』에서 어린 시절 그를 사로잡았던 만화 주인공을 내세워 '우리에게 미국이란 무엇인가'를 물었으며, 『삼미 슈퍼스타즈의 마지막 팬클럽』에서 어린이 프로야구팬이었을 때 소속이 개인을 결정한다는 경험을 통하여, '자본주의 체계가 개인에게 작동하는 방식은 무엇인가'를 이야기했다. 이제 박민규는 『카스테라』에서 '백조가 되지 못하는 미운 오리새끼들의 삶'을 보여주었다. 박민규의 전략은 두 가지로 하나는 현실직시를 통한 '울음의 위무'이고, 다른 하나는 판타지와 농담의 전략을 통한 '웃음의 위무'이다. 박민규는 미운 오리들에게 어둠 속에서 현실을 견뎌내거나 아니면 어둠을 거부하고 가볍게 하늘로 날아오르거나 하는 두 가지 대안을 제시한다. 그런 점에서 박민규의 『카스테라』는 가난하고 별 볼일 없는 마이너 인생에 대한 따뜻한 시선을 품고 있는 셈이다.

「대왕오징어의 기습」을 보면 주인공이 살아오면서 인상 깊게 읽어온 잡지가 등장한다. '소년중앙', '괴수대백과사전', '주간경향', 그리고 '사상계' 등의 잡지는 박민규 소설의 자양분으로 볼 수 있다. '소년중앙'에서 '대왕오징어'에 대한 기사를 읽은 후 대왕오징어의 습격으로부터 지구를 지키기 위하여 동분서주했던 소년은, 공군비행사를 거쳐 의료기기를 파는 평범한 생활인으로 살아간다. 그래서 그는 "결국 나란 것은 '아무나' 한 사람이거나, '누구나'의 한 사람과 같은 것"(231쪽)임을 뼈아프게 자각한다. 그러나 현실을 견디며 살아가는 그는 종종 대왕 오징어의 환각을 본다. 대왕오징어의 환각이란 '아무나'나 '누구나'가 되어 살아가는 그에게 순수한 '나'의 존재를 환기시키는 메타포일 것이다. 박민규의 소설 속에는 '소년중앙'과 '괴수백과사전'적인 판타지와 농담의 세계와 '주간경향'적인 대중사회에 대한 관심과 '사상계'적인 비판의식이 혼합되어 있다.

박민규는 김영하의 상상력과 성석제의 입담을 동시에 계승한 소설가로 보인다. 박민규의 인물들은 더욱 경쾌하게 날아오르거나, 아님 웃음 뒤의 짠한 눈물 한 방울로 견뎌나갈 것이다. 이 둘은 아마도 동시에 진행될 것 같다. 경쾌하게 날아오르는 그들의 모습을 새롭다며 환호하는 독자들도 존재할 것이며, 웃음 뒤의 짠한 눈물 한 방울의 느낌에 감동하는 독자들도 존재할 것이다. 박민규의 소설을 어떤 시각으

로 바라보든, 박민규의 소설이 어떤 모습으로 나타나든, 그가 우리 한
국 소설의 전위에 서 있는 뛰어난 작가라는 점은 확실해 보인다.

디스토피아의 미학
―편혜영론―

1. 개인들의 사회

우리는 거시적으로는 지구전체의 생태환경 파괴와 변화로 여러 가지 위험에 직면해 있다. 지진과 쓰나미와 지구온난화와 방사능 유출과 인플루엔자의 감염 등은 현재 진행형으로 이루어지고 있는 위험상황이다. 테러와 재난은 지구 곳곳에서 일어나고 오염된 식수와 음식들은 지구 전체를 위협한다. 세계 불평등과 승자독식으로 인한 부의 편중과 불평등의 확대재생산도 세계 어느 곳에서나 진행되고 있다. 2000년 현재 전 세계 성인 인구 중 최상위 부자 1퍼센트가 전 세계 자산의 40퍼센트를 소유하고 상위 10퍼센트가 전 세계 부의 85퍼센트를 차지하는 반면, 하위 50퍼센트는 전 세계 부의 겨우 1퍼센트를 차지하고 있다.(지그문트 바우만, 『왜 우리는 불평등을 감수하는가』, 동녘, 2013, 9쪽)

또한 미시적으로도 여러 가지 불안 요소에 직면해 있다. 수년을 투자한 구매 비용에 비해 제값을 못하거나 심지어 평생을 보장한다던 '유통기한' 훨씬 이전에 이미 '역자산'으로 뒤바뀌어버린 학위들, 별다

른 또는 아무런 사전 경고조차 없이 사라져버리는 일자리들, 점점 더
단기간으로 그치고 마는 일과성 프로젝트의 연속으로 잘게 쪼개지는
인생 경로 등으로 삶의 전망은 점점 더 사전에 정해지고 미리 결정되
어 예측 가능한 탄도미사일의 궤도가 아니라, 너무나 찾기 힘들고 금
방 사라지고 마구 움직이는 표적을 추적하는 스마트 폭탄처럼 되는대
로 이것저것 복잡하게 조립해야 하는 것처럼 보인다.(지그문트 바우만, 『리
퀴드 러브』, 새물결, 2013, 210~211쪽)

피에르 부르디외의 분석처럼, 도처에 불안정성이 산재하게 되면 엄
청난 숫자의 감시자들과 그들에게 지시를 내리는 상관들이 있어야 가
능한 푸코식의 원형교도소는 더 이상 존재가치를 잃게 된다. 이제 사
회는 '동일성의 공동체'에서 '그때그때마다의 공동체'로 변화하고 있
다. 모든 것이 유동하는 현대에서는 영원한 친구도 영원한 적도 없다.
이처럼 이합집산을 자유자재로 하는 모든 것은 자유를 향한 충동과
소속에 대한 갈망을 동시에 추구하는 것을 가능하게 해준다. 이로 인
해 개인적으로 소비는 되지만 사회적으로 결속은 되지 않는 시대가
도래 하였다. 바야흐로 우리는 각자 존재하고 홀로 소멸하는 '유동하
는 근대(liquid modernity)'의 불안과 공포에 직면해있다.

이런 불안과 공포에 관심을 갖고 최근 소설가들을 살펴볼 때, 편혜
영의 소설은 여러 가지 면에서 의미를 갖는다. 편혜영은 2000년에 등
단하여 『아오이가든』(문학과지성사, 2005), 『사육장 쪽으로』(문학동네, 2007),
『저녁의 구애』(문학과지성사, 2011), 『밤이 지나간다』(창작과비평사, 2013) 등 네
권의 창작집과 『재와 빨강』(창작과비평사, 2010), 『서쪽 숲에 갔다』(문학과지
성사, 2012) 등 두 권의 장편을 발간하면서 독창적인 작품 세계를 구축해
가는 작가이다.

편혜영은 초기부터 지속적으로 디스토피아(distopia)를 보여주는 작가였다. 그녀는 점점 더 개인화되어가는 개인들을 보여주면서 때로는 무심한 듯, 때로는 엽기적으로, 때로는 냉소적으로 개인과 사회에 만연한 죽음과 불안과 절망과 공포 등을 그로테스크하게 그려내고 있다.

2. 악취의 디스토피아-『아오이가든』

그녀의 첫 번째 소설집 『아오이가든』은 쓰레기와 사체(死體) 썩는 냄새와 구토물이나 배설물 냄새와 고양이 달이는 노린내와 쥐와 구더기의 냄새까지 죽음의 악취(惡臭)로 가득하다. 이광호가 편혜영의 첫 번째 소설집 해설을 쓰면서 '시체들의 괴담, 하드고어 원더 랜드'라고 제목을 붙인 것에서 알 수 있듯, 하드고어 영화의 잔혹함과 S.F. 소설에 등장하는 지구 멸망 이후의 음습하고 스산한 모습을 드러내는 것 같은 편혜영의 디스토피아 세계는 '악취의 지옥도'를 연상시킨다.

편혜영의 『아오이가든』은 유령과 절단된 시체들이 수시로 출몰한다는 점에서 엽기적인 '공포'를 보여준다. 그녀는 절단과 해체의 이미지를 동원한 그로테스크한 소설을 끊임없이 발표해왔다. 그녀의 소설에는 주로 사지가 잘려진 시체, 유령, 배설물, 구더기, 오물, 역병 등의 충격적인 소재들이 등장한다. 배설물, 유령, 사체 등은 어떤 여분의 것, 즉 삶에서 배제된 과잉의 실재이다. 그 가운데 가장 특징적인 것은 악취의 디스토피아를 보여주는 부분이다. 이 소설집의 공포는 「저수지」의 쓰레기 가득한 늪이나, 「아오이가든」의 역병이 창궐한 도시나, 「맨홀」의 지하 하수구나 방사능이 유출되었다는 과학관, 「문득」의 썩은 시체들의 시취(尸臭)나, 「만국박람회」의 폭우로 인해 하수구가 범람한 지역이나, 「서쪽 숲」의 거대한 공장과 검은 물이 흐르는 강 등 대부분 뒤틀린 신체와 쓰레기더미의 죽은 땅에서 풍기는 악취라는 후각적 이미지로 형상화 되어 나타난다.

『아오이가든』에 등장하는 아이들은 특히 인간의 존엄성을 상실한 대표적인 존재들이다. 아이들은 맨홀 아래에서 쥐를 잡아먹으며 생존하거나(「맨홀」), 돈을 건 어른들의 한 판 승부를 위해 개와 찢겨 죽을 때까지 격투를 하거나(「만국박람회」), 실험용 쥐처럼 죽어나가거나(「마술피리」) 한다. 마치 빨간 구두를 신었다는 이유로 발목이 절단되고, 가난 때문에 부모에 의해 숲에 버려지는 동화 속 아이들처럼 잔혹함의 세계에 무방비로 방치되어 있다. 편혜영 소설 속에서 아이들은 동물처럼, 유령처럼, 인간이기를 포기한 채 인간사회에서 배제되어 겨우 존재한다.

라캉은 짐승이 그의 배설물을 가지고 불쾌해 하는 순간 짐승의 단계에서 인간의 단계로 이동한다고 했다. 이 명제의 역도 성립한다면, 편혜영은 인간이기를 포기한, 짐승과 인간의 경계가 무너진, 바로 실재계에 존재하는 인간을 소설의 주체로 설정하고 있다. 그리고 인간의 존엄성을 상실한 존재에서 풍기는 악취는 편혜영 소설이 보여주는 그로테스크 미학의 핵심으로 보인다.

「저수지」는 경찰들이 실종된 여학생을 찾기 위하여 한때는 수련이 피어 관광객이 모여드는 곳이었으나 지금은 오물이 가득하여 악취만 나는 저수지 물을 빼내는 내용을 담고 있다. 그런데 아이 세 명이 돈 벌러 도시로 떠난 엄마를 기다리면서 방갈로에 숨어 이 장면을 지켜보고 있다. 아이들은 저수지에 괴물이 살고 있다고 믿고 있으며, 자신들이 발견되면 엄마가 감옥에 가게 될까 봐 숨죽이며 밖으로 나가지 못하고 있다.

그런데 이 소설의 마지막에 가면 반전이 일어나는데, 그것은 화자였던 아이들이 이미 죽은 유령이라는 사실이다. 이로 인해 소설을 읽어나가는 독자들은 마지막에 가서 경악과 공포를 느낀다. S.F. 소설이나 영화에서 주인공들이 사실은 인간 존재가 아니라 인간처럼 보이고 인간처럼 행동하는 일종의 로봇이라는 사실을 깨닫게 될 때 느끼는 경악처럼, 편혜영 소설에서 우리는 이야기를 서술하는 화자가 인간이 아니라 사실은 시체였음을 깨닫게 되면서 공포감을 느끼게 된다. 더구나 화자가 엄마가 유기(遺棄)하여 굶어 죽은 아이들의 유령이라는 점에서 더욱 공포를 야기한다.

편혜영 소설의 잔혹한 상상력은 '절단된 신체'의 이미지를 통해 선명하게 나타난다. 「시체들」에서 남편은 계곡에서 익사한 것으로 추정되는 아내의 사체(死體)의 일부를 끊임없이 확인해야 하는 끔찍한 상황에 놓여 있다. 처음에는 그 사체가 오른쪽 다리였고, 다음에는 왼쪽 팔과 손이었고, 마지막에는 두상으로 모습을 바꾸면서 남자를 공포로 몰아넣고 있다. 작가는 이처럼 인간의 존엄성을 상실한 인간의 '잉여 혹은 여분'을 의도적으로 '날것 그대로' 드러낸다. 소설에서 중요한 것은 그 사체가 아내인가 아닌가에 놓여 있지 않다. 혹은 아내의 죽음이 자살인가 사고인가 타살인가에 놓여 있지도 않다. 작가는 단지 인간의 존엄을 상실한 주검 자체를 적나라하게 묘사하여 그로테스크하게 보여주고자 한다.

오른쪽 다리는 신원 미상의 사체들 틈에 누워 있었다. 형사는 무표정하게 냉동 철제판을 끄집어냈다. 딱딱하게 굳은 오른쪽 다리가 철제판 위에 덩그러니 놓여 있었다. 포르말린과 솔벤트, 세척제가 뒤섞인 냄새가 풍겼다. 철제판에서 첫내가 올라왔다. 그는 참지 못하고 구역질을 했다. 구역질을 일으킨 것은 냄새가 아니었다. 다리는 사람의 것이라고는 믿을 수 없을 정도로 시퍼렇고 까맣게 썩어 있었다. 대퇴골이 다 드러난 살 끝이 풀어진 실밥처럼 너덜거렸다. 너덜거리는 살과 달리 뼈는 조형물처럼 단단해 보였다. 까맣게 썩어 있는 살 사이에서 대퇴골이 형광등처럼 빛났다. 무릎 관절을 보호해주는 슬개골도 여전히 단단해 보였으며, 대퇴골과 이어지는 정강이뼈도 하얗게 반짝이고 있었다. 살과 피부는 분명 부패한 시체의 것이었지만 뼈는 산 사람의 것 같았다. 발가락은 짓이겨지고 뭉개져 형상을 알아볼 수 없었다. 원래 발가락이 없었던 거라는 생각마저 들었다.

- 편혜영, 「시체들」, 『아오이가든』, 221-222쪽

위 인용문은 남자가 아내 시체의 일부로 추정되는 오른쪽 다리를 보게 되는 장면이 구역질을 일으키는 냄새와 혐오감을 불러일으키는 형상으로 적나라하게 묘사되어 있다. 이미 인간의 존엄성을 상실한 인간 시신의 일부는 "라멜라(lamella)로 나눌 수 없고, 파괴할 수 없으며, 죽을 수도 없는, 안 죽은 것(undead)이다. 숭고하게 영적인 불멸성이 아니라, 매번의 절멸 이후에도 스스로를 재구성하여 꼴사납게 존속하는 '산 죽음(living dead)'의 외설적인 불멸성이다. 라캉이 지적한 것처럼 라멜라는 존재(exist)하지 않는다. 그것은 고집스럽게 존속(insist)한다"(슬라보예 지젝, 『How to read 라캉』, 웅진, 2007, 97쪽) 그러기에 그것은 역겨움을 풍기며, 우리에게 '두려운 낯섦(uncanny)'의 감정을 불러일으킨다.

남자가 시신의 일부를 보고 되돌아오는 길에서 "아내의 오른쪽 다리는 사나운 계곡 물 속에서 천천히 분해되고 침전물이 될 것이다. 그런 다음 물고기의 밥이 되어 그 물고기를 잡은 낚시꾼의 입맛 다시는 반찬이 될 것이다."(227쪽)라고 상상하는 부분은 생선 백반을 팔아 생계를 유지했으며 물고기 눈알을 즐겨먹던 아내의 삶을 생각해 보건대,

그로테스크한 이미지를 배가한다.

소설은 남자가 아내 사체의 일부로 추정되는 두상을 확인해 달라는 경찰의 마지막 전화를 받고, 계곡으로 가서 사체를 건져 올리는 낚시꾼들을 만나고 자신도 계곡에 빠져서 사체로 낚시꾼에게 잡히는 환상으로 끝맺음한다. 이 마지막 부분은 "모든 정체성을 녹여버리고 모든 것을 삼켜버리는 원초적 심연으로, 가장 끔찍한 상상적 영역 속의 실재"(지젝, 앞의 책, 99쪽)를 나타낸다.

편혜영의 첫 번째 소설집 『아오이가든』은 유령과 절단된 시체들이 수시로 출몰한다는 점에서 '공포'를 보여준다. 그녀는 절단과 해체의 이미지를 동원한 그로테스크한 소설을 끊임없이 발표해왔다. 그녀의 소설에는 주로 사지가 잘려진 시체, 유령, 배설물, 구더기, 오물, 역병 등의 충격적인 소재들이 등장한다. 배설물, 유령, 사체 등은 어떤 여분의 것, 즉 삶에서 배제된 과잉의 실재를 통해 공포감을 조성하는데, 그 가운데 가장 특징적인 것은 '악취의 디스토피아'로 이름 붙일 수 있다.

3. 불확실성의 디스토피아―『사육장 쪽으로』

두 번째 소설집 『사육장 쪽으로』는 악취의 정도가 약해지면서 그로테스크한 공포가 불확실한 불안으로 변화했다는 점이 특징적이다. 진짜 무서운 것은 '유령이나 좀비나 시체'가 아니라 '살아 있는 인간'이며, 진짜 두려운 것은 '피범벅'이 아니라 예측 불가능한 '안개와 암흑'임을 우리는 알고 있다. 이런 점에서 편혜영의 두 번째 소설집은 훨씬 더 현실 속으로 들어왔다고 볼 수 있다. 공포 자체가 소설의 전면에

드러나는 첫 번째 소설집에 비하면, 두 번째 소설집에서 공포의 강도
는 상당히 약해지는 데 비해 공포의 지속성은 훨씬 오래 유지된다.

편혜영의 『사육장 쪽으로』는 평온해 보이던 일상의 어느 순간 사건
사고로 인해 모든 것을 잃게 되는 위험에 노출되어 있다는 점에서 '공
포'를 자아낸다. 그 가운데 가장 특징적인 것은 확실해보이던 일상의
행복이 갑자기 무너지는 불확실성의 디스토피아를 보여주는 부분이다.
이 소설집의 공포는 「소풍」의 안개, 「사육장 쪽으로」의 암흑과 개 짖
는 소리, 「동물원의 탄생」의 늑대와 총소리, 「밤의 공사」의 습지와 들
쥐, 「금요일의 안부인사」의 밤의 어둠, 「분실물」의 만성적인 두통, 「첫
번째 기념일」의 재개발이 진행되는 공사장 등, 대부분 일상의 안전과
확실함에 균열을 내는 불안하고 음습한 기운이 가득한 검은 구멍의
장소와 사건으로 형상화 되어 나타난다.

두 번째 소설집 가운데에 「소풍」과 「사육장 쪽으로」는 평범한 일상
에 일어난 작은 사건사고가 어떻게 한 사람의 삶을 송두리째 불안과
공포로 파열시키는가를 여실히 보여주는 작품이다. 「소풍」은 애인 사
이인 남자와 여자가 자동차로 여행을 떠났다가 고속도로와 국도에서
만난 예상치 못한 교통사고를 다루고 있으며, 「사육장 쪽으로」도 전원
주택으로 내려온 한 가족이 파산선고를 당하고 아이가 개에게 물려
죽어가는 예상치 못한 사건을 다루고 있다. 두 작품 모두 평범한 일상
속에 급작스럽게 생겨난 사건사고를 드러낸다는 점에서 평범한 일상
의 한 가운데 갑자기 드러난 '블랙홀'을 섬뜩하게 보여준다. 「소풍」에
서 남성인물이 가지는 '도시인이라면 주말에는 여행을 떠나야 한다'는
막연한 생각이 비극을 자아내는 단초라면, 「사육장 쪽으로」에서는 남
성인물이 가지는 '전원주택이야말로 진정한 도시인의 꿈'이라는 생각

이 비극의 단초가 된다.

「소풍」에는 오래된 연인이 한밤중에 겪는 두 번의 교통사고를 통해 평범한 일상이 갑자기 공포가 되는 과정을 보여준다. 남녀인물들은 지극히 평범하다. 남자는 아파트 건축 일을 하고 여자는 학원에서 아이들을 가르친다. 두 사람은 일이 끝난 야간에 안개가 가득한 고속도로에 차를 몰고 나가지만, 남자는 피곤으로 졸음운전을 하고 여자는 심한 멀미로 구토를 한다. 처음부터 소풍은 여행(旅行)이 아닌 고행(苦行)이 된다.

결정적인 사건은 그들이 탄 자동차가 운전을 방해하는 대형차를 피해 국도로 접어들었다가 어둠 속에서 형체를 알 수 없는 무엇인가를 죽였다는 사실이다. 그것이 산짐승이었는지 사람이었는지는 마지막까지 명확하게 진술되지 않는다. 남자가 차에서 내려 어둠 속에서 그들이 친 것을 길가로 끌어내리는 동안, 여자는 공범이 되기 싫어 눈을 감고 차 안에 머물면서 애써 진실을 외면한다. 그리고 자동차는 다시 고속도로로 들어서고 거대한 탱크로리를 피하다 가드레일을 들이받는 두 번째 사고를 당한다. 그들은 다행히 다치지 않았지만, 여자는 견인차에 이끌려 남자와 함께 도시로 돌아가고 싶지 않다는 생각에, 차에서 내려 무작정 혼자 길을 걷는다. 여자의 마지막 행동은 그녀가 피범벅의 외상(外傷)을 입지는 않았지만, 영혼에 영원히 지워지지 않을 내상(內傷)을 입었음을 여실히 드러낸다.

그가 새벽의 안개와 국도변의 어둠 속에 숨긴 것은 뭐였을까? 여자가 큰 소리로 남자를 불렀다. 남자는 들리지 않는지 쳐다보지 않았다. 여자는 제자리에 멈추어 선 채 계속 손을 흔들었다. 남자가 한참만에야 여자를 봤다. 아까 우리가 죽인 게 뭐였어? 남자는 들리지 않는다는 듯이 귀

에 손을 가져다댔다. 어디선가 개가 짖었다. 가까운 곳에 마을이 있는
모양이었다. 여자는 보이지 않는 마을을 향해 계속 걸어 들어갔다. …
(중략)… 여자는 멈추어 선 채로 허공에 매달린 이정표를 읽었다. 모두
처음 보는 지명이었다. 이정표는 언젠가 도착할 도시의 이름을 알려줄
뿐, 여기가 어딘지에 대해서는 함구하고 있었다.

–편혜영, 「소풍」, 『사육장 쪽으로』, 33–34쪽

이 소설의 마지막 장면은 두 사람의 관계가 붕괴되고 있음을 보여
준다. 자동차 사고를 내놓고 은폐하는 남자와 함께한 사고에서 공동책
임을 지기 싫어 외면하는 여자 모두, 이 사건 이전의 안온한 일상으로
다시는 돌아가지 못할 것이다. 그들은 잘 안다고 생각했던 사람이 예
기치 못한 비상 상황에서 드러내는 불쾌한 속성을 깨닫게 되었을 뿐
이다. "우리가 죽인 게 무엇이었어?"라는 여자의 고백을 통해 일상적
인 악(惡)을 보여주며, 또한 허공에 위태롭게 매달린 처음 보는 '이정
표'를 통해 일상 속에 틈입해 들어오는 균열을 보여준다. 더구나 이
소설에 지속적으로 등장하는 안개는 불길한 분위기를 시종일관 자아
내고 있다. 안개는 모든 경계를 지우고 어떤 일이 일어날지 예측할 수
없는 '불확실성의 공포감'을 유발한다. 교통사고라는 예측할 수 없는
사건이 일상에 갑자기 틈입해 올 때, 평범한 우리의 일상은 송두리째
악몽으로 변할 수도 있다.

「사육장 쪽으로」는 좀 더 일상에 깊숙하게 들어온 공포를 적나라하
게 드러낸다. 이 소설의 주인공은 무리하게 빚을 내어 도시에서 2시간
이나 떨어진 전원주택을 장만하여 이사를 했다. 그러나 막상 전원주택
에서 살다보니, 근처는 개발이 덜 되어 교통이 불편할 뿐더러 주위에
사육장이 있어 밤낮으로 개 짖는 소리에 시달린다. 「사육장 쪽으로」의

'개 짖는 소리'는 「소풍」의 '안개'처럼 이 소설의 불길한 사건과 파국을 암시한다. 실제로 그는 무리한 빚으로 인해 파산선고를 받고 집행인의 경고장을 받는다. 불안감이 감돌던 어느 날, 아이와 마당에서 공놀이를 하다 아이가 갑자기 개에게 물려 위급한 상황에 놓이게 된다. 남자는 병원이 있다는 사육장 쪽으로 차를 몰고 가지만 과연 병원에 무사히 도착하여 아이가 치료를 받을 수 있을지에 대한 전망은 그리 밝아 보이지 않는다.

> 그는 개들이 컹컹 짖는 트럭을 쫓아 규정 속도 이상으로 달리면서 종종 뒤를 돌아보았다. 자신이 과연 사육장 쪽으로 잘 가고 있는지 알 수 없었다. 뒤쪽으로는 위협하듯 속력을 한껏 올리고 쫓아오는 차들뿐이었다. 그 차들이 어쩐지 아이를 문 개처럼 두렵게 느껴졌다. 어둠이 차들의 꽁무니를 따라 재빨리 쫓아오고 있었다. …(중략)… 그는 불빛이 사라진 도시가 낯설어서, 여기가 도시인지 아니면 그가 사는 마을인지 헷갈렸다. 트럭은 보이지 않았다. 여전히 개 짖는 소리가 가로등처럼 그를 인도하고 있었다. 그는 그 소리를 따라 사육장 쪽으로 가기 위해 속력을 높였다. 언젠가는 길이 끝날 거였다. 길이 끝나는 곳까지 달려가면 어딘가에 닿을 거였다.
>
> ―편혜영, 「사육장 쪽으로」, 『사육장 쪽으로』, 60-61쪽

이 소설의 마지막 장면은 위협적인 속력으로 질주하는 도로의 차들과 방향감각을 상실한 주인공의 낯섦을 통해 일상의 위협 앞에 두려움을 느끼는 주인공의 내면심리를 보여주고 있다. 게다가 이 소설에 지속적으로 등장하는 개 짖는 소리는 불길한 분위기를 시종일관 자아내고 있다. 이제 남자는 아이와 재산 모두를 잃게 될지 모른다. 빚을 얻어 집을 사는 일상적인 사건이나 개에게 아이가 물리는 사고 등이

일순간 우리의 삶을 송두리째 망가뜨릴 수 있다는 삶의 불확실성이야 말로 악몽의 극한일 것이다.

편혜영의 두 번째 소설집『사육장 쪽으로』는 평온해 보이던 일상의 행복이 갑자기 무너지는 불확실성의 디스토피아를 보여준다. 그녀는 작은 사건이 계기가 된 일상의 극한을 섬뜩하고 잔혹하게 그려내고 있다. 그녀의 소설 속에 등장하는 주인공들이 희망 없는 일상을 걸어 가는 발걸음은 기괴하고 섬뜩하다. 그녀는 그 섬뜩함을 통해 우리가 애써 외면하려는 '불확실성의 디스토피아'를 그려내고 있다.

4. 반복강박의 디스토피아 -『저녁의 구애』

세 번째 소설집『저녁의 구애』는 악취의 디스토피아로 가득한 첫 번째 소설집에서 볼 수 있던 공포나, 일상의 불확실성의 디스토피아로 가득한 두 번째 소설집의 불안을 거쳐, 한 치의 일탈도 허용하지 않는 일상의 반복과 단절된 삶을 심화하는 소설들이 실려 있다. 진짜 무서 운 것은 '유령이나 좀비나 시체'가 아니라 '살아 있는 인간'이며, 진짜 두려운 것은 '피범벅'이 아니라 예측 불가능한 불확실의 공포를 자극 하는 '안개'와 '암흑'임을 우리는 두 번째 소설집을 통해 확인하였다. 편혜영의 세 번째 소설집에서는 이 불확실성은 사라지지만, 오히려 너 무나 자명한 컨베이어벨트나 복사기처럼 동일한 것을 반복하는 삶이 불러일으키는 강박과 그 동일성이 파괴될 때의 불안을 함께 다루고 있다.

편혜영의『저녁의 구애』는 상투화된 일상의 반복에서 오는 삶의 디 스토피아를 보여주는 작품들이 많이 등장한다. 이 소설집의 권태와 불안은 「토끼의 묘」의 완벽하게 단독자로 살아가며 소통이 차단된 채 파편적인 정보를 모으는 일을 하는 사람, 「저녁의 구애」의 상가에 조화를 배달하는 사람, 「동일한 점심」의 복사실에서 자료를 복사하는 사람, 「관광버스를 타실래요?」의 정체를 모르는 물건을 낯선 장소로 명령에 의해 운반하는 사람, 「산책」의 상부의 명령으로 낯선 곳에 발령 받은 사람, 「정글짐」의 상사의 명령으로 이국의 도시로 원치 않는 도망 같은 여행을 오게 된 사람, 「통조림 공장」의 통조림 공장에서 일하는 사람 등 대부분 지극히 단순하고 끝없이 반복되며 별 의미를 가지지 못하는 일을 아무런 목표나 기대도 없이 하는 사람들의 단순 반복되는 노동의 끔찍함이 강박과 불안의 이미지로 형상화 되어 나타난다.

세 번째 소설집 가운데 「동일한 점심」과 「통조림 공장」은 '특징 없는 남자'가 주인공으로 등장하여 반복된 삶의 디스토피아를 드러내는 작품이다. 「동일한 점심」과 「통조림 공장」은 자본주의 사회에서 동일한 시간에 동일한 장소에서 동일한 노동을 하는 삶의 무기력함과 그 단순반복 가운데 실종이나 죽음 같은 작은 사건사고가 주위 사람들에게 아무런 영향도 끼치지 못한다는 것을 여실히 보여주는 작품이다. 「동일한 점심」은 똑같은 시간에 지하철을 타고 똑같은 시간에 구내식당에서 똑같은 점심을 먹으며 대학 복사실에서 복사를 하는 남자가 어느 날 우연히 지하철역에서 자살하는 한 사람을 목격하는 사건을 다루고 있으며, 「통조림 공장」도 한평생 통조림통에 생선을 넣는 반복된 일을 하면서 공장사택에서 살고 있는 공장장이 어느 날 갑자기 실종되고 또 다른 직원이 공장장이 되어 똑같은 일을 단순 반복하면서 살아가는 사건을 다루고 있다. 두 작품 모두 끝없이 '단순 반복'되는 일상 속에서 기계의 부품으로 전락한 삶의 모습을 보여준다.

「동일한 점심」에는 추락사고로 아버지를 잃고 교통사고로 어머니를 잃은 후 부모가 하던 복사실을 물려받아 운영하는 한 남자의 단순 반복되는 일상을 보여준다. 그 남자는 8시 38분 전철의 2번 차량 3번 칸을 타고 대학교의 지하에 있는 복사실로 와서 9시 30분에 복사실 문을 연다. 그리고 복사와 제본을 하다가 정오가 되면 인문대 구내식당에서 정식 A세트의 점심을 시켜 식당 입구와 등을 지는 기둥 뒤쪽의 자리로 가서 밥, 국, 김치와 세 가지의 반찬을 먹는다. 오후에도 똑같은 일상이 반복된다. 정해진 시간 동안 일을 하고 집에 돌아와서는 소파에 누워 '죽기 전에 보아야 할 1001편의 영화'의 리스트에 있는 영화를 보다가 잠드는 생활을 하고 있다. 딱 한번 지하철에서 우연히 자살하는 남자를 목격하게 되는 우발적 사고의 현장에 있다는 이유로 경찰과 이야기를 나누는 작은 변화가 있기도 하지만, 세상은 여전히 일사분란하게 움직인다.

그의 일상이 단순하게 반복될 뿐더러 "그는 언제나 학생이나 강사 같은 실제로는 친분이 없는 타인들 사이에 있었기에"(73쪽) 어떤 사람들과도 친분을 맺거나 소통할 필요가 없었다. 그는 복사실의 거리를 유지한 채 사회의 인간관계나 경쟁에서 배제되어 단독자의 삶을 살고 있다. 그는 철저히 고립되어 있으며 익명화되어 있다.

> 같은 시간에 같은 자리에 앉아 전날과 별반 다르지 않은, 거의 같다고 할 수 있는 밥을 먹으며 그는 자신이 날마다 정시에 복사실 문을 여는 것이 어쩌면 구내식당의 점심 때문이 아닐까 생각했다. …(중략)… 그렇게 늘 똑같은 한 끼 밥을 먹는 것으로 그는 어제의 낮과 오늘의 낮이 같음을 실감하고 오늘 밤과 내일 밤이 다르지 않을 것을 확신했다. 그런 실감과 확신을 통해 자신이 지하 복사실에 있는 동안 매일 낮과

매일 밤이 각각 다르게 흘러간다는 사실을 잊었다. 말하자면 조금씩 달라질 뿐 본질적으로 같은 식단이라고 할 수 있는 정식 A세트는 그의 일상과 꼭 닮은 식사였다. 규칙적인 기상시간, 남색과 검은색으로 이루어진 비슷한 차림의 복장, 같은 시각에 출발하는 출근 열차. 언제나 일정한 복사실의 영업시간이 그의 생활과 꼭 닮은 것처럼.

－편혜영, 「동일한 점심」, 『저녁의 구애』, 66-67쪽

길지 않은 위의 인용문에는 "똑같은", "별반 다르지 않은", "닮은" "비슷한"이 여러 번 반복되고 있다. 그는 단순 반복되는 일에 강박되어 있으며, 이렇게 똑같은 일을 하면서 기계처럼 기계의 부속물처럼 낡아갈 것이고 언젠가는 육체건 정신이건 고장이 나서 쓰레기로 버려질 것이다. 그가 하는 단순 반복되는 일은 다른 누구에 의해 대체되어도 문제가 되지 않고, 중단된다고 하여도 문제될 것이 없다. 그는 아무와도 소통하지 못하고 교류하지 않으며 독거노인이 되어 혼자만의 공간에서 죽어갈 것이며 죽어서도 아무도 그의 시신을 발견하지 못해 썩은 한참 후에야 발견될지도 모른다. 문제는 현대를 살아가는 우리 모두의 일상이 기실 복사실 남자와 다르지 않다는 데에 우리의 불안과 공포가 있다.

「통조림공장」은 좀 더 단순 반복되는 공장의 현장을 그려낸다. 생산직 출신인 공장장은 아내와 아이를 외국에 보내고 사택에서 혼자 살아가며 가장 먼저 출근해 가장 늦게 퇴근하는 인물인데 어느 날 갑자기 공장에서 사라진다. 사람들은 공장장을 싫어했지만, 그의 삶이 자신들의 삶과 크게 다르지 않았으므로 딱히 미워할 수도 없었다. 공장장의 마지막 모습을 본 사람은 '박'이었다. 사람들은 '박'이 곤란을 겪지 않을까 우려했지만, 그에게는 확실한 알리바이가 있었다. 공장장이

사라지기 전날, '박'은 공장장의 지시로 공장장의 아이에게 보낼 음식을 깡통에 밀봉하는 야근을 했다. '박'은 공장에서 일하는 자신에 대하여 "벨트 앞에 서서 그저 익숙한 각도로 몸을 움직이기만 하면 돼요. 생각이 탈수되고 몸이 기계의 일부가 되는" 경험을 하였다고 형사에게 말한 바 있다. 공장장의 가족도 이 사건에 관심을 보이지 않았고, 실종에 대한 어떠한 단서도 발견되지 않았으므로, 공장장의 실종 사건은 미결로 종료된다. 이후 '박'이 공장장 자리에 오른다.

> 사장은 공석이던 공장장 업무를 박에게 맡겼다. 공장장이 된 박은 직원 중 가장 먼저 출근했다. 아무도 없는 공장에서 정지한 기계의 전원을 켜는 일은 매번 낯선 개의 잠을 깨우는 것처럼 긴장되었다. 개가 짖듯 기계가 요란하게 웅 소리를 내기 시작하면 그제야 하루가 시작된다는 느낌이 들었다. 퇴근은 가장 늦게 했다. 전원을 끄고 정적 속에 남아 있으면 깡통 속에 잠긴 숨죽은 꽁치나 고등어가 된 기분이었다. 꽁치나 고등어가 된 기분으로 사택으로 돌아가 몸을 절이듯 술을 마셨다. 잠을 푹 자기 위해서였다. 가장 먼저 출근하고 가장 늦게 퇴근하는 그를 직원들이 수위라고 놀리는 걸 알고 있었지만 모르는 척했다. 일찍 출근하게 되면서 공복 시간이 길어지고 숙취로 속이 쓰리기도 해서 아침밥을 먹기로 했다. 망설이다가 서랍장에 넣어둔 통조림을 꺼내 뜯었다 …(중략)… 점심시간에는 직원들과 어울려 뚜껑을 딴 통조림으로 밥을 먹은 후에는 직원들과 함께 복숭아와 감귤 통조림을 먹었다. 퇴근 후에는 사택에 돌아가 통조림 중 하나를 꺼내 김치를 넣고 요리하거나 다져서 양념장을 만든 후에 술안주로 먹었다.
>
> —편혜영, 「통조림 공장」, 『저녁의 구애』, 233-234쪽

위 인용문은 전(前)공장장이 실종 된 이후 새로운 공장장이 된 '박'의 일상을 묘사하고 있다. 그런데 그는 놀랍게도 전 공장장의 일상을 한 치의 다름도 없이 복제하듯 똑같이 영위한다. 실종된 공장장이 살

던 사택에서 살며 똑같이 수위라는 별명으로 불리고 통조림에 중독되어 가는 모습이 판박이처럼 묘사되고 있다. 전 공장장과 박의 차이는 '박'이 공장장이 되는 순간 무화되고 그는 기계의 부속품 같은 공장장의 삶을 반복한다. 이는 곧 우리 모두가 잠재적으로 불필요하고 대체 가능하며 취약한 노동 상황에 놓여 있다는 것을 의미한다. 변화가 없이 반복되는 공장의 노동과 그것을 관리하는 공장장의 삶이란 컨베이어벨트에 의해 반복되는 것이며 기계처럼 단순 반복 되는 모습을 요구한다. 한 사람의 실종에도 전혀 문제없이 다른 사람에 의해 대체되어 공장은 여전히 잘 돌아간다. 희망 없이 지루하게 시계바늘처럼 반복되는 현대인의 강박적 일상을 통해 단순 반복의 공포를 보여주고 있다.

편혜영의 세 번째 소설집에서는 불확실성은 사라지면서 오히려 너무나 자명한 컨베이어벨트나 복사기처럼 동일한 것을 반복하는 삶이 불러일으키는 강박과 그 동일성이 파괴될 때의 불안을 함께 다루고 있다. 통조림 공장의 통조림 담기나 복사실의 복사처럼 동일한 것을 반복하는 삶이 불러일으키는 '반복강박의 디스토피아'를 그려내고 있다.

5. 배제의 디스토피아—『밤이 지나간다』

네 번째 소설집 『밤이 지나간다』에는 '악취의 디스토피아'로 가득한 첫 번째 소설집에서 볼 수 있던 공포나 '불확실성의 디스토피아'로 가득한 두 번째 소설집의 불안과 세 번째 소설집의 동일한 것을 반복하는 '반복강박의 디스토피아'를 지나 각자 존재하고 홀로 소멸하는 '배제(排除)의 디스토피아'를 보여준다.

편혜영의 『밤이 지나간다』는 이제 각자 존재하고 홀로 소멸하는 시시한 인생들의 쓸모없는 삶의 디스토피아를 보여준다. 그들은 이제 각자 홀로 살아왔고 아무도 돌보는 사람 없는 곳에서 홀로 죽어갈 일만 남겨놓고 있다. 그런 면에서 그들은 이미 인간으로서의 존엄을 상실한, 생산과 소비에 의해 규정받는 사회에서 배제된 어떤 여분의 것, 즉 삶에서 배제된 잉여(剩餘)의 실재일 뿐이다. 편혜영 소설 속에서 노인들은 구성원에서 배제되어 동물처럼, 유령처럼, 지젝이 말하는 "생명의 기괴한 과잉"으로 묘사되고 있다.

이 소설집의 배제의 디스토피아는 「야행」의 모든 재산을 아들이 탕진하고 이제 철거하는 아파트에서 쫓겨나야하는 늙은 여자, 「밤의 마침」의 어린 여자와 성추행 공방을 벌이다가 무죄를 받아낸 중년 남자, 「해물 1킬로그램」의 아이를 유괴당한 후 유령처럼 살아가는 여자, 「비밀의 호의」의 치매에 걸린 여동생을 요양원에 보내는 늙은 남자, 「개들의 예감」의 가족들과 헤어져 세탁소를 운영하며 신경증을 앓는 남자, 「서쪽으로 4센티미터」의 고속도로 시설물을 점검하는 일을 하는 남자, 「블랙아웃」의 재난 때 사용할 벙커를 파는 남자 등 대부분 사회의 중심에서 비껴 각자 존재하고 홀로 살아가는 삶의 희망 없음이 암묵적 전제로 깔린 채 형상화 되어 나타난다.

네 번째 소설 가운데에 「야행」과 「비밀의 호의」는 가족에 의해 버림받고 각자 존재하고 홀로 죽어가는 배제의 디스토피아를 예각화한 작품들이다. 「야행」과 「비밀의 호의」는 이제 삶의 뒤안길에서 어떤 의미도 어떤 희망도 없이 인생의 밤을 지나 죽음만을 앞에 두고 있는 단독자(單獨者)의 모습을 보여준다. 「야행」은 큰 걱정 없이 살던 할머니가 늘그막에 이르러 아들 때문에 재산을 탕진하고 고생하는 모습을 보여준다. 할머니는 재개발로 사람들이 이미 이주하여 아무도 살지 않는 허름한 아파트에서 정전이 되어 깜깜한 어둠 속에 홀로 버려져 이미 망가진 육체를 부여잡고 오지 않는 아들을 기다리고 있다. 「비밀의 호의」는 교사를 하다가 퇴직하고 아내와 이혼한 뒤 혼자 사는 할아버지가 자신의 삶에 침입한 눈 먼 여동생을 부양하기 싫어 요양원에 여동생을 보내는 서사를 다루고 있다.

두 작품 모두 가장 가까운 가족에 의해 버림을 받고 각자 존재하고 홀로 죽어가는 노인의 고독사(孤獨死)를 그려낸다. 이를 통해 오래 사는 것이 축복이 아니라 악몽이 되는 아이러니를 섬뜩하게 보여준다. 그들은 모두 인생의 '밤'을 맞아 희망도 기대도 없이 다만 그 밤이 빨리 지나가고 죽음이 오기만을 막막하게 기다리고 있다. 「야행」에서 여성인물이 시시하지만 안정적인 인생을 살다가 사업에 계속 실패하는 아들로 인해 모든 것을 잃고 버려진다면, 「비밀의 호의」에서 남성인물은 별로 왕래도 없었던 여동생이 눈이 멀어 갑자기 자신의 집으로 들어오면서 삶이 엉망이 되자 여동생을 요양원에 보내버린다.

「야행」에 등장하는 늙은 여자는 사업에 번번이 실패하는 아들의 채무로 인해 가산을 탕진하고 이제는 철거가 임박하여 전기마저 끊어진 낡은 아파트에서 살아가고 있다. 그녀는 다리의 장애로 인해 거동도 자유롭지 못한 상태에서 자신을 데리러 온다는 아들을 기다리고 있는 상황이다. 그녀에게 아들은 더 이상 마음을 나누는 가족이 아니라, 그녀의 재산과 육신을 야금야금 먹어치우는 거머리에 지나지 않는다. 그래서 그녀는 이미 오래전부터 아들을 볼 때마다 분노와 자책을 동시에 느끼고 있었다. 그녀는 가족이라는 공동체가 와해되고 사회로부터 배제되어 홀로 소멸할 자신의 '고독사(孤獨死)'를 예견하고 있다.

남은 생은 이보다 더 작은 낡은 방에서 간소하게 정리된 몇 개의 물
건들과 함께 할 것이다. 그녀는 다리의 장애와 나날이 심해져가는 통증
과는 상관없이 노병으로 죽게 될 것이라고 생각해왔다. 그 순간은 멀 수
도 있지만 그다지 멀지않을 수도 있다. 자신의 시신을 발견하거나 시취
를 맡게 될지도 모르는 사람에 대해서는 한 번도 생각해보지 않았다. 막
연히 그런 일을 하게 될 사람이 아들은 아니라고 짐작했다. 어쩌면 전적
으로 낯선 사람이 그 일을 하게 될 지도 몰랐다.

-편혜영, 「야행」, 『밤이 지나간다』, 23쪽

위 인용문은 아들을 기다리는 할머니가 남편의 죽음을 회상하며 자
신의 죽음을 상상하는 장면이다. 남편이 죽었을 때 그녀는 남편의 수
첩을 보면서 무엇인가 남편에게 은밀한 비밀이 있을까 궁금해 했다.
그러나 남편에게는 아무런 비밀이 없었고 그것에 감사하면서 동시에
실망감을 느꼈다. 비밀이 없는 삶이라는 것이 얼마나 무미건조한 삶인
가를 생각했기 때문이다. 그러나 자신의 죽음은 무미건조함을 넘어 비
참할 것을 예견한다. 그녀는 자신이 아들과는 무관하게 고독사(孤獨死)할
것이며, 그 시신을 발견하는 사람도 낯선 사람이 될 것이라는 냉혹한
현실을 담담히 받아들인다. 최후의 안전망도 사라진 사회에서 배제된
삶을 사는 자의 최후는 이처럼 참혹하고 끔찍하다.

「비밀의 호의」는 형제이지만 서로에 대해 아무것도 모르면서 살아
온 오빠가 늙고 병든 여동생을 버리는 내용을 담고 있다. 그들은 명절
에 그저 얼굴 한번 보는 정도의 데면데면한 관계를 유지해왔다. 그들
의 "소소한 삶은 내내 각자의 것"(90쪽)이었다. 늙은 남자가 아홉 살 차
이나는 여동생에 대해 기억하는 유일한 사건은 여동생이 고등학교 시
절 서울에 있는 자신의 자취방에 와서 하룻밤을 자고는 고향집으로
내려가지 않고 3일을 서울에서 떠돌았다는 것이다. 오빠는 살아가는

동안 그때 여동생의 비밀에 대해 물어보고 싶지만 한 번도 물어보지 않았다. 비밀을 물어보지 않는 까닭은 기실 비밀을 공유함으로 서로의 삶에 개입되는 것을 꺼리는 지극히 개인적인 이기심 때문이었다.

그러기에 그는 오랜 시간이 흘러 미국에 있는 아들집에 갔다가 자신의 집으로 여동생이 왔을 때, "당혹감과 불쾌감"(92쪽)을 느낀다. 더구나 여동생은 쓸데없이 이웃과 소통하여 자신을 번거롭게 만들고 자신의 개인 영역에 함부로 침범해 오고 있었으며, 눈까지 멀어가고 있었다. 결국 늙은 남자는 늙은 여동생을 요양원에 데려다준다. 여동생은 남편에게 버림받고 미국에 있는 아들에게도 버림받고 하나 남은 오빠에게도 버림받고 요양원에서 홀로 살다가 아무도 모르게 죽을 것이다. 그것은 이혼하고 혼자 사는 늙은 남자인 오빠에게도 똑같이 적용되는 미래의 모습일 것이다.

> 이상하리만큼 평온했다. 일생 이렇게 평안하고 행복해본 적이 있을까 싶을 정도였다. 앞으로는 그저 육체적 허기에 답하고 쇠약에 적응하는 일로 간소하고 소박한 일상을 채워 가면 될 것 같았다. 남들은 그가 이미 늙었다고 생각하겠지만 정작 자신은 이제서야 늙는다는 게 뭔지 알 것 같았다. 점차 사그라들다 한순간 훅 꺼져버리는 불꽃처럼 노쇠한 숨이 이어지다 돌연 끊어지리라는 건 의심의 여지가 없었다. 그는 노년이란 모든 운명이 종결되는 시기이므로 우연의 신비를 더 이상 두려워할 필요가 없고 지난 세월을 돌아보며 체념하고 원망하는 것이 아니라 혼란과 불확실성을 확실하고 결정적으로 잠재우는 시간이 아닐까 하고 어렴풋이 생각해왔다.
>
> —편혜영, 「비밀의 호의」, 『밤이 지나간다 』, 103쪽

이 소설의 마지막 장면은 여동생을 요양원에 버리고 와서 오빠가

자신의 아파트에서 느끼는 평온한 심리를 표현한 부분이다. "노쇠", "쇠약", "종결" 등의 단어를 통해 이제 죽음만을 기다리며 단독자의 삶을 견디고 있는 늙은 남자의 심리를 드러내고 있다. 여동생처럼 오빠인 늙은 남자 역시 아무와도 소통하지 못하고 배제된 채 독거노인이 되어 혼자만의 공간에서 죽어갈 것이며 죽어서도 아무도 그의 시신을 발견하지 못해 썩은 한참 후에야 발견될지도 모른다.

편혜영의 네 번째 소설집은 이제 각자 존재하고 홀로 소멸하는 인생들의 삶의 모습을 담담하게 보여준다. 이제 최후의 공동체인 가족제도까지 붕괴된 사회에서 개인은 고립된 섬에 버려진 존재처럼 고독할 것이며 권태로울 것이며 아무도 기억하지 못하는 죽음을 맞이할 것이다. 작가는 이제 불안도 공포도 다 소멸하고 완벽하게 감정이 메마른 상태에서 죽음만을 기다리는 '배제의 디스토피아'를 보여준다.

6. 단절에 대한 공포와 홀로 있고 싶은 욕망 사이에서

오늘날 우리는 액체화되고 유동적이고 탈규제적인 근대성에 직면해 있다. 우리는 우리의 삶을 영위하는 사회적 상황이 예전과는 급격하게 달라졌다는 것을 피부로 느끼고 있다. 이런 상황에서 사회적 유대를 강화하고 지속시키는 기존의 방식은 급속히 퇴색하고, 사람들은 정신분열증 환자처럼 '단절에 대한 공포'와 '홀로 있고 싶은 욕망' 사이에서 갈등한다.

오늘날, 우리는 운명에 의해 개별화된 개인들이 공통적으로 직면한 문제들을 합산할 수 없다는 곤혹스러운 상황에 놓여 있다. 단지 고통받는 다른 이들이 함께 있다는 사실이 주는 유일한 위안은 나처럼 다른 모든 이들도 매일 홀로 문제에 맞서 싸운다는 사실을 확인하는 일 뿐이다. 그래서 느슨해지는 의지를 다잡고 힘을 얻어 계속 자신만의 고독한 투쟁을 해나간다.(지그문트 바우만, 『방황하는 개인들의 사회』, 봄아필, 2013, 82-83쪽) 사람들이 자신의 삶이 처한 여건을 통제할 능력이 없다고 생각하면, 피할 수 없는 상황에 대해 체념하고 항복하게 되면, 더 이상 스스로 규정하고 운영하는 자율적인 사회가 유지될 수 없다. 그 결과 사회는 타율성에 의해 유지되며, 개인은 수동적이 된다. 자치적이고 자율적인 인간 세상을 향한 근대의 모험이 막을 내리고 우리는 '보편적인 순응의 시대'로 접어들고 있다.(지그문트 바우만, 앞의 책, 92쪽)

우리의 세계는 인간적 연대와 협력은 고사하고 평화공존에도 우호적이지 않다. 아무리 고상하고 고결한 믿음과 의도를 갖고 있다고 해도, 대다수의 사람들에게 현실은 적대적이고 꺾기 힘든 상대이다. 사방에 탐욕, 부패, 경쟁, 이기심이 편재하는 현실, 그렇기 때문에 상호 의심과 끊임없는 경계를 조언하고 찬양하는 현실. 사람들은 혼자서 이러한 현실을 바꿀 수도 없고, 이러한 현실이 없어지기를 바랄 수도 없으며, 그러한 현실을 얼버무리거나 무시할 수도 없다. 그리하여 사람들은 의식적이건 무의식적이건, 의도적이건 우연이건 간에 만인의 만인에 대한 투쟁의 세계를 계속해서 재생산하는 행동양식을 따르는 것 외에 아무런 대안도 없게 된다.(지그문트 바우만, 『왜 우리는 불평등을 감수하는가』, 동녘, 2013, 46-47쪽)

편혜영은 소설을 통해 인간관계가 모두 취약하고 불안정하며 신뢰의 닻을 내릴 수 없으며, 사회 구성원들이 일상의 두려움과 위험을 감수하며 살아가고 있다는 것을 이야기한다. 그녀는 점점 더 개인화되어 가는 개인들을 보여주면서 때로는 무심한 듯, 때로는 엽기적으로, 때

로는 냉소적으로 개인과 사회에 만연한 깊은 심연인 불안과 절망과
공포 등을 그로테스크하게 그려낸다. 그런 점에서 편혜영은 디스토피
아(distopia)의 미학을 보여주는 데 가장 뛰어난 한국작가이다.

먹이사슬의 도시

—김애란론—

1. 보이지 않는 도시

　김애란은 많은 비평가와 독자의 사랑을 받고 있는 작가이다. 그녀는 『달려라, 아비』(창작과비평사, 2005), 『침이 고인다』(문학과지성사, 2007), 『비행운』(문학과지성사, 2012) 등의 작품집을 간행하였다. 김애란 소설이 이처럼 독자들의 사랑을 받는 까닭은 "아버지를 유목시키는 상상력"(김동식, 「달려라, 작가」, 『달려라, 아비』, 창작과비평사, 2005, 245쪽)과 "가족사적 결핍과 도시 변두리의 누추한 생을 상상적 공간으로 전이하는 투명한 감성, 위트 넘치는 문체, 그리고 일상의 비루함을 지상 위로 띄우는 청신한 상상력"(이광호, 「나만의 방, 그 우주 지리학」, 『침이 고인다』, 문학과지성사, 2007, 283쪽) 때문이다.

　김애란은 무거운 이야기를 가볍게 하는 능력을 가지고 있다. 그것을 혹자는 '위트'라고도 하고 '농담'이라고도 한다. 김애란 소설의 출발은 작가 자신의 기원인 가족로맨스에서 시작한다. 그 기원은 무책임하고 무능한 아버지와 억척스럽고 강인한 어머니를 형상화하는 것에서 시작된다. 그녀가 그려내는 아버지는 무책임하고 무능력하며 무가치한 인간의 형상을 하고 있다. 그러나 김애란의 아버지가 독특한 것은 그가 기존의 많은 소설에서 반복된 원한이나 복수의 대상이 아니라 이해 불가한 대상으로 형상화된다는 데에 있다. 즉 김애란의 아버지는 원망이나 원한의 대상이 아니라 가족이라는 관계를 벗어던진 객관화된 존재로 그려지고 있다. 김애란의 인물이 이렇게 아비에 대해 복수의 감정을 가지지 않는 것은 자신을 연민하지 않고 농담으로 무장한 어미가 있기 때문이다.

시시한 아비와 억척스러운 어미의 품을 벗어나 도시에 홀로 던져진 김애란의 인물들은 자신만의 생을 완수하기 위해 고투(苦鬪)해왔다. 그들은 '복수로서의 성공'이 아니라 단지 '생존을 위한 직업'을 갖기 위해 전전긍긍해왔다. 김애란의 인물들은 아비에 대한 원한을 되새김하거나 어미에 대한 연민을 갖기보다는 그들 앞에 던져진 삶을 꾸리는 데에 무게중심을 둔다. 매력적인 인물의 삶 속으로 들어가 그들이 남긴 족적(足跡)을 살펴보자.

2. 실종된 아비

김애란의 첫 번째 소설집 『달려라, 아비』에서 작가가 가장 공들여 묘사하는 것은 세상에서 가장 시시하고 초라한 아비에 관한 이야기이다. 김애란 소설의 맨 처음에 놓이는 것은 우리 한국 소설의 가장 오래된 테마이기도 한 아비에 관한 서사이다. 그러나 김애란이 21세기에 그려내는 아비는 20세기의 아비들과 다르다. 그녀의 아비는 20세기 초반의 '종'도 아니고, 20세기 중반의 '빨갱이'도 아니며, 20세기 후반의

'노름꾼'도 아니다. 김애란의 아비는 독특하게도 '찌질이'의 모습으로 나타난다. 이런 아비의 모습을 가장 극적으로 드러내는 작품으로 「사랑의 인사」와 「달려라, 아비」를 들 수 있다. 「사랑의 인사」에는 공원에다 아이를 버리는 아비가 등장하며, 「달려라, 아비」에는 동침을 위해 빛의 속도로 달리는 아비가 등장한다.

「사랑의 인사」에는 공원에다 아이를 버린 아비가 등장한다. 아이는 아홉 살 때 '세계의 불가사의'라는 책을 갖고 공원에서 잠깐만 앉아 있으라는 아버지의 말을 믿고 공원 의자에 앉아 있다가 아버지로부터 버림받는다. 그러나 아이는 아버지에게 버림을 받았다고 생각하지 않고 아버지가 마치 불가사의한 이유로 실종되었다고 생각한다. 아마도 이것은 버림받은 것에 대한 방어기제가 작동한 때문일 것이다. 아이는 "사라지는 것은 이유가 있고 사라졌다 다시 나타나는 것들은 반드시 할 말이 있다"고 믿으며 살아왔다.

> 처음에 나는 의연하게 아버지를 기다렸다. 나는 미아 찾기 방송이 들릴 때마다 '멍청한 것들 같으니라구!'라고 생각하며 팔짱을 끼고 앉아 있었다. 나는 아버지를 믿었다. 그런데도 아버지는 계속 오지 않았고 나는 조금씩 초조해졌다. 어느새 공원에는 어둠이 깔리기 시작했다. 하늘 위로 불꽃놀이의 파편들이 구조를 요청하는 신호탄처럼 절박하게 쏟아졌다. 순간 나는 한가지 중요한 사실을 깨달았다. 그것은 '나는 버림받았나'는 사실이 아니었다. 그것은 단순하고 모호한 문장, 먼 곳에서 수백 년 전 출발해 이제 막 내 고막 안에 도착하는 휘파람 소리. '아빠가 사라졌다'는 말이었다. 정말이지 아버지는 실종된 것이 틀림없었다. 그렇지 않고서야 이렇게, 이런 곳에, 이런 식으로 나를 버릴 리 없었다.
>
> —김애란, 「사랑의 인사」, 『달려라 아비』, 145–146쪽

위의 진술에서 흥미로운 것은, 작중화자가 아버지로부터 버림받은 객관적인 사실에도 불구하고 자신이 버림받은 것이 아니고 아버지가 사라졌다고 주관적으로 믿고 있다는 사실이다. 그에게 사라진 아비는 '괴물 네시'의 이미지로 각인된다. 그래서 그는 백두산에 '괴물 네시'가 나타났다는 기사를 읽고는 아비가 '괴물 네시'를 빌어 자신에게 이별을 말하기 위하여 "사랑의 인사를 하러 온 것"(144쪽)이라고 믿는다. 부재하는 아버지는 현실에 존재하지 않는 괴물인 허상(虛像)으로 대체된다.

이런 아비를 둔 작중화자는 '훌륭한 사람'이 아닌 '보통 사람'이 되는 것을 희망으로 살아왔다. 그는 수족관의 잠수부가 되어 물고기와 함께 살아간다. 어느 날, 그는 물속에서 자신의 아버지로 추측되는 사람과 조우(遭遇)한다. 그리고 자신의 아버지가 자신에게 인사를 하러 온 것이라 추측한다. 그러나 중늙은이 남자는 이내 사라지고 그제야 그는 울다가 "문득 지겹다는 생각이 들었다"고 진술한다. 김애란의 작중화자가 기존의 아버지들을 대하는 방식과 다른 것은 바로 이 대목이다. 그는 아버지를 원망하지도 복수하려고 하지도 않는다. 원망과 복수는 너무 오래되고 지겹고 진부한 방법이 아니던가? 김애란은 다만 아비의 실종을 공룡이나 괴물처럼 자연스럽게 미스터리로 받아들인다.

표제작이기도 한 「달려라, 아비」는 무책임하게 어머니를 임신시키고 도망간 아버지의 모습을 형상화한다. 이 소설에 등장하는 아버지는 여자와의 동침을 위해 누구보다도 빠르게 달렸으나 동침 이후에 여자가 임신을 하자 재빨리 도망쳐버린 무책임한 인물이다.

아버지가 뛴 것은 그때부터였다. 아버지는 달동네 맨 꼭대기에서부터 약국이 있는 시내까지 전속력을 다해 뛰었다. 오줌 마려운 듯 벌게진 얼굴로 아버지는 입이 찢어져라 웃고 있었고, 아버지를 보고 놀란 개가 짖자 온 동네 개들이 일제히 짖어대기 시작했다. 아버지는 뛰고 또 뛰었다. 상기된 얼굴로 장발을 휘날리며, 계단을 넘고, 어둠을 가르며 바람보다 빨리. 아버지는 허겁지겁 뛰어가다 연탄재에 발이 걸려 넘어지고 말았다. 온몸에 하얀 재를 뒤집어쓴 아버지는 그 즉시 벌떡 일어나, 지금 달려가고 있는 곳이 훗날 어디를 향하게 될지도 모른 채 죽어라 뛰어갔다.

— 김애란, 「달려라 아비」, 『달려라 아비』, 13쪽

이 소설 속에서 아비는 희화화되어 드러나고 있다. 소설 속의 아비는 목표를 위해 달려가는 '의지의 아비'나 올바른 것을 구현하기 위해 달리는 '정의의 아비'가 아니라, 단순히 여자와 동침하기 위해 피임약을 사러 달려가는 '시시한 아비'이다. 그 아비는 시시할 뿐 아니라 비겁하기까지 해서 여자가 아이를 낳기 전날 책임을 회피하기 위하여 영원히 집을 나가버리기까지 한다. 그래서 엄마는 어느 반지하방에서 혼자 아이를 낳고 혼자 아이를 키웠다.

그 아비의 시시함은 여기에서 끝나지 않는다. 나중에 미국에서 보내온 이복형제의 편지를 통하여 자신과 어머니를 버린 아비의 후일담이 밝혀진다. 아비는 자신의 어머니를 버리고 미국으로 도망가 결혼을 하였고, 몇 년 후 이혼을 하게 되고, 위자료 줄 경제적 여건이 되지 않자 대신 전(前)부인의 집 잔디를 깎기로 하였다는 것이다. 그러던 어느 날 부인의 새 남편과 다툼을 벌였고, 겁이 난 아버지는 그 옛날 피임약을 사러갔던 것처럼 잔디 깎는 기계가 낼 수 있는 최고의 속도로 도망을 치다가 결국 교통사고로 죽었다는 것이다. 아비는 비겁할 뿐더러 시시하고 초라한 인간답게 그 생의 마지막까지 황당한 죽음을 맞이한 것

이다.

그런데 김애란은 이런 아비를 진술하면서 어떤 원망이나 복수의 심정을 갖기 보다는 농담처럼 '유머'를 보이고 있다는 특징을 드러낸다. 화자는 자신이 "아버지가 없는 아이라고 해서 특별히 나쁠 것도 다를 것도 없는 일상"을 보내고 있다고 진술한다. 물론 그러한 마음 한편에 "내가 아버지를 계속 뛰게 만드는 이유는, 아버지가 달리기를 멈추는 순간 내가 아버지에게 달려가 죽여 버리게 될까봐 그랬던 것은 아닐까"라는 원망도 잠시 깃든다. 그러나 이내 "세상에서 가장 시시하고 초라한 사람이라고 할지라도 다른 사람들이 아픈 것은 같이 아프고, 다른 사람들이 좋아하는 것을 같이 좋아할 수 있다는" 생각을 하면서 마음속에서 아버지와 화해를 한다. 화자가 아비에 대해 이런 시선을 유지할 수 있는 까닭은 이 소설에서 언급 되듯이 "농담 잘 하고 씩씩한" 어머니가 물려준 "자신을 연민하지 않는 법"을 터득했기 때문으로 보인다.

3. 억척스럽고 농담 잘하는 어미

첫 번째 소설집에서 '세상에서 가장 시시하고 초라한 아비'에 대한 이야기를 들려주었던 작가는 두 번째 소설집 『침이 고인다』에서는 '칼을 쥐고 새끼를 먹이는 어미'의 이야기를 들려주고 있다. 택시 운전사를 하며 "농담으로 나를 키웠던"(15쪽) 어머니는 "자신을 연민하지 않는 법"(16쪽)을 가르쳐준 억척스러운 인물로 그려지고 있다.

그녀의 첫 번째 소설집에서 '아버지'의 캐릭터에 가려 '어머니'의 캐릭터는 적극적으로 부각되지 않았지만, 첫 번째 소설집에서도 어머니의 모습은 간간히 흥미롭게 서술되고 있다. 첫 번째 작품집에 등장하는 「달려라, 아비」의 어머니는 외할아버지와 사이가 나빠 몰래 서울로 올라가 아버지와 함께 살다가, 아버지가 도망간 이후에는 반지하방에서 혼자 아이를 낳아 기르는 미혼모 신세이다.

> 어머니는 농담으로 나를 키웠다. 어머니는 우울에 빠진 내 뒷덜미를, 재치의 두 손가락을 이용해 가뿐히 잡아 올리곤 했다. 그 재치라는 것이 가끔은 무지하게 상스럽기도 했는데, 내가 아버지에 대해 물을 때 그랬다. 아버지는 나에게 금기는 아니었다. …(중략)… 어머니가 내게 물려준 가장 큰 유산은 자신을 연민하지 않는 법이었다. 어머니는 내게 미안해하지도, 나를 가여워하지도 않았다. 그래서 나는 어머니가 고마웠다.
>
> ─김애란, 「달려라, 아비」, 『달려라 아비』, 15–16쪽

택시운전사를 하며 "농담으로 나를 키웠던" 어머니는 "자신을 연민하지 않는 법"을 가르쳐준 인물로 그려지고 있다. 그러기에 작중화자는 아버지가 없다는 이유로 기가 죽거나 슬퍼하지 않고 자라왔다.

김애란의 두 번째 소설집 『침이 고인다』는 '시시한 아비' 대신에 '당당한 어미'의 모습이 등장한다. 생활력이 강한 어머니의 모습을 그려낸 작품으로는 「도도한 생활」, 「칼자국」 등을 들 수 있다. 「도도한 생활」에는 지방 소읍에서 만두집을 하면서 딸에게 피아노를 사주는 어머니와 만두배달을 하는 일보다 노름을 하는 일이 더 많은 아버지가 등장한다. 이 작품에서도 시시한 아비와 자식을 먹여 살리는 어미가 반복되어 등장하는데, 딸은 만두를 삼킬 때마다 "엄마를 삼키는 기분"(24쪽)이 든다고 고백한다. 그러나 어머니의 억척스러움에도 불구하고 아버지가 보증을 잘못 서는 바람에 모든 가산을 날리고 만다.

딸이 서울에 있는 대학에 가기 위해 이사를 할 때 어머니는 "한 때의 영광"이자 중산층의 상징인 피아노를 팔지 않고 함께 보낸다. 딸은 변두리 반지하의 좁은 방으로 이사하면서 어머니의 희망인 커다란 피아노를 가지고 들어간다. 그래서 공간을 차지하는 피아노 때문에 좁은 공간에서 살아가는 불편을 감수해야만 하는 상황에 놓인다. 그러나 폭우로 인해 반지하에 물이 차오르면서 피아노는 결국 망가지게 된다.

> 빗물은 어느새 무릎까지 차 있었다. 나는 피아노가 물에 잠겨가고 있다는 걸 깨달았다. 저대로 두다간 못 쓰게 될 게 분명했다. …(중략)… 나는 피아노 뚜껑을 열었다. 깨끗한 건반이 한눈에 들어왔다. 건반 위에 가만 손가락을 얹어보았다. 엄지는 도, 검지는 레, 중지와 약지는 미, 파. 아무 힘도 주지 않았는데 어떤 음 하나가 긴소리로 우는 느낌이 들었다. 나는 나도 모르게 손가락에 힘을 주었다.
>
> —김애란, 「도도한 생활」, 『침이 고인다』, 41쪽

위 예문은 반지하로 상징되는 하층의 삶과 피아노로 상징되는 중산층의 삶을 선명히 대비시키고 있다. 아무리 생활력이 강하고 성실한 어미가 있더라도 무능한 아버지의 행동으로 서울에서의 딸의 삶은 고단하기만 하다. 대학에 입학했으나 돈이 없어 아르바이트만 하고 있는 상황인데, 아비는 도와주기는커녕 도리어 딸에게 경제적 도움을 청하기만 한다. 시끄럽다며 피아노를 치지 못하게 하는 집주인에게 항변 한번 해보지 못한 화자가 비에 잠기는 반지하에서 피아노를 치지도 못하면서 건반에 손가락을 대보는 마지막 장면은 서울 중산층으로 진입하기를 바라는 주인공의 꿈이 결코 쉽지 않으리라는 것을 암시하고 있다.

「칼자국」에서도 역시 시시한 아비와 자식을 먹여 살리는 어미의 모습이 반복되어 나타난다. 이 소설의 어머니는 20년 동안 칼국수를 팔아 자식을 키운다. 그녀의 어미는 "우는 여자도 화장하는 여자도 순종하는 여자도 아닌 칼을 쥔 여자"로 선명하게 드러난다. 어머니는 끊임없이 자식에게 음식을 만들어 먹이고, 자식의 위험과 맞서는 사람이다.

> 어머니의 칼끝에는 평생 누군가를 거둬 먹인 사람의 무심함이 서려 있다. 어머니는 내게 우는 여자도, 화장하는 여자도, 순종하는 여자도 아닌 칼을 쥔 여자였다. 건강하고 아름답지만 정장을 입고도 어묵을 우적우적 먹는, 그러면서도 자신이 음식을 우적우적 씹고 있다는 사실을 모르는 촌부. 어머니는 칼 하나를 25년 넘게 써왔다. … (중략) …어두운 내 몸속에는 실로 무수한 칼자국이 새겨져 있다. 그것은 혈관을 타고 다니며 나를 건드린다.
>
> — 김애란, 「칼자국」, 『침이 고인다』, 151쪽

> 개는 누런 이빨을 드러내며 '컹!' 하고 짖었다. 쩌렁쩌렁한 소리에 온몸이 얼어붙는 것 같았다. 나는 으악! 하고 소리쳤다. 내 몸 어디서 그런 소리가 나왔는지 모를 정도의 날카로운 비명이었다. 그때 어디선가 바람같이 어머니가 나타났다. 앞치마를 두른 채 한 손에는 식칼을 들고서였다. 국수를 썰다 나와서 그런 것인지 부러 들고 나온 건지는 알 수 없었다. 어머니는 내 앞에서 개를 매섭게 쫓아버렸다. 별일 아니었지만, 시커먼 개 앞에서 칼을 들고 서 있던 어머니의 모습은 그 후로 오랫동안 잊혀지지 않았다.
>
> — 김애란, 「칼자국」, 『침이 고인다』, 160쪽

위에 인용한 두 예문에서 알 수 있듯, 어머니의 칼은 자식을 먹이기도 하고 자식을 지키기도 하는 이중적인 역할을 하고 있다. 어머니는 이처럼 자식을 먹이고 지키는 역할을 훌륭히 수행하기에 아버지의 결

핍을 충분히 메워준다. 또한 그녀는 세상의 모든 어려움을 연극적으로 넘기는 힘을 가지고 있다. 그래서 나는 "어머니는 좋은 칼이다."라고 진술한다. 자식들을 먹여 살리기 위해 칼을 든 어머니와는 달리 아버지가 칼을 든 적은 딱 한 번 있는데, 그것은 한밤중 자살소동을 벌였을 때였다. 유흥비를 위해 사채를 20만원 쓴 것이 어느덧 500만원이 되어 빚쟁이들이 집에 찾아왔던 밤이었다. 아버지는 동네 때밀이 여자와 바람을 피우고 커플링을 하고 다니기도 하여 어머니를 속상하게 하였는데, 그 무안함을 넘기기 위해 칼을 들고 자살소동을 벌였던 것이다. 아버지의 칼은 어머니처럼 자식을 먹이거나 지키는 것이 아니라 고작 자신의 잘못을 무마하기 위한 소도구에 불과할 뿐이었다.

어머니의 부음을 듣고 장례식장에서 주인공이 본 것은 "사람들이 일제히 입을 벌려 뭔가를 먹고 삼키는" 모습이었다. 그런데 어머니의 죽음을 대하는 딸의 태도에는 어머니가 살아생전 그러했던 것처럼, 따뜻한 농담과 유머가 담겨 있다. 딸은 어머니의 영정을 보면서 "어머니는 오래전, 내 앞에서 몸을 떨다 죽은 시늉을 했던 것처럼 묘하게 웃고 있었다. 싱그럽고 아름답지만 동시에 아주 수상쩍고 괘씸한 웃음이었다"(156쪽)라고 표현하거나, 어머니의 친구들이 화투 치는 모습을 보면서 "나는 어머니의 혼이 화투판 주위에서 뒷짐 진 채 안달하고 참견하는 모습을 상상했다"(176쪽)라고 말하고 있다. 임신을 해서 아무것도 먹지 못하는 '나'는 엄마의 장례식장에서 잠시 빠져나와서는 어머니의 방에서 한 잠 달게 자고, 어머니가 평생을 보냈던 칼국수집의 부엌에서 참을 수 없는 식욕을 느끼며 "여전히 신랄하고 우아한 빛을 품은" 어머니의 칼로 사과를 깎아 먹는다. 어머니는 이처럼 죽어서까지 딸에게 식욕과 수면욕이라는 인간의 기본 욕구를 만족시켜주는 존재인 것이다.

　김애란의 인물들은 고단하고 팍팍한 삶을 살아가고 있다는 점에서, 절망의 시대 한복판을 걸어가고 있다. 그러나 그녀에게는 자신을 연민하지 않는 꿋꿋함과 '유머'라는 단단한 칼이 있다. 유머가 있기에 고단한 일상은 악몽이 되지 않고, 따뜻한 매혹을 자아낸다.

4. 먹이사슬의 도시에 내던져진 젊은이들

　시시한 아비와 억척스러운 어미의 품을 벗어나 도시에 던져진 김애란의 젊은이들은 자신만의 방을 갖고 도시의 일원으로 편입되기 위하여 고투한다. 그들은 고시원과 독서실과 반지하와 옥탑방과 쪽방을 오가며 사회에 진입하기 위하여 전전긍긍한다. 그렇다면 과연 그들의 도시 진입은 성공적이었을까? 이에 대한 해답을 그녀의 소설을 통해 살펴보자.

　김애란의 첫 번째 소설집 『달려라, 아비』에 등장하는 젊은이들은 대개 불안한 거주공간에서 비정규직의 노동에 종사하며 소통이 막힌 익명의 삶을 희망 없이 살고 있다. 그들은 절대빈곤 시대의 가난이 아니라 풍요로운 시대의 가난을 겪으며 자라난 인물들이다. 청년실업 시대의 젊은이들의 고통은 주거불안정으로 극명하게 형상화된다. 「종이물고기」에서처럼 옥탑방에서 살거나, 「노크하지 않는 집」에서처럼 쪽방에서 살거나, 심지어 「스카이 콩콩」처럼 컨테이너박스에서 살면서, 고단한 삶을 견뎌낸다.

　이런 모습은 두 번째 소설집 『침이 고인다』에서도 지속적으로 드러나고 있다. 「자오선을 지나갈 때」의 재수생과 취업준비생은 노량진의 고시원에서 살아간다. 이들은 아직 사회로 진입하지 못한 채 입사(入社)라는 미래를 위해 현재를 저당 잡힌 채 하루하루를 힘겹게 살아가고 있다.

세 번째 작품집인 『비행운』에 오면, 변두리를 전전하면서 입사(入社)를 꿈꾸며 20대를 보낸 인물들이 30대에 접어드는데, 과연 이들은 그토록 원하는 성공적인 사회의 일원이 되었을까? 이에 대한 대답은 크게 「서른」과 「벌레들」을 통해 유추할 수 있다. 「서른」은 「자오선을 지나갈 때」의 후일담으로 볼 수 있다. 즉 대학을 가기 위해 혹은 직장을 얻기 위해 노량진 고시원이나 독서실을 전전하던 20대의 삶을 다룬 작품이 「자오선을 지나갈 때」라면, 노량진 고시원을 나간 인물들의 30대의 삶을 보여주는 작품이 「서른」이다.

「자오선을 지나갈 때」는 1999년을 시간적 배경으로, 노량진 고시원을 공간적 배경으로 재수생활을 하는 스무 살 인물의 이야기를 다룬다. 재수생이었던 그녀는 여성전용 독서실에서 임용고사와 공무원 시험을 준비하는 두 명의 여자들과 함께 생활하게 되었다. 그녀는 남자 재수생과 잠시 연애 비슷한 것을 하기도 하지만, 노량진이라는 공간은 "지나가는 곳"이기에 그곳에서 만난 사람과는 그곳을 떠나면 연락을 하지 않는다는 사실을 서로가 암묵적으로 약속하고 있다. 그녀는 결국 대학에 합격하여 그곳을 떠났다. 그러나 그녀는 2005년 대학을 졸업하고도 여전히 사회에 진입하지 못하고 아르바이트로 전전하며 살아가고 있다. 그러기에 그녀는 자신이 "여전히 그곳을 지나가고 있는 중"(148쪽)이라고 생각한다.

「서른」은 다단계에 빠져 제자의 삶을 불행으로 이끈 자신의 참담한 과오를 고백하는 소설이다. 10년 전, 노량진 독서실에서 일 년을 함께 보낸 임용고사 준비생이었던 언니의 소포와 엽서를 받은 노량진 재수생이었던 작중인물이 교사가 된 언니에게 그동안 자신에게 있었던 일을 고백하는 편지의 형식으로 이루어진 소설이다.

재수생이었던 작중인물은 J대 불문과에 합격하여 노량진을 빠져나왔다. 그녀는 자신의 20대 삶에 대해 "지난 10년간 여섯 번의 이사를 하고 열 몇 번의 아르바이트를 하고 두어 명의 남자를 만났어요."라고 간단히 정리하고 있다. 그녀는 어려운 가정 형편 때문에 7년 만에 대학을 졸업하지만 취직은 하지 못하고, 거기다가 아버지가 교통사고를 내는 바람에 더욱 막막한 상황에 놓이게 된다. 그때 옛날 보습학원에서 함께 강사를 하던 옛 애인의 연락을 받게 된다. 그 남자와는 5년 연애했지만 신용불량자가 된 까닭으로 헤어졌던 것인데, 남자를 다시 만나게 되고 그 남자 소개로 드디어 회사에 취직하게 된다. 그런데 알고 보니, 그가 소개해준 곳은 바로 다단계 회사였다.

> 영업요령을 익혀가며 그동안 알고 지낸 사람들의 이름을 하나씩 지워가기 시작했어요. 그중에는 제가 짝사랑한 선배도 있고, 어릴 적 소꿉친구도 있었어요. 제가 어려울 때 저를 잠시 방에 거둬준 언니도 있었고, 시험 때면 같이 대학 도서관에서 머리를 맞댄 채 공부한 동기도 있었어요.
>
> —김애란, 「서른」, 『비행운』, 306쪽

그녀가 판 것은 "물건이 아니라 사람"(307쪽)이었음을 여실히 드러내는 부분이다. 다단계란 결국 한 인간의 인간관계를 파탄내면서 모든 인간관계를 먹이사슬로 연결시키는 자본주의의 가장 추악한 판매 방법에 지나지 않는 것이다. 그러나 다단계의 가장 사악한 행위는 그 다단계 회사를 벗어나기 위해서는 다른 사람을 심어놓고 나가야 된다는 것이다. 그것은 손가락을 자르는 조건으로 손을 씻는 범죄 조직보다도 치졸하고 잔인한 방법이다. 그녀 자신이 옛 애인의 포섭으로 다단계에 들어갔듯이, 그녀 역시 자신을 순수하게 좋아하고 따르던 학원 제자를 다단계로 포섭하고야 빠져나올 수 있게 된다.

결국 다단계란 가장 가깝고 자신을 믿었던 사람을 희생 제물로 치르고 나서야 조직을 벗어날 수 있는 추악한 범죄 집단에 지나지 않았던 것이다. 그렇다면 그녀를 대신해 다단계의 제물이 되었던 제자는 어떻게 되었을까? 비극적이게도 제자는 자신이 믿고 따르던 학원 선생이던 그녀에게 구원을 요청하나 외면당하고, 종국에는 괴로움을 못 이기고 자살을 시도했다가 현재 식물인간이 되어 병원에 누워 있다. 자오선을 지나가듯 힘들었던 20대에는 그래도 미래에 대한 막연한 희망이 있었기에 견디어내었던 작중화자가(「자오선을 지나갈 때」), 막상 30대가 되어서 만난 도시는 서로 먹고 먹히는 먹이사슬의 세상임을 깨닫게 되는 과정을(「서른」) 섬뜩하게 보여준다.

「벌레들」은 「도도한 생활」의 후일담이라고도 볼 수 있다. 즉 대학을 가기 위해 지방에서 올라와 서울의 반지하를 전전하던 20대의 삶을 보낸 여성인물들이 결혼하여 30대의 삶을 어떻게 살아가고 있는가를 보여주는 작품이 「벌레들」이다.

「벌레들」은 아무런 보호망이나 안전망도 없는 먹이사슬의 도시에 내던져진 사람들의 심리를, 재개발지역 옆에서 불안하게 살아가는 중산층 가정에 침입하는 벌레에 대한 공포를 통해 드러내는 작품이다. 이 소설은 한 여자가 중소제과업체 과장인 남편과 함께 10미터 가량의 절벽 위에 지어진 빌라에서 살아가는 삶을 보여준다. 그녀는 첫 번째 신혼집보다 넓다는 이유로 행복한 마음으로 이 빌라를 선택한다. 그러나 막상 살아보니, 빌라의 주위에는 잡풀이 우거져 있고 재개발이 진행되고 집은 자주 흔들리고 먼지와 벌레는 끊임없이 집안으로 침입한다. 근근이 도시의 빌라에서 사는 여자의 삶은 결코 평온해 보이지 않는다. 남편은 회사일로 함께 할 수 없는 상황에서, 임신으로 배가 부른 여자는 밖에 떨어뜨린 결혼반지를 찾기 위해 공터인 풀숲으로 왔다가 떼를 지어 이동하는 벌레를 목격한다.

여긴 정글이나 미로가 아니라 도시라고. 서울 한 복판이라고 …(중략)… 오늘 아침 잘린 나무…… 께름칙한 기분 탓이었을까? 문득 이상한 기운이 느껴졌다. 주위를 싸고도는, 조용하고 알 수 없는 이동의 에너지 같은 게…. …(중략)… 그렇게 막 나무의 뿌리 부분을 지나던 찰나, 나는 놀라운 광경을 목격하고 말았다. 엄청난 양의 곤충이, 벌레가, 유충이 떼를 지어 이동하는 모습이었다. 길게 줄 이은 벌레들의 행렬은 갈래를 뻗어 재앙처럼, 혹은 난민처럼 도시로 퍼져 나가고 있었다. 나는 부들거리는 손으로 손전등을 들어 그것들의 행렬을 쫓았다. 당장 도망치고 싶었지만 한편으로 이 사태를 정확하게 파악하고 싶었다. 눈에 들어오는 건 늘 보아오던 쓰레기 더미가 전부였다. 불빛은 주위를 한참 떠돌다 이윽고 한 곳에서 멈췄다. 내가 서 있는 자리, 바로 그 지점에서였다. 벌레의 이동은 나무에서 시작되고 있었다. 나무는 자궁이 적출된 여자처럼 헤프게 다리를 벌리고 있었다.

— 김애란, 「벌레들」, 『비행운』, 77–79쪽

도시 재개발을 하는 과정에서 공사장에서 오래된 나무를 베어냈는데, 여자는 그 이후 집이 흔들리는 느낌을 자주 경험한다. 여자는 결혼반지를 찾으러 왔다가 핸드폰도 없이 공터의 풀숲에 갇히게 되고 설상가상으로 양수까지 터지게 된다. 과연 그녀의 미래는 어떻게 될까? 소설은 확실하게 언급하고 있지 않지만, 소설의 어조로 보아 그녀의 출산과 빌라는 모두 위험에 처해 있음을 감지할 수 있다. 소설에서 벌레의 이동은 불행을 예고하는 복선으로 작용한다.

「벌레들」에서 끊임없이 주거공간을 침범하는 벌레들은 기실 「도도한 생활」에서 피아노를 망가뜨린 빗물에 다름 아니다. 시시한 아비와 억척스러운 어미의 품을 벗어나 도시에 던져진 김애란의 젊은 인물들은 안전한 공간을 갖고 도시의 일원이 되기 위하여 고투하지만, 그들 앞에 드리운 미래는 다단계의 위협이나 불안한 거주지처럼 불안하고 위험하기만 하다.

5. 불안한 도시

불안을 뜻하는 anxiety는 어원적으로 '(목을) 조이다'라는 의미의 동사 angere에서 유래한 말이다. 어원만을 놓고 볼 때 불안이란 무언가에 의해 쫓기거나 수세에 몰리는 압박감을 의미한다. 즉 그것을 느끼는 당사자로 하여금 벗어나고픈 욕구를 느끼도록 만드는 심리상태가 불안의 1차적인 의미이다. 통상적인 정의는 이러한 불안과 공포를 구별하는데, 이에 따르면 공포는 특정한 대상에 대한 두려움인 반면, 불안은 보다 막연한 형태의 두려움이다. 공포는 대상이 명확한 반면, 불안은 대상이 없다는 것이다. 전통적으로 인간이 '나는 무엇이다'로 규정되었다면, 이러한 규정이 가능하게 된 것은 바로 이상의 매개를 통해서다. 하지만 현대문명의 발달이 가져온 이상 몰락은 그 '무엇'으로도 환원되지 않은 '이다'를 출현시켰다. 불안은 이처럼 규정되지 않은 '이다'의 출현 속에서 벌거벗은 상태로 내몰린 인간의 심리상태로서

출현한다.(맹정현, 『리비돌로지-라캉 정신분석의 쟁점들』, 문학과지성사, 2009, 60-61쪽)

　시시한 아비와 억척스러운 어미의 품을 벗어나 도시에 홀로 던져진 김애란의 인물들 역시 꿈을 갖고 무엇이 되기 위해 고투(苦鬪)하기보다는 그저 도시에 뿌리를 내려야한다는 생존의 위험 앞에 노출되어 있다. 김애란의 인물들이 아비에 대한 원한을 되씹거나 어미에 대한 연민을 느낄 여유가 없는 것은 이러한 급박한 도시의 불안 때문일 것이다. 그러나 그들이 만난 신자유주의라는 이름의 도시 시스템은 사람과 사람의 관계를 진정한 소통이 아니라, 서로의 이해타산에 의한 먹이사슬의 그물망에 지나지 않았다. 정치인들에게 사람들은 투표를 위한 유권자에 불과하고, 비즈니스맨에게 사람들은 물건을 팔 수 있는 대상에 지나지 않고, 사기꾼에게 사람들은 사기를 칠 상대에 지나지 않는다. 그러기에 도시에 던져진 인물들은 경제적으로나 심리적으로나 불안한 상태를 유지하고 있다.

　상품과 불빛이 넘쳐나는 도시는 여전히 구성원들을 궁핍과 고립과 소외로 내몰고 있다. 과연 김애란의 인물들이 도시에서 도시의 일원으로 살아가기 위해 최소의 공간을 확보할 수 있을지 그리고 생활을 유지할 수 있는 정상적인 직업을 가질 수 있을지, 지금으로서는 불투명해 보이기만 하다. 내가 김애란의 다음 작업이 궁금한 것은 작가가 바로 이 정글의 먹이사슬에 내던져진 인물들의 행보를 이떻게 표현할까에 대한 호기심 때문이다.

추방당한 자들의 삶과 최후

─김유진론─

1. 벌거벗은 생명

　조르조 아감벤에 의하면, '호모 사케르(homo sacer)'란 살해는 가능하되 희생물로 바칠 수 없는 생명을 의미한다. 즉 사케르는 라틴어로 "신성하고 저주받은"이라는 이중적 의미를 담고 있다 한다. 호모 사케르의 경우에는 신의 법 영역에 들어가지 못하면서 동시에 인간의 법 밖으로 내쫓긴다. 이는 절대적인 살해 가능성에 노출된 생명, 법과 희생제의의 영역 모두를 초월하는 어떤 폭력의 대상을 가리킨다.(조르조 아감벤, 『호모 사케르』, 새물결, 2008, 45쪽)

　여기서 흥미로운 것은 인간의 주류사회에서 추방당한 '호모 사케르'를 늑대인간과 동일시한다는 것이다. 집단무의식에 남아 있는 늑대인간은 원래는 공동체로부터 추방당한 자의 모습이었다. 늑대인간이란 "반은 인간이고 반은 짐승이며, 반은 도시에 그리고 반은 숲속에 존재하는 잡종괴물로 집단무의식에 남아있다. 추방된 자의 삶은 법과 도시와는 무관하게 단지 야생적 본성의 일부가 아니다. 오히려 그것은 짐승과 인간, 자연과 법인 퓌시스(physis)와 노모스(nomos), 배제와 포함 사이의 비식별역(非識別力)이자, 이행의 경계선이다. 역설적이게도 이 두 세계 어디에도 속하지 않으면서 그 두 세계 모두에 거주하는 늑대인간의 인간도 아니고 짐승도 아닌 삶이 바로 추방된 자의 삶"(조르조 아감벤, 앞의 책, 215쪽)인 것이다.

김유진의 『늑대의 문장』(문학동네, 2009)은 천재(天災)에 무방비로 노출되어 몰락의 길을 걷는 폐허의 공간과 파국의 시간으로 가득 차 있다. 김유진 소설 속에서 섬마을 사람들은 전염병처럼 퍼져가는 원인 모를 폭발로 죽어나가고(「늑대의 문장」), 돌풍으로 인해 집과 사람들은 날아가 버리고(「마녀」), 폭우로 저수지가 범람하여 마을과 사람들이 물에 잠기고(「목소리」), 지진으로 인해 떼죽음을 당한다(「움」). 김유진 소설 속의 인물들은 마치 폼페이 최후의 날이나 노아의 방주 같은 재앙으로 인해 멸망으로 나아가는 상황에 놓여 있다.

그런데 김유진 소설에서 소멸의 와중에 인류 역사의 마지막까지 존재하는 인물들은 법과 권력과 이성을 통제하는 인물이 아니라 정상의 범주를 벗어나는 '호모 사케르'이다. 김유진 소설 속의 인물들은 인간의 세계에 강렬한 적의를 느끼고 늑대에게 애착을 느끼는 소녀(「늑대의 문장」), 배추를 먹는 거구의 여자나 척추가 굽은 아이(「빛의 이주민들」), 시간이 지날수록 악취를 풍기는 앉은뱅이 동생(「마녀」), 한쪽 팔이 기형인 얼굴이 붉은 아이(「움」), 눈에 보이지 않는 것들에 대해 이야기하는 언니(「목소리」) 등과 같이 정상의 범주를 벗어난 존재, 인간과 비(非)인간의 경계에 있는 '호모 사케르'이다.

2. 추방당한 존재의 탄생 - 「늑대의 문장」, 「움」

김유진 작품 가운데 특히 「늑대의 문장」과 「움」에는 주류 세상에서 추방당한 인물이 선명하게 등장한다. 이 작품에 등장하는 인물들은 근대에서 추방된, 혹은 엘리아데가 말하는 '경건한 두려움'의 대상, 혹은 조르주 아감벤이 말하는 '벌거벗은 생명'으로 칭할 수 있는, 일상의 정상적인 범주를 벗어나 두려움과 동시에 숭배를 받는 대상으로 존재한다.

「늑대의 문장」에는 인간의 세계에 적대감을 느끼며 늑대에게 친근감을 느끼는 한 소녀가 등장한다. 격리된 공간인 섬에서 이유도 없이 사람들이 폭사하기 시작하는데, 첫 번째 희생자는 세쌍둥이 꼬마들이었다. 그때 소녀는 시체로 불타는 한 아이의 눈을 보고 아이가 살아있다고 느낀다. 그러나 소녀가 동정하고 연민을 느끼는 것은 정작 죽은 인간이 아니라 인간에게 잡혀온 늑대였다.

> 소녀는 어머니의 넓은 등 너머로, 붙잡힌 늑대를 보며 눈물을 흘렸다. 혀를 길게 빼문 늑대가 화면 가득 잡혔다. 붉은 혀끝, 뚝, 뚝, 떨어지는 침, 장정들이 늑대를 옮길 때마다 흔들리는 다리와 꼬리를 보며 소녀는 알 수 없는 연민을 느꼈다. 소녀가 설움에 복받쳐 운 것은 늑대의 부릅뜬 두 눈을 보았을 때부터였다. 소녀는 눈만이 살아 자신의 일시적 죽음을, 아니 죽을 수도 없는 무력함을 목도하고 있는 늑대를 보며 통곡하기 시작했다. 갑자기 소녀는 알 수 없는 분노를 느꼈다. 어머니의 품에서 인간과 세계에 대한 강렬한 적의를 느꼈던 것이다.
>
> ─김유진, 「늑대의 문장」, 『늑대의 문장』, 21-22쪽

소녀는 마치 미야자끼 하야오 감독의 『모노노께히메』에 나오는 늑

대소녀처럼, 인간에게 적의를 느끼는 대신 늑대에게 연민을 느끼고 있다. 소녀는 인간이 아닌 늑대와의 동일시를 통해 주체로서의 자신을 확립한다. 폭사는 전염병처럼 번져갔고, 뭍에서 처방책을 찾던 정부도 이제는 그 섬을 통제하고 격리시키기 시작했다. 섬은 뭍에서 추방당하고 배제된 재난과 죽음의 영역이 된 것이다.

> 밤이 되면 섬의 사물과 사물은 그 경계를 잃었다. 뭍의 관심을 잃어가는 섬의 사정은 더욱 곤궁해졌다. 구호물자의 양은 줄어들었고, 그렇다고 통제가 풀린 것도 아니었다. 섬으로 들어오는 물자들은 철저히 통제 관리되었고 섬의 그 어떤 물건도 뭍으로 갈 수 없었다. 섬의 몇 개 안되는 가로등은 이미 나간 지 오래였다. 밤이면 어둠 속에 포복한 인광들만이 존재했다.
>
> ─김유진, 「늑대의 문장」, 『늑대의 문장』, 23쪽

「늑대의 문장」에 등장하는 섬은 이미 문명과는 단절되어 추방된 존재들만이 모여 있는 버림받은 공간이다. 섬에서는 이유 없는 폭발 사고로 사람들이 죽어나간다. 죽음이 일상이 되어가고 있는 섬에서 개들은 늑대로 야생화 되기 시작한다. 또한 죽음의 공포 앞에서 인간 역시 비(非)인간이 되어가고 있었다. "낮엔 사람들이 늑대의 자식들을 죽여나갔고, 밤이 되면 늑대가 사람을 공격하였다"(31쪽)라는 표현처럼, 인간과 늑대의 경계가 무너져 내리는 상황이 지배하고 있다. 그리하여 늑대와 인간의 경계가 섞이는 잡종의 시간, 혼종의 시간이 나타나는데, 인간과 늑대의 교잡(交雜)은 이모가 늑대에게 젖을 먹이는 장면에서 절정을 이룬다.

한 무리의 늑대들이 몰려와 소녀의 발목을 물고 숲을 향해 치달렸다. 소녀의 윗옷이 가슴 위로 밀려올라갔다. 소녀의 하얗고 마른 등이 땅에 쓸렸다. 소녀는 끌려나오기 직전 이모의 방에서 무언가가 폭발하는 소리를 들었던 것 같다고 생각했다. …(중략)… 너는 죽지 않았어. 소녀는 자신의 언어가 말이 아닌 이모와 같은 신음소리로 나오고 있다는 사실을 깨닫곤 웃음을 흘렸다. 숲이 가까워지고 있었다. 냄새가, 숲의 비릿한 냄새가 그렇게 말하고 있었다. 지상의 무덤들은 빠른 속도로 퇴적되고 그 위로 아무렇지 않게 나무가 자랄 것이었다. 그리고 그 무성한 숲 속에서 늑대가, 온전한 사람의 얼굴을 하고 유일하게 어둠을 지킬 것이라고 소녀는 굳게 믿었다.

–김유진, 「늑대의 문장」, 『늑대의 문장』, 33–34쪽

「늑대의 문장」 마지막에는 이제 인간들이 모두 사라지고 늑대에게 친근감을 느끼는 소녀, 아니 인간 종(種)에서 추방된 늑대소녀의 탄생이 예고되고 있다. 인간보다는 늑대와의 동일시를 통해 주체를 형성했던 소녀는 '인간의 언어'가 아닌 '늑대의 신음소리'로 무의식적 언어를 표출한다. 그리고 소녀는 예언이나 신탁처럼 '인간의 역사는 소멸할 것이고 이제 늑대의 시대가 올 것'이라고 예견한다. 「늑대의 문장」은 인간의 문명이 소멸하고 인간이 사라진 공간에 나무와 늑대가 지배하는 새로운 세상의 탄생을 예언하는 소설이다.

「움」의 주인공 인물 역시 기형성으로 인해 두려움과 동시에 숭배의 대상이 되는 추방당한 존재라는 점에서 늑대소녀와 비슷한 존재이다.

움은 천천히 자랐다. 그의 붉은 팔은 그보다 빠르게 자랐다. 왼쪽 팔과 비교해, 굵기와 길이가 눈에 띄게 차이나기 시작했다. 거위가 아무리 핥아도 붉은 기는 가시지 않았다. 겨드랑이와 팔 안쪽에 수포가 퍼졌다. 거위는 움의 팔을 안고 눈물을 흘렸다. 그녀는 아들의 운명이 불행하리

라 예견했다. …(중략)… 작은 입이 오물거리며 우-움, 하고 말했다. 움은
세 살이 되었지만 그 외에는 말을 하지 못했다.

—김유진, 「움」, 『늑대의 문장』, 128~129쪽

이 작품에 등장하는 인물인 움과 움의 어미와 움의 아비는 모두 정
상의 범주를 벗어나는 인물들이다. 교각공사에 동원된 움의 아버지는
다른 언어를 쓰는 이방인이었고, 움의 어머니는 사람이 아닌 동물을
사랑한 인물이다. "내가 처음으로 사랑했던 것은 한 마리의 개구리였
습니다. 그의 등은 푸르렀으며, 눈동자는 황금색이었습니다."(133쪽)라는
어미의 진술 역시 인간과 동물의 경계가 무너져 내리고 경계가 흐려
지는 상황을 진술하고 있다. 지진이 일어나 붉은 오로라가 생긴 날,
움의 어미는 정상이 아닌 기형아 움을 낳았다. 기형아 움 역시 인간의
언어를 거부하고 무의식적 동물 언어를 구사한다.

> 그의 아름다움은 기형적이었다. 그의 팔은 크고 강해 보였으나, 나머
> 지 신체는 마르고 볼품없었다. 그는 경이로움과 우스꽝스러움을 동시에
> 느끼게 했다. 그의 모든 신체는 오른팔을 지탱하기 위해 존재하는 것 같
> 았다. 그는 오랫동안 혹사당한 노예처럼 피곤해보였다. 홍반은 피처럼
> 붉어졌으며 나머지는 새하얗게 질려갔다. 사람들은 노골적인 이중성에
> 매료되었다.

—김유진, 「움」, 『늑대의 문장』, 139~140쪽

특이한 용모의 움은 항상 소문의 근원에 놓이게 된다. 움은 처음에는
그의 기형 팔을 고쳐서 명예를 얻고자 하는 사람들에 의해, 그 다음에
는 유명해진 그를 그리려는 화가들에 의해, 마지막에는 그 비정상성으
로 인해 모든 사람에 의해 경건한 두려움의 대상이 된다. 이런 의미에

서 움은 바로 '호모 사케르'이다. 「움」에 등장하는 공간과 시간은 실제의 역사적 시공간이라기보다 신화적인 시공간으로 나타나 있다. 「움」의 마지막에는 움의 어미가 예견했던 것처럼 비극적인 움의 죽음이 그려지고 있다.

> 문을 열자, 피비린내가 그를 감싸 안았다. 몇 개의 양동이가 발끝에 채었다. 핏물이 찰랑댔다. 흘러넘쳤다. 그사이로, 피에 젖은 신문지 위에 누워 있는 움의 나신이 보였다. 그의 얼굴은 평온했다. 움의 몸은 피 때문에 완벽히 붉었다. 그 옆에 크기가 다른 여러 종류의 칼들과 톱들이 가지런히 놓여 있었다. 넓은 대야 안에 움의 주먹 쥔 오른팔이 있었다.
>
> —김유진, 「움」, 『늑대의 문장』, 147쪽

「늑대의 문장」과 「움」에 등장하는 인물들은 기형적인 신체 외에도 일반 사람들과는 다른 말을 하거나 소통되지 못하는 말을 하는데, 이것은 모두 주류에서 배제되었다는 일종의 징표이다. 이들의 특이성은 이들을 죽일 수는 있지만 희생물로 바칠 수는 없다는 '호모 사케르'로 요약 될 수 있으며, 따라서 인간 종(種)에서 추방당한 존재라는 것을 의미한다. 작고 약하고 기형의 자리에 놓였기 때문에 정상의 자리에서 추방당한 존재들은, 인간의 역사가 소멸하는 마지막을 목격하거나 자신들의 참담한 운명을 받아들임으로써 파토스적인 비극을 완성한다.

3. 폐허와 몰락의 공간―「마녀」, 「목소리」

김유진 소설에는 자연 재앙에 노출된 폐쇄적인 공간이 지속적으로 등장한다. 그곳은 단절된 섬(「늑대의 문장」)이거나 커다란 나무에 의지한

절벽 위(「마녀」)이거나 저수지 근처(「목소리」)처럼 추방당한 존재들이 살아
가는 격리된 공간의 변주들이다. 폭사나 돌풍이나 지진 같은 자연 재
해 앞에 인간의 힘이란 미약하며, 인간은 단지 폐허와 몰락의 공간을
견디고 근근이 죽음을 유예하며 살아 있을 뿐이다. 특히 폐허와 몰락
의 공간이 분위기를 압도하는 소설은 「마녀」와 「목소리」이다.

> 뿌리들은 지상으로 튀어나와 집의 아랫부분을 넝쿨처럼 움켜쥐고 있
> 었다. 멀리서 보면 집은 한 그루의 거대한 나무처럼 보였다. 좀 더 자세
> 히 보면, 썩은 옹이 속에 지어진 새집처럼 보였다. 조상들은 이 나무를
> 신의 선물이라고 생각했다. 가문의 축복이었다. 돌풍이 잦은 지역에서
> 온전히 살아남은 집은 우리 집이 유일했다.
>
> — 김유진, 「마녀」, 『늑대의 문장』, 66쪽

> 우리는 마을과 떨어진 북쪽의 가장 작은 웅덩이 근처에 살았다. 그것
> 은 웅덩이라기 보단 늪에 가까웠다. 늪은 좁고 길었으며, 숲이 감싸안고
> 있었다. 늪에서 자라나는 나무는 그 줄기가 가늘고 길었다. 그들은 모두
> 땅으로 고개를 처박고 어둠 속으로 머리를 들이밀고 있었다. 잎은 늪의
> 젖은 흙을 먹고 자라 얇고 색이 검었다.
>
> — 김유진, 「목소리」, 『늑대의 문장』, 97쪽

「마녀」에서 사람들이 살아가는 곳은 돌풍이 잦은 장소이다. 사람들
은 일상화된 죽음을 감내하며 자신의 땅과 집을 지키는 것을 운명으
로 알고 살아간다. 생존이 유일한 삶의 의무인 아버지와 달리 연약하
고 감정에 충실했던 엄마는 자살을 선택하고, '나'는 앉은뱅이인 기형
아 동생을 돌보며 살아간다. 동생은 침대에 누워서 종종 돌풍이 올 것
을 예언한다. "엄마가 온다, 엄마가 온다." 그러면 잠시 후에 어김없이
바람이 밀어닥친다. 돌풍에도 불구하고 '나'는 폐허와 몰락의 공간에

서 오랫동안 버틴다.

「목소리」에 등장하는 깊이를 알 수 없는 저수지 역시 사라진 수많은 사람들의 실족사한 시신(屍身)을 품고 있으며, 결국에는 마을을 몰살시키는 죽음의 공간으로 나타난다. 저수지 근처의 마을은 죽음이 만연한 공간이다. 많은 사람들이 실족사 하였다고 소문이 돌지만 시신은 찾을 수 없다. 그 작은 웅덩이 근처에서 '나'는 언니와 둘이 살아가고 있다. 언니는 마을로 나가지도 않고 마을 사람들과 이야기도 하지 않으면서도 고립된 상태에서, 끊임없이 이야기를 내뱉는 비정상의 영역에 놓여있는 추방된 존재인 셈이다. 죽은 사람들을 애도하는 등(燈)을 만드는 잘 생긴 사내가 동네에 들어오는 일도 있지만, 사내 역시 죽고 만다.

> 하수구가 역류했다. 물이 올라오고 있었다. 물은 금방이라도 차오를 기세로 우리를 향해 달려들었다. …(중략)… 물이 언니의 엉덩이와, 다리와, 나의 등을 적시고 있었다. 물은 저수지 밑바닥을 헤매던 그의 살점들이 녹아 있는 듯 냄새가 고약했다. 언니는 물속으로 사라진 머나먼 이국의 이야기를 하기 시작했다. 우리도 처음으로 되돌아가고 있는 것일까. 나는 울지 않는 것으로 우리의 때늦음을 애도했다. 저 멀리, 어둠 속에서 그의 집이 발광하고 있었다. 언니의 언어가 쌓여가듯 물도 수위를 높여갔다. 여인들은 금세 그의 집에 세간을 갖추고 불을 놓은 듯 보였다. 불현듯 저곳에 소녀가 있을 것만 같았다. 멀리서 따뜻한 붉빛이 오라고, 오라고, 나를 부르고 있었다. 나는 그곳으로 가고 싶어졌다.

> – 김유진, 「목소리」, 『늑대의 문장』, 117–118쪽

「목소리」의 마지막에서도 폭우로 불어난 저수지 물속으로 사라지는 인간 세계를 그리고 있다. 죽음의 공간에서 그녀를 부르는 소리는 계

속되고, '나'는 삶보다는 죽음의 공간에, 인간보다는 자연에 친근감을 느끼고 있다.

이렇듯 김유진의 소설 「마녀」와 「목소리」의 인물들은 문명과 단절되어 자연재해에 무방비로 노출되어 있는 위험한 공간에서 살아간다. 「마녀」에서 모든 것을 앗아가는 돌풍이나, 「목소리」에서 모든 것을 삼켜버리는 물은 인간 세계를 재앙과 죽음으로 몰아 소멸의 상태로 나아가게 한다. 그런 자연재해는 인간 이성의 바깥에 존재하는 실재이다.

4. 소멸과 그 너머의 환상-「빛의 이주민」

김유진 소설에는 정상의 범주를 벗어나 인간 종에서 추방된 존재들이 지진이나 돌풍이나 물의 범람 등으로 파괴되고 소멸되는 세계의 마지막을 기술하는 장면이 많이 나타난다. 소멸의 과정과 소멸의 마지막을 기술하는 작가의 어조는 지극히 담담하지만, 몰락과 폐허의 이미지들은 지극히 환상적으로 그려진다. 그것은 문명과 비(非)문명, 인간과 동물, 언어와 소리가 분화되기 이전의 원초적 세계에 대한 향수이기도 하다.

「빛의 이주민」은 김유진 소설집에 실린 작품들 가운데 유일하게 구체적인 대도시를 공간적 배경으로 전개되는 소설이다. 대도시에서는 대테러 진압요원들의 모의 훈련이 진행되고 있으며, 교통사고도 일어난다. 여자는 터질 것 같은 배를 가지고 있고 남자는 타워크레인 기사인데, 두 사람 모두 거구의 몸을 가지고 있다. 그래서 보통 사람들에게 구경거리가 된다. 그들은 지하주차장이나 보일러실처럼 사람의 시선이 닿지 않는 곳에 살고 있다.

최초의 테러범이 꿈인 소년은 빌딩 로비에 사제폭탄을 설치하고, 그 것이 폭발하면서 타워크레인이 넘어지는 사건이 발생한다. 이로 인해 남자는 죽게 되고, 여자는 억울함을 가득 안은 채 도시를 떠나기 위해 기차를 탄다. 그리고 여자는 기차 안에서 척추가 굽어 있고 사람이라 기보다는 짐승의 모습에 가까운 형상의 아이를 낳게 된다. 힘을 소진 한 여자는 소멸과 그 너머의 것을 보는데, 끔찍한 최후의 모습을 아이 러니컬하게도 다음과 같은 아름다운 문장으로 묘사하고 있다.

거대한 문어가 바다 속을 유유히 헤엄쳐 가는 것이 보였다. 자연사하 지 못한 고대 동물들이 유령처럼 떠돌고 있는 것이라고, 여자는 생각했 다. 불빛이 점점 더 멀어지고 있었다. 그 멀어지는 빛을 쫓아 동물들이 사라지고 있었다. 그들은 지구를 떠나 이주해가는 마지막 생명체처럼 보였다. 기차의 내부가 요란한 굉음을 내더니 일제히 소등되었다. 기계 는 더 이상 움직이지 않았다. 완전한 어둠이었다. 태초의 바다가 그러했 듯이, 여자와 그녀의 기형아가 어둠 속에 웅크리고 있었다.

－김유진, 「빛의 이주민」, 『늑대의 문장』, 62쪽

소설의 첫 부분은 태평양에 살다가 길을 잘못 들어 서해안에 왔다 가 포획되어 동물원에 전시되어 있는 거대한 문어를 여자가 구경하러 가는 장면으로 시작한다. 화자는 "문어는 기원을 거슬러 가는 원시의 혈통"이라고 언급한다. 거대한 몸집으로 인간 종(種)에서 추방당한 여 자는 구경거리로 전락한 문어와 자신을 동일선상에 놓고 동질감을 느 끼고 있다. 도시의 소멸과 그 너머 완전한 어둠, 모든 생명체가 생기 기 이전의 어둠을 갈구하고 있다.

김유진 소설의 마지막은 대개 세계의 소멸과 그 너머의 초월적이고 환상적인 이미지들로 장식된다. 특히 「빛의 이주민」의 마지막에서는 인간 문명이 몰락한 후 완전한 어둠과 바다에서 태초의 생명체가 탄생되는 순간이 포착되고 있다. 그런데 특이한 것은 김유진의 이러한 소멸과 몰락의 서술 속에는 죽음에 대해 두려움이나 공포의 어조를 띠지 않고 현실을 초월하는 어조가 나타난다는 사실이다. 김유진 소설의 마지막은 인간의 세계에서 신화의 세계로 진입하는 모습을 보여준다. 정상의 범주를 벗어나는 추방된 존재들은 소멸되는 인간 역사를 벗어나 이제 신화의 세계로 진입하고 있는 것이다.

최근 활동하는 작가들의 모험들 가운데 가장 눈에 띄는 특징은 기존의 소설들이 지향해온 '지금-여기'라는 시공간의 문제와 '그럴듯함'이라는 사실적 맥락을 의도적으로 탈각시키고 있다는 사실이다. 최근 작가들은 한국의 현재라는 영역을 벗어나며 또한 소설 장르의 완강한 리얼리즘을 벗어나려 한다. 그래서 기존에 우리가 알고 있는 소설을 기대하고 책을 읽는 사람들에게 당혹감을 주기도 한다. 젊은 소설가들은 스스로에게 '이것이 소설일까?'라고 자문하면서 끊임없이 소설의 몸을 바꾸고 있다. 이 낯선 모험에 우리가 함께 할 수 있을까를 스스로에게 반문하면서.

김유진 소설집 『늑대의 문장』은 재앙 속에 노출된 공간과 정상의 범주를 벗어난 추방된 인물이 등장함으로 인해 독특한 분위기를 형성한다. 때로 추방된 존재들은 동물과의 잡종을 생산해내기도 한다. 또한 이 추방된 존재들은 일방적으로 재앙에 노출되어 몰락과 소멸의 길을 걷는데, 소설의 마지막에서 특히 몰락과 폐허의 분위기는 환상적으로 그려진다. 김유진의 소설은 낯설고 새로운 느낌을 풍긴다. 그런데 때로는 지나치게 난삽하고 모호한 느낌을 주는 것도 부인할 수 없는 사실이다. 김유진의 다음 작품들이 기다려지는 이유는, 신예작가의 신선함이 난삽함이 아닌 진정한 새로움으로 깊어지는 것을 확인하고 싶은 욕망 때문이다. 그 낯설고 불편한 여행 끝에서 우리는 어떤 풍경과 만날 수 있을까?

어두운 현실과 유년의 꿈
―오탁번론―

1. 현실과 꿈의 긴장감

오탁번은 시인이자 소설가이다. 우리 문단은 시인으로 유명한 그가 여러 권의 작품집을 간행한 소설가라는 사실을 간과하는 경향이 있다. 오탁번의 작품집으로는 『처형의 땅』(일지사, 1974), 『내가 만난 여신』(물결, 1977), 『새와 십자가』(고려원, 1978), 『절망과 기교』(예성, 1981)가 있으며 신작과 기존 작품을 함께 묶은 『저녁연기』(정음사, 1985), 『겨울의 꿈은 날 줄 모른다』(문학사상사, 1988), 『순은의 아침』(나남, 1999) 등이 있다. 오탁번은 1969년 「처형의 땅」으로 등단한 이후 60여 편의 소설 작품을 발표해왔다. 이렇듯 많은 소설 작품이 발표되었음에도 불구하고, 그의 소설에 대해서는 시에 비해 상대적으로 논의가 활발히 이루어지지 않았다.

이남호는 오탁번의 문학세계의 전모는 "낭만적 순수가치를 추구하며, 그 바탕 위에서 그것을 훼손하는 현실세계의 절망에 반항하되, 그 반항은 일탈과 치기의 형식을 통한 것"인데 그것에다가 "고향과 어머니의 의미가 첨가되어야만 비로소 온전하게 드러날 수 있다"고 하였

다.(이남호, 「순수의 원심력과 현실의 구심력」, 『순은의 아침』, 나남출판사, 1992, 434쪽)

오탁번의 소설은 「종소리」, 「호랑이와 은장도」, 「부엉이 울음소리」, 「달맞이꽃」, 「하느님의 시야」 등 6·25전쟁을 다룬 작품과 「우화의 집」, 「우화의 땅」, 「국도의 끝」 등 우화를 통해 현실을 비판한 작품과 「망년회」, 「맘마와 지지」, 「아가의 말」 등 소시민적 일상을 그린 작품과 「굴뚝과 천장」, 「절망과 기교」, 「겨울의 꿈은 날 줄 모른다」 등 폭압적 현실을 드러내는 작품과 「종우」, 「불씨」 등 생명에 대한 열망을 드러낸 작품 등 다양한 모습을 띠고 있다.

이 글에서는 오탁번 소설의 전체적인 모습을 작중인물의 나이 변화에 따라 크게 세 가지로 나누어 살펴보고자 한다. 처음에는 '전쟁의 비극과 유년의 기억'으로 어린아이의 시선으로 바라본 6·25를 다룬 작품을 대상으로 한다. 다음으로 '흙빛 현실과 금빛 순수'로 아이에서 청소년으로 건너가는 통과의례(通過儀禮) 과정을 다룬 성장소설과 대학생에서 사회인으로 넘어가는 입사(入社)소설을 대상으로 한다. 끝으로 '폭력적 사회와 무력한 지식인'으로 암울하고 폭력적인 사회와 무기력한 사회인의 모습을 그린 작품을 대상으로 한다.

2. 전쟁의 비극과 유년의 기억

오탁번 소설 중에 6·25 체험을 다룬 작품으로는 「종소리」(1969), 「호랑이와 은장도」(1977), 「달맞이꽃」(1984), 「하느님의 시야」(1989) 등을 들 수 있다. 이 작품들은 모두 어린이 화자의 시점을 통해 전쟁의 경험을 서술하고 있으며, 전쟁이 야기하는 비극적 상황을 사실적인 묘사보다는 시적 감수성으로 투명하게 담아낸다는 공통점을 드러낸다.

「호랑이와 은장도」(1977)는 여덟 살의 어린이 화자를 내세워 전쟁의 비극을 그리고 있는 작품이다. 이 소설은 어린이 화자가 전쟁 중에 피난을 갔다가 봄이 되어 다시 고향으로 돌아온 상황에서 시작한다. 어머니와 형제들과 함께 전쟁을 피했다가 고향에 돌아오니 집이 잿더미로 변해 있었다. 어머니와 형들은 삶의 터전을 일구기 위해 묵묵히 생업에 종사하지만, 아이인 화자는 전쟁 상황 속에서도 놀이에 몰두한다. 동네 아이들이 별 생각 없이 게양대에 흰 광목을 꽂아 깃발을 올린 것을 항복으로 알고 산에 숨어있던 인민군이 마을에 내려오게 되면서 마을의 비극이 시작된다. 인민군들은 마을 사람들이 자신들을 함정에 빠뜨리기 위하여 거짓 항복을 했다고 판단하고 보복을 감행한다. 그들은 마을을 떠나기 전에 마을 사람들을 광장에 모두 모이게 한 후, 젊은 사람들을 색출하는데, 그 속에는 화자의 열일곱 살 형도 포함되어 있었다. 인민군은 형에게 총을 쏘려했고 그 순간 어머니가 형에게 총을 겨누고 있는 병사의 가슴을 대대로 내려왔던 은장도로 찌른다. 어린 화자는 자신의 단순한 행동 때문에 야기된 사건으로 인해 어머니와 형의 죽음을 목도하는 비극적인 상황에 맞닥뜨리게 된다.

「달맞이꽃」(1984) 역시 열 살의 어린이 화자를 내세워 전쟁의 비극을 보여준다. 피난을 끝내고 고향으로 돌아와 아버지와 어머니 누나와 함께 살고 있는 열 살의 화자에게는, 아직 전쟁에서 돌아오지 않는 "얼굴이 희고 아름다웠던" 삼촌이 있다. 유난히 겁이 많은 화자에게 아버지는 겁쟁이라고 놀려대고 화자는 자신이 용감하다는 것을 증명하기 위해 고추밭에서 발견된 시신의 손에 있던 칼을 하나 훔쳐갖는다. 나는 삼촌이 좋아했던 사람이 갑분 누나라는 비밀을 알고 유난히 갑분 누나에게 살갑게 구는데, 자신의 비밀을 보여주기 위해 그녀에게 칼을 보여준다. 그런데 갑분 누나는 그 칼이 어디서 났느냐고 묻고 나는 얼떨결에 주웠다고 거짓말을 한다. 갑분 누나의 행동을 통해 우리는 그 시신이 삼촌임을 짐작할 수 있다. 삼촌의 주검을 유일하게 목격한 어린이 화자 역시 전쟁의 비극에 그대로 노출되어 있게 된 것이다.

그런데 아이 화자를 내세운 까닭에 전쟁이라는 비극적 서사와는 다르게 시골풍경의 묘사는 시적인 감수성을 보이고 있다.

> 어두운 밤나무 숲을 벗어나면 긴 방죽이었다. 방죽 위에는 달맞이꽃이 무더기 무더기 피어 있어서 달이 없는 밤인데도 희부옇게 방죽이 드러나 보였다. 이제 초저녁인데 벌써 밤이슬이 재려 달맞이꽃 대궁이가 종아리에 부딪힐 때마다 하얀 달맞이꽃에서 이슬이 흩어져 내렸다. 톱니 같은 잎사귀에 손가락을 다칠 때도 있었지만, 밤이 되면 하얗게 피어났다가 아침이 되어 온갖 벌레들이 잠에서 깨면 스르르 시들어 버리는 달맞이꽃이 그냥 좋았다.
>
> – 오탁번, 「달맞이꽃」, 『순은의 아침』, 108–109쪽

인용문은 밤의 어두움과 달맞이꽃의 흰 빛을 대비시키면서 어린아이의 순수함과 전쟁의 비극을 대비시키는 묘사 부분이다. 오탁번 소설에는 이처럼 시적인 투명한 감수성을 드러내는 뛰어난 묘사부분이 자주 등장한다.

「호랑이와 은장도」, 「달맞이꽃」은 모두 어린이 화자를 내세워 전쟁의 비극을 극화하여 보여주는 작품들이다. 전쟁의 비극을 고스란히 체험한 유년화자들은 전쟁이 야기하는 죽음과 죄의식을 남몰래 간직한 채 성장할 것이다.

3. 흙빛 현실과 금빛 순수

전쟁의 비극을 유년의 기억으로 간직한 아이들은 이제 유년에서 벗어나 성장하고 사회로 진입한다. 유년의 화자들은 성장하면서 현실의 냉혹함과 이상의 순수함 사이에서 갈등하면서 어른이 되어간다. 이 과정에서 나타나는 작품으로 성장소설인 「사금」(1980)과 입사소설인 「흙덩이와 금불상」(1977)을 들 수 있다.

「사금」(1980)은 열 살의 어린이를 주인공으로 내세워 성과 죽음에 눈뜨게 되는 과정을 다룬다는 점에서 전형적인 성장소설이다. 사금(砂金)으로 상징되는 '꿈'과 모래로 상징되는 '현실세계'를 대비시키면서 성과 죽음을 경험하며 성장하는 모습을 서사화하고 있다.

도깨비불이 나온다는 폐가에 사금쟁이의 딸인 갑순이가 이사 오면서 나는 자연스럽게 그녀와 친구가 된다. 나는 갑순이의 아버지가 캐온 사금을 보고는 금의 반짝거림에 매혹된다. 그리고 그 금을 훔치기위해 밤에 갑순이의 집으로 숨어든다. 그때 갑순이에게 발각당하고 안방에서 아버지와 어머니가 금을 만든다며 함께 보자는 그녀의 제안을 받아 방 안을 엿보게 된다. 그리고 그 곳에서 어른들의 성교(性交)를 목격한다. 그리고 자신들도 금을 만들어보자는 갑순이의 제안으로 금기의 장소였던 폐가의 안채마당으로 들어가 마루 위에 올라 옷을 벗고 알몸으로 시도를 껴안는다. 그때 천장에서 나온 구렁이를 보고 놀라 도망치는 나에게 갑순이는 겁쟁이라고 놀리며 사금가루를 한 움큼 건네준다. 나는 그날 밤 고열에 시달리며 앓고, 다음날 어머니로부터 갑순이네 집 지붕이 무너져 갑순이가 죽었다는 놀라운 소식을 전해 듣는다. 폐가로 달려간 나는 갑순이 아버지가 집에다 불을 지르는 것을 목격한다. 그리고 갑순이네 부모는 마을을 떠나고, 나는 갑순이가 준 것이 금이 아니라 모래라는 사실을 알게 된다.

> 나는 항아리 안에서 쏟아진 것을 보고 또 보았다. 그것은 분명히 모래였다. 뒷개울에도 흔하게 있는 모래였다. 햇빛이 쨍쨍 비치는 데도 반짝거리지도 않았다. 그 순간 금모자를 쓰고 금날개를 양쪽 겨드랑이에 달고 하늘 높이 훨훨 날아가던 갑순이와 나는 곤두박질하며 땅바닥으로 떨어져 버렸다.
>
> -오탁번, 「사금」, 『순은의 아침』, 252쪽

위 예문은 사금(砂金)으로 상징되는 꿈의 세계와 모래로 상징되는 현실의 세계를 대비시키는 부분이다. 아이는 상상을 통해 신비와 공포의 세계를 살아가다가 통과의례로 성과 죽음을 경험하면서 이제 성장하게 된다.

「흙덩이와 금불상」(1977)은 대학을 졸업한 작중인물을 주인공으로 내세워 상아탑의 세계에서 사회라는 현실의 세계로 건너가는 과정을 다룬다는 점에서 전형적인 입사소설로 볼 수 있다. 이 작품은 진리와 이상을 탐구하는 상아탑의 세계에서 여자와 아이를 부양하는 현실의 세계로 발 딛게 되는 과정을 보여준다.

작중인물 '나'는 사회의 모순을 비판하는 운동권 대학생도 아니고 그렇다고 치밀하게 출세를 대비하는 대학생도 아닌 그저 회색지대의 방관자로서, 앞날에 대한 특별한 계획도 없이 살아가고 있는 인물이다. 현재 '나'는 대학을 졸업하고 무역회사에 취업을 했지만, 여자 친구와 특별한 이유도 없이 관계가 서먹한 상황이다. 그러던 어느 날 두 사람은 두 사람의 운명을 결정짓는 중요한 계기가 될 것이라는 예감을 갖고 여행을 떠난다. 두 사람은 가등사를 구경하는 중 대열을 이탈하여 가등사의 말사인 퇴락한 청단사로 접어든다. 그곳에는 늙은 노승과 허드렛일을 하는 스님 둘 뿐이었다. 그 절에 머물며 법당에서 볼품없는 부처님 불상을 보게 되는데, 그것은 금불상이었다. 여자 친구는 금불상을 만지다가 실수로 바닥에 떨어뜨렸는데, 그것은 금불상이 아니라 흙으로 빚어서 거죽에 칠을 올린 흙덩이 불상이었다. 그날 밤 두 사람은 용기를 내어 몸을 섞고 서울로 올라가면 결혼을 하자는 계획을 세운다. 열등감과 패배감에 시달리던 '나'는 그녀와 현실을 헤쳐 나갈 수 있다는 자신감을 갖게 된다. 그리고 "나이 먹어서까지 속물이 되지 못하고 방황하는 남자는 가장 보기 싫은 것"이며 "여자를 사귀면서 쉽게 결판을 내고 아이를 낳고 하는 속물이야말로 영웅"이라며 "그러한 대열에 끼게 된다는 것은 아주 신나는 일"이라고 고백한다.

성장소설인 「사금」(1980)과 입사소설인 「흙덩이와 금불상」(1977)은 순수와 현실의 대립을 금과 흙으로 상징하고 있다는 점에서 공통된 특징을 가지고 있다. 빛나는 사금이 모래로 밝혀지는 부분이나 금불상인 줄 알았던 부처상이 흙덩이라고 밝혀지는 부분은 순수의 세계에서 현실의 세계로 들어서는 과정을 형상화한다. 그런데 작가는 반짝이는 금빛이 아니라 흙빛에 초점을 맞추어 아이에서 청년으로, 또 청년에서 사회인으로 들어서는 성장과 입사의 과정을 보여주고 있다.

4. 폭력적 사회와 무력한 지식인

전쟁의 비극을 유년의 기억으로 경험한 아이들은 이제 성과 죽음을 경험하면서 청년기를 거쳐 사회로 진입한다. 그렇다면 이들이 맞이한 사회의 모습은 어떠할까? 이에 대한 해답은 「절망과 기교」(1978)와 「겨울의 꿈은 날 줄 모른다」(1988)를 통해 살펴볼 수 있다. 「절망과 기교」가 1970년대 한국사회의 폭력적 상황을 보여준다면, 「겨울의 꿈은 날 줄 모른다」는 1980년대의 한국사회의 폭압적 상황을 보여준다.

「절망과 기교」(1978)는 1970년대 말의 폭력적인 한국 정치적 상황과 무기력한 지식인의 모습을 대비해서 보여주는 작품이다. 이 작품의 작중인물은 대학교에서 기독교 사상을 강의하는 40대의 대학교수이다. 그는 제주도로 세미나를 떠나 기독교 사상에 나타난 인간의 도덕문제를 발표하고 서울로 돌아오던 중 공항에서 베레모를 쓴 정체불명의 청년들에게 납치되어 시내 한복판의 호텔로 끌려간다. 곧이어 아내 역시 어떤 청년에 의해 그곳으로 끌려온다. 정체불명의 사나이들은 그가 신문에 발표한 글을 비웃으며 자신들이 보는 앞에서 성행위를 할 것을 강요한다. 대학교수는 처음에는 반항해 보지만 이내 그들의 폭력 앞에서 "이미 놈들의 손아귀에 든 이상 어쩔 것인가"와 같이 극도로 무력한 모습을 보인다. 이 소설은 1970년대 말의 은밀한 개인 내면 공간까지 검색의 대상으로 삼았던 정치적 억압상황과 무기력한 지식인의 모습을 알레고리적으로 보여주고 있다.

「겨울의 꿈은 날 줄 모른다」(1988) 역시 폭력적인 1980년대의 한국의 정치 상황과 무기력한 지식인의 모습을 절망적으로 그리고 있는 작품이다. 이 소설의 작중인물 역시 대학교수이다. 작중인물이 놓여있는 상황은 대학생들의 데모와 검거와 구형과 퇴학으로 이어지는, 최루탄 냄새 가득한 1980년대이다. 작중인물은 시를 가르치는 교수인데, "김소월의 작품이 교수와 학생을 차단하는 철조망"과 같은 역할을 하는 현실 상황에 절망하고 있다. 지도교수로 있는 예술연구회 학생들의 엠티에 참가하기 위해 여주로 향하면서 지도학생인 혜숙과 최근 시국에 대한 대학생들의 생각에 대해 이야기를 나눈다. 무사히 모임을 끝내고 집으로 오자마자 예술연구회 학생 몇 명이 불심검문에 걸려 경찰서로 잡혀갔다는 이야기를 듣고 다시 학교로 오게 된다.

이 소설에서 1980년대 말의 폭력적 정치 상황과 지식인의 무력한 모습은 아내와 관련된 상황으로 변주되어 나타난다. 아내는 불임수술을 하지 않아 벌써 여러 번 낙태를 한 경험이 있는데, 이번에도 또다시 낙태를 하여야 할 상황에 직면해있다. 게다가 더욱 곤혹스러운 것은 임신 개월이 너무 오래되어 낙태수술을 하지 못하고, 태아를 인공으로 사산시키고 제왕절개를 하는 수술을 하여야 되는 상황이라는 것이다. 나아가 수술을 받기 위해 병원에 입원한 아내에게 아이가 아직은 작아 며칠 더 지나야 수술을 할 수 있다는 이야기를 듣고 "죽여서 꺼낼 놈을 키우는" 아이러니한 상황에 참담함을 느낀다. 아이를 사산시키기 위해 빨리 키워야 하는 상황과 시의 아름다움을 가르쳐야 하는 교수가 학생들의 동태를 파악해야 한다는 상황은 아이러니하다.

「절망과 기교」에서 대학교수가 단순히 월급쟁이가 되었다는 자조는, 이제 「겨울의 꿈은 날 줄 모른다」에 이르면, 학생의 비판을 받고 경찰서에 요시찰 학생에 대해 특별보고서를 제출하는 "무용의 인물, 이미 현장에서 거세되어 있는 박제 인간"이라는 모멸감으로 심화된다. 이 두 작품은 모두 폭력적 사회와 그 사회의 폭압 앞에 무력한 지식인의 절망을 정직하게 드러내고 있다.

5. 내가 이고 가는 하늘 그림자

나는 앞에서 오탁번의 「호랑이와 은장도」, 「달맞이꽃」처럼 어린이 화자를 내세워 전쟁의 비극을 극화하여 보여주는 작품들과, 「사금」과 「흙덩이와 금불상」처럼 순수의 세계에서 현실의 세계로 들어서는 성장과 입사의 과정을 형상화한 작품들과 「절망과 기교」, 「겨울의 꿈은 날 줄 모른다」처럼 폭력적 사회와 그 사회의 폭압 앞에 무력한 지식인의 절망을 드러내는 작품을 논의하였다.

시인이자 소설가인 오탁번은 사실, 나의 은사님이다. 이 글을 쓰는 내내 그런 사적 인연을 벗어나 공적인 글을 쓰려고 꽤나 애를 썼지만 사적 인연을 완전히 벗어나는 것은 쉽지 않아 보인다. 나는 소설을 전공했지만 오탁번 교수님의 연구실에 책상을 두고 공부하던 시절에는, 연구실에 있던 시집을 더 많이 읽었고, 한때는 시인이 되려고 습작을 하기도 하였다. 그리고 또 시인도 되지 못하고 문학에 대한 내 재능과 학문을 한다는 것에 대해 확신이 서지 않아 방황하기도 하였다. 박사과정도 들어가지 않은 상태에서 결혼을 한다고 초봄에 연구실로 찾아뵐 때는 부끄러운 마음뿐이었다. 그런 나에게 은사님은 다음과 같이 아름다운 시를 선물로 주셨다. 마치 문학이 내게 마지막 순간까지 '이고 갈' 나의 하늘임을 깨우쳐주려는 듯. 나는 여전히 그 하늘의 그림자라도 잡아볼 수 있을까 하는 희망으로 문학의 길을 포기하지 않고 걷고 있다.

> 제자가 하나 찾아와서는
> 5월 달에 결혼한다고 한다
> 눈가에 이슬이 조금 맺히는 듯

바람 이는 강기슭에 홀로 서 있는

슬픔은 슬픔끼리
기쁨은 기쁨끼리
저기 마포 어디쯤 방을 얻어서
사랑의 보금자리를 틀 무렵

천둥소리 요란한 여름밤에도
그 너머너머에서 다가오는
찬란한 무지개를 보는 듯
아침이슬 빛나는 새끼손톱 보는 듯

네가 이고 가는 하늘 그림자
그 아래로 숨쉬는 나무와 풀
저기 마포 어디쯤 방을 얻어서
옷깃 풀어서 밤을 밝힐 때

아직은 알 수 없는
너의 슬픔과 기쁨
기쁜 아기를 슬프게 낳을까
슬픈 아기를 기쁘게 낳을까

개강을 앞둔 이른 봄날
제자가 하나 찾아와서는
5월 달에 결혼한다고 한다
겨울잠에서 깨어나는 꽃망울인듯

—오탁번, 「이른 봄 날」

미술과 언어의 이중주
―박정규론―

1. 그림과 메타비평

박정규 소설은 집요하게 형식 실험을 하고 있다는 점에서 모던하며, 자신의 스타일을 고수한다는 점에서 개성적이다. 박정규 소설은 치밀하게 계산된 지적인 언어에 의해 진행되기에, 독자들에게 빠르게 읽히기를 거부하는 불친절한 텍스트이다. 사실 그의 소설은 미술적인 상상력에 많이 의지하고 있으며 또한 기억의 연쇄를 펼쳐 보이면서 행갈이 없는 줄글로 되어 있다. 이런 점에서 박정규 소설은 포스트 모던한 감각을 내포하고 있다. 리오타르는 칸트의 '숭고' 개념이야말로 포스트모던 예술의 동력이며, 표현할 수 없는 것을 표현하고자 하는 이도가 포스트모던 예술의 미적 원리라고 말한 바 있다. 박정규 소설은 그림을 언어로 표현하고자 하는 욕망에서 출발한다. 더구나 그가 관심을 갖고 있는 그림은 재현을 거부하는 전위적인 계열의 작품들이다.

박정규는 첫 번째 작품집 『로암미들의 겨울』(훈민정음, 1996)을 통해 부조리한 사회에서 고통 받는 인물들의 내면심리를 섬세하게 그려낸 바 있다. 첫 작품집에는 공금횡령을 눈감아달라고 회유하는 직장 상사로 인해 고통을 받는 말단 계장(「니느웨로 가는 길」), 식물인간이 된 형을 둔 상황에서 학교의 부조리에 맞섰다가 해직당한 교사(「로암미들의 겨울」), 자서전 대필 작업을 하며 살아가는 작가 겸 강사(「허공을 나는 화살은 정지되어 있다」), 암으로 죽은 친구 화가의 유고작품전을 열어주려고 결심하는 운동권 출신 인물(「걸어 다니는 새」) 등, 사회의 주류에 속하지 못하는 아웃사이더들의 내면의식이 섬세하게 서술되어 있다.

그 가운데 「걸어 다니는 새」는 '미술'과 '메타비평'이라는 두 가지 특징을 드러내는 작품이다. 이 소설은 첫 번째 작품집 이후 펼쳐질 박정규 소설을 이해하기 위한 실마리를 제공한다는 점에서 깊이 있는 분석을 요하는 소설이다. 이 작품은 미술에 조예가 깊은 주인공이 요절한 친구 화가와 화가를 좋아했던 여자와 함께 했던 3년 전을 떠올리며 친구 화가의 유고작품전을 열어주고자 하는 서사를 담고 있다. 이 소설의 제목은 소설 속의 인물인 화가가 그린 작품의 제목을 그대로 따온 것인데, 소설 속에 미술평론이 그대로 등장하고 있다는 점에서 일종의 메타소설적인 특징을 보여준다.

그의 두 번째 작품집 『에코르체 혹은 보이지 않는 남자』(현대문학, 2005)는 바로 이러한 미술과 메타비평의 만남을 뚜렷하게 지향하고 있다. 이 작품집에는 작가가 스스로 밝히고 있듯, "선과 색채 대신 언어를 질료로" 한 8편의 단편소설들이 수록되어 있다. 이 소설들은 모두 미술가들의 작품 세계에서 소재를 따왔으며 그 그림을 언어로 표현하고자 하는 소설가의 욕망을 선명하게 드러내고 있다는 점에서 박정규의 개성을 고스란히 드러내고 있다.

2. 주체의 해체와 대상의 불투명성

「타블로 비방 혹은 비너스의 내부―작품번호 1」은 소설 속에 또 다른 소설이 들어 있는 작품으로, 남편이 아내를 찾다가 아내가 쓴 소설을 읽게 되면서, 자신이 알고 있는 대상으로서의 아내와 주체로서의 아내 사이의 균열을 발견하는 과정을 통해 '주체의 해체와 대상의 불투명성'을 드러내는 작품이다.

남편은 임신한 아내와 함께 병원에 갔다가 의사로부터 아내가 과거에 임신중절을 했다는 소식을 듣게 된다. 보수적인 여성관을 가졌던 남편은 비록 아내에게는 내색하지 않았지만 심한 충격을 받는다. 게다가 선천성 심장 기형이었던 아이는 태어나자마자 인큐베이터에서 고생하다 죽고 만다. 이에 충격을 받은 남편은 아내 모르게 정관절제수술을 한 후 침실을 따로 쓸 만큼 아내를 미워하고 아내와의 소통을 거부하며 살아온 인물이다.

남편은 퇴직 이후 도시를 떠나 골짜기로 들어와 번역을 하면서 살고 있다. 저녁 8시, 남편이 번역일로 꼬박 밤을 보내고 정오가 넘어서야 잠이 들었다 일어나보니, 집안에 있어야 할 아내가 보이지 않는데다가, 밖은 소나기가 쏟아 붓고 거기에 정전까지 되어있는 상태이다. 남편은 아내를 찾기 위해 어둠 속에서 비를 맞으며 집 주위를 거닐다 버섯을 재배하며 사는 사십대 후반의 아랫집 남자를 떠올리게 된다. 그는 처음 이사 왔을 때 개 한 마리를 주고 가더니, 어느 날은 그 개에게 발길질을 해대는 포악한 성격의 인물이었다.

새벽 4시가 지나서야 전기가 들어왔고, 혹시나 하는 생각에 이메일을 열어보니 내일 점심 때 들어가겠다는 아내의 소식이 와 있었다. 그

리고 우연히 아내가 지금 쓰고 있는 '타블로 비방 혹은 비너스의 내부
─작품번호 1'이라는 소설의 디스켓을 찾게 되고, 남편은 호기심으로
아내의 소설을 읽어나가기 시작한다. 아내의 과거에 실망한 남편은 지
금껏 자신의 삶 속에서 아내를 철저히 소외시키고 살아왔다. 그런데
사라진 아내를 찾는 행위는 아내의 내면, 혹은 아내의 욕망이 투영된
아내의 소설을 읽는 계기로 작동한다.

　남편이 판단하기에 아내의 소설은 허구라기보다는 사실에 가까운
내용을 담고 있는 것으로 보였다. 소설은 과거에 사랑했던 남자의 아
이를 가졌지만 그 남자에게 버림을 받고 아이를 지운 상처를 가진 여
자 화가가 버섯 재배를 하고 바흐를 좋아하는 사내와 가까워지는 과
정을 담고 있었다. 대학에서 경영학을 전공한 사내는 술을 마시다 삼
청교육대에 끌려갔고 그로 인해 정신병원에까지 드나들었던 상처받은
인물이었다. 사내는 여자에게 개 한 마리를 주면서 여자와 친해지게
된다. 어느 날 사내는 발정된 상태로 여자의 손등을 핥고 있는 개에게
발길질을 하며 끌고 가버린다. 며칠 후 화가인 여자는 전문 모델처럼
완벽한 사내의 상반신을 그리게 된다. 여자는 사내에게 신뢰를 느끼고
비가 오기를 갈망하면서, 비가 오면 그 속에서 잃어버린 것을 찾을 수
있을 것 같다고 독백을 한다.

　남편은 아내가 쓴 소설을 읽고, 그것이 소설이라기보다는 아내의 자
서전에 가깝다고 느끼게 된다. 그리고 소설에 등장하는 인물이 실제의
아내와 아랫집 사내라고 확신한다. 그 이유는 아내의 임신중절 이야기
가 나오고, 현실에 존재하는 옆집 사내가 등장하였기 때문이다. 그래
서 남편은 당장 사내의 집을 찾아간다. 그러나 현실의 사내는 소설 속
의 사내와는 많은 차이를 갖고 있었다. 그의 집에는 클래식이 흐르는

대신 유행가가 흘러나오는 라디오만 있었고, 남자는 경영학을 전공한 인텔리가 아니라 젊은 시절 공사판을 전전하다 혀를 잘려 말을 할 수 없는 벙어리였으며, 또 발정된 상태로 여자의 손등을 핥아 매를 맞은 개는 버섯농사를 망쳐놓아서 매를 맞은 것이었다. '나'는 허탈한 마음으로 컴퓨터 앞에 앉아 아내가 쓴 소설의 제목이 갖는 의미를 사전을 통해 찾기 시작한다.

작가는 자신의 소설 안으로 들어갈 수 있는 열쇠를 제목의 각주 형식으로 모든 소설 아래 숨겨놓고 있는데, 이에 의거하여 읽어보면 소설의 의미가 명백해진다. '타블로 비방'이란 특정한 신체적 물리적 순간을 회화나 조각으로 재현하는 미술 양식인데, 브라운관이 캔버스를 대신하게 된다. 이 소설에서 남편이 주체로서의 아내를 만나는 것도 아내의 목소리가 아닌 컴퓨터 화면을 통해서이다. '비너스의 내부'는 남성 예술가의 관음적인 대상으로 존재하던 여성의 신체를 주체로 인지하게 되면서 영웅적 남성 예술가의 페르소나가 해체되는 것을 의미하는데, 옆집 사내인 익명의 신체에 관한 몽환적인 환상을 통해 소통하고자 하는 여성 예술가인 아내의 욕망을 엿볼 수 있다.

아내가 쓴 소설 속에 등장하는 옆집 남자와 현실 속의 옆집 남자 사이의 차이는 주체가 전환되면서 대상이 불투명해지는 과정을 드러낸다. 이 소설은 아내를 대상으로만 바라보았던 남편이 아내의 소실을 통해 아내의 내면심리를 알게 되고 또 아내를 단순한 대상이 아닌 욕망의 주체로 받아들이게 되는 자리바꿈의 과정을 담아내고 있다. 그 행위는 소설의 마지막 문장인 "나는 사전을 뒤지기 시작했다"에 암시되어 있다. 마침내 남편은 자신의 시선 속에 아내를 억압하는 욕망이 깃들어 있었음을 깨닫게 된 것이다. 작가는 이 소설을 통해 포스트모던 사회에서의 주체의 해체와 대상의 불투명성을 보여주고 있다.

3. 기표의 연쇄와 진실의 불확정성

「작은 방」은 진실의 불확정성 혹은 비결정성을 보여주는 작품으로, 미스터리를 풀어가는 추리형식을 취하고 있다. 그러나 일반적인 추리 소설의 경우 마지막에 가면 미스터리가 풀리지만, 이 소설은 미스터리가 유보되고 연기되는 과정만을 보여준다. 이 소설은 라캉이 '도둑맞은 편지'를 해석하면서 기표놀이를 설명한 것처럼, '강만석과 류미숙 관계의 진실'이라는 의미가, 초점과 사건의 윤곽 지우기라는 반복을 통해, 점점 파악하기 힘든 미궁 속으로 빠져들며 진실은 알 수 없다는 의미만을 전달하는 형식으로 전개되고 있다.

대학의 연구소에서 일하는 '나'는 신문을 통해, 한때 의사였다가 마약중독으로 실형을 받고 의사면허를 상실한 후 노숙자로 죽은 한 인물의 기사를 읽게 되고, 그가 자신이 군대 시절 알고 지내던 국제병원의 원장 강만석이 아닐까 하는 의구심을 갖게 된다. '나'는 군대 시절에 강만석을 처음 만났고, 저녁 초대 자리에서 간호조무사인 류미숙을 소개받았다. '나'는 과거 강만석에 대한 미숙의 사랑에 질투를 느껴 강만석이 없는 틈을 타 미숙과 육체적 관계를 맺고는, 그 사실을 그에게 폭로하는 치기를 범하기도 하였다. 그래서 '나'는 강만석과 류미숙의 관계는 과연 무엇이었을까 하는 의구심을 해결하기 위해 과거를 되짚어 본다.

그런데 강만석과 류미숙의 로맨스는 서술하는 주체에 따라 3가지의 다른 서사가 형성된다. 첫 번째는 강만석이 주체가 되어 진술했던 서

사이다. 술집 접대부였던 류미숙이 임신중절 수술을 받기 위해 강만석을 찾아왔으며, 강만석은 미숙 어머니의 부탁으로 그녀를 간호조무사로 데리고 있으면서 간호 학원에도 보냈다는 것이다. 두 번째는 류미숙 오빠 류병철의 진술이다. 강만석의 성불구로 인해 그들의 사랑은 플라토닉 사랑이었으며, 미숙은 순수한 사랑이 훼손되는 것을 피하기 위해 자살을 선택했다는 것이다. 그리고 모친에게는 충격을 주지 않기 위해 미숙이 멀리 시집갔다고 거짓말을 했다는 것이다. 세 번째는 미숙 어머니의 진술이다. 류미숙과 류병철은 친남매지간이 아니며, 미숙이 고등학교 때 류병철에게 겁탈을 당해 아이를 갖고 강만석에게 수술을 받은 후 수술비 대신 병원에 식모로 있었다는 것이다. 그리고 어머니가 류병철로부터 들은 이야기에 의하면, 강만철이 미숙을 붙잡아 두기 위해 아편쟁이로 만들었고, 이를 지켜볼 수 없는 류병철이 강 원장을 아편쟁이로 고발했다는 것이다.

소설은 마치 영화 <라쇼몽>처럼 진술 주체에 따라 조금씩 서사가 달라지고 있다. 진술주체는 자기에게 유리한 진술만을 하고 있다. 미스터리의 당사자인 강 원장과 류미숙이 존재하지 않는 현재 상황에서, 사건의 열쇠를 쥐고 있는 유일한 사람은 류병철로 보인다. 그러나 그는 '믿을 수 없는 화자'로, 뒤에 드러나지만 자신의 여동생을 겁탈한 인물이며, 매년 1차에도 통과하지 못하면서 사법고시를 치르는 인물이다. 류병철은 자신을 지탱하기 위해 여전히 자신을 꿈속에 가두는 허황된 인물이다. 그가 '나'에게 직접 말한 강 원장과 류미숙의 사랑이 지나치게 낭만적으로 윤색되어 있다면, 그가 노모에게 말한 두 사람의 사랑은 지나치게 적대적으로 폄하되어 있다. 아마 진실은 두 진술의 틈새, 두 진술의 흔적 그 사이 어딘가에 있을 것이다.

이 소설은 두 사람의 진실을 영원히 미궁에 남겨 놓으면서 끝을 맺는다. 이는 진실은 알 수 없다며 초점과 사건을 일부러 지우려는 작가의 의도가 작용했기 때문일 것이다. 작가에게 중요한 것은 사실이 무엇인가 라는 것이 아니라 사실이 진술하는 자에 따라 얼마나 다양하게 변주될 수 있는가를 보여주는 것이기에. 이런 면에서 라캉의 '도난당한 편지'처럼 모든 사건의 진실은 오인(誤認)의 반복이며, 일종의 기표놀이가 된다. 작가는 이러한 의도를 소설 제목의 각주에 숨겨놓고 있는데, 이는 소설의 창작과정에 대한 고백이기도 하다.

> 사진을 그리려는 리히터의 시도는 결여된 그 무엇을 완성하려는 충동이며 사진 속에 갇힌 순간을 회화로 전환시켜 제3의 차원으로 영구화하려는 결단이다. 사진 속의 이미지는 다시 회화로 재현됨으로써 리히터의 현재라는 시간적 공간적 좌표 속에 재구축되는 것이다. …(중략)… 유화 물감이 채 마르기도 전에 마른 붓으로 형태들 사이의 윤곽선을 지우는 '지우기(Verwischen)' 기법에서는 그리는 행위의 흔적을 여실히 남기는 등 회화적으로 보이게 하고 있다.
>
> ─박정규, 「작은방」, 『에코르체 혹은 보이지 않는 남자』, 143쪽

작가는 유화물감이 채 마르기도 전에 형태들 사이의 윤곽을 지우는 화가처럼, 서사가 채 완성되기도 전에 또 다른 서사를 반복하면서 앞의 서사를 지워나간다. 이러한 기표들의 연쇄에 인해 기의는 계속 미끄러지며 의미를 완성하지 않고 의미를 지운다. 작가는 이 소설을 통해, 진실은 밝혀질 수 없고 사건의 서사를 드러내는 순간, 그 서사는 또한 사실과는 다른 균열을 드러내며 윤곽과 경계가 흐려진다는 것을 보여주고자 한다. 결국 소설의 서사는 오인을 통해 구성된다. 작가는 관습적인 추리의 기법을 빌려오지만, 추리양식의 규칙을 배반하면서

단일성의 서사를 와해시키는 새로운 소설 기법을 시도하고 있다. 이러한 새로운 소설 기법을 통해 단일한 서사를 부정함으로 진실은 영원한 미궁 속에 남겨지게 된다.

4. 예술과 삶의 경계 지우기

「안녕, 먼 곳의 친구들이여」와 「제단」은 예술과 삶(생활)의 경계를 지우는 작품이다. 사실 과거에는 예술과 삶이 분리되지 않았다. 과거의 제의(祭儀)는 바로 예술(놀이)과 삶이 분리되지 않았음을 보여주는 증거이다. 예술과 삶이 분리된 것은 근대에 이르러서인데, 포스트모던 사회에서는 예술과 삶의 경계를 지우고자 하는 미적 기법이 등장하고 있다. 박정규는 예술과 삶의 경계를 지우고자 하는 의도를 일상 언어와 이론적인 언어가 경계를 지우는 것을 통해 드러내고 있다.

「안녕, 먼 곳의 친구들이여」는 생활과 예술을 분리하며 살던 주인공이 생활과 예술의 경계를 지우며 살아가는 두 사람의 만남을 통해 예술에 대하여 다시 고민하게 되는 과정을 닮고 있는 소설이다. 소설 속의 '나'는 작곡을 전공했지만 문화평론가라는 직함을 갖고 이색적인 직업을 소개하는 글을 쓰면서 살아가고 있다. '나'에게 문화평론가로서의 노동은 전적으로 생계를 위한 것도 아니고 그렇다고 대단한 사명감을 가진 것도 아닌 어정쩡한 것이다. '나'는 예술인 작곡과 삶을 위한 방편인 글쓰기를 분리하여 살아간다. 이런 '나'에게 예술과 삶의 경계를 지우게 만들어주는 계기는 두 사람과의 만남에 의해 촉발되는데, 한 명은 누드모델이고 다른 한 명은 걸인의 퍼포먼스를 한 행위예술가이다.

첫 번째 인물은 누드 크로키의 모델로, 하나하나의 포즈에 머뭇거림
도 없고 자신에게 모인 시선을 압도하면서 몸을 연출하여 몸 이상의
것을 보여주는 인물이다.

두 번째 인물인 걸인은 이어폰을 귀에 꽂고 특이한 자세를 바꾸어
가며 구걸을 한다. 그리고 '나'는 샌드위치 가게 주인에게 걸인이 그
자리를 얻기 위해 싸움을 했으며, 매주 한 번씩 동냥한 것을 들고 서
울역 근처로 가서 누군가에게 주는 것 같다는 정보를 얻는다. 그래서
걸인을 미행한 결과, 걸인은 동전이 든 비닐 백을 서울역에서 만난 한
사내에게 건네고 사라진다. '나'는 그 사내가 걸인의 친구라는 사실을
알게 되고, 다음번에 만나기로 약속한다.

> 등을 활처럼 휜 채 머리를 바닥에 처박고 오른손만 앞으로 내밀고 있
> 던 모습과는 달리 로댕의 생각하는 사람을 닮은 자세를 취하고 있었다.
> ···(중략)··· 남자의 자세는 바뀌어 있었다. 가부좌를 틀고 앉아 손바닥이
> 위로 향하게 팔을 들고 있어서 마치 요가를 수련하고 있는 사람처럼 보
> 였다. 한 이삼 분을 주기로 하여 남자의 자세는 계속 바뀌었다. 그렇게
> 바뀌는 자세는 어쩌면 나름대로 자신의 수입을 위한 대가로 지불되는
> 일종의 노동행위인지도 모른다.
>
> ─박정규, 「안녕, 먼 곳의 친구들이여」, 『에코르체 혹은 보이지 않는 남자』,
> 119─120쪽

다시 걸인을 만나, 걸인이 지금까지 태교 음악을 들으면서 육 개월
간의 퍼포먼스를 했다는 사실을 알게 된다. 그리고 걸인은 자신은 예
술가라고 불리기를 원치 않고 그저 생활인일 뿐이라는 이야기를 한
후 사라진다. 그리고 얼마 후 '나'는 서울역에서 걸인의 친구를 다시
만나 그가 전위 예술가이며 이미 네팔로 떠났다는 소식을 듣게 된다.

집에 돌아온 '나'는 원고뭉치를 묶어 한쪽으로 치우고 작곡노트를 펼쳐놓는다. 자신에게 노동의 의미를 다시 한 번 생각하게 해준 모델에게 전화를 걸고, 객원기자를 그만두겠다는 전자우편을 잡지사에 보낸다. 그리고 다시 작곡을 시작한다. 그러다 걸인의 친구에게 연락을 받고 나가서 걸인이 네팔에서 히말라야 트래킹 도중 실종되었다는 소식과 걸인이 친구에게 보낸 편지를 읽게 된다. 그리고 그 의도적인 실종은 그의 마지막 자살 퍼포먼스였음을 깨닫게 된다.

「제단」 역시 예술과 삶의 경계를 지우는 과정을 보여주는 소설이다. 이 소설에는 3명의 독신 여자들이 등장한다. 이들은 모두 치유되지 못한 상처로 인해 트라우마에 사로잡혀 세상과 단절되어 격리된 삶을 살아온 인물들이다. '나'는 어린 시절 당한 강간의 상처로 결혼도 실패하고 연극배우를 하며 살아왔는데, 자신의 이야기를 희곡으로 쓰기 위해 시골로 들어온다. 그리고 그 곳에서 형부에게 강간당할 뻔했던 기억으로 인해 독신으로 살아온 시인과 어린 시절 기관원에 끌려다닌 고통으로 인해 심한 강박증을 갖고 있는 시인의 언니를 만나게 된다.

'나'는 레이더가 설치되어 자신을 감시하고 있다고 믿고 있는 시인의 언니에게 야산에 아무것도 없다는 것을 확인시켜준다. 그 이후 시인의 언니는 노환으로 숨을 거둔다. 남은 두 사람은 언니의 유골을 언니가 살던 움집 근처에 뿌리고 유품을 태운다. 그 가운데 시인은 평생 자신이 써온 노트를, '나'는 여기 와서 써나간 희곡이 담긴 디스켓을 불에 넣어 태워 버린다. 마지막 장면에서 두 여자가 비 오는 곳에서 서로 부둥켜안고 서로의 슬픔과 아픔을 나누는 행위는 제의의 한 부분을 연상시킨다. 평생을 일상적인 삶에서 고립되어 예술작품을 위해 살아왔던 두 여자가 자신의 상처의 결과인 예술작품을 스스로 불태운 것이다. 이제 그녀들은 예술과 삶의 경계를 지우고 예술로서의 삶, 혹은 삶으로서의 예술을 받아들이는 장면을 제의처럼 펼쳐 보인다.

5. 그림과 언어의 만남

박정규의 소설은 그림을 언어로 표현해내는 형식적 실험에 일관되게 바쳐져 있다. 그가 관심을 갖는 화가들은 주로 20세기의 화가들로 구상표현주의자, 추상표현주의자, 신표현주의자, 그리고 행위예술가들이다. 20세기 화가들은 기존의 그림에 대한 관념에 도전장을 내고 사실적인 형태와 색채를 파괴해왔다. 특히 그들은 "그림이란 무엇인가?"라는 근원적인 화두를 제기했는데 그들에게 그림이란 창조의 결과가 아니라 그것을 창조하는 과정 자체를 의미했다.

작가는 이런 의미에서 대상을 재현할 수 있는가, 진실은 확정될 수 있는가, 삶과 예술은 분리될 수 있는가 등의 관념적이고 철학적인 사색을 집요하게 밀고 나가고 있다. 박정규에게 소설쓰기란 주체의 해체를 통한 대상의 불투명성, 기표의 연쇄와 진실의 불확정성, 예술과 삶의 경계 지우기 등의 기법을 시도하는 과정 자체를 의미한다. 그런 점에서 박정규는 전형적인 이야기꾼으로서의 소설가를 거부하고 행위예술가로서의 소설가를 지향한다.

김윤식의 언급처럼, 박정규는 '미술사와 소설사의 의도적 만남'을 시도하고 있다. 박정규 소설의 매력은, 작가가 착상을 얻는 화가의 작품과 기법에 관심을 가지고 그것과의 관계를 생각하면서 읽을 때 오는 화음과, 화가의 작품을 어떻게 작가가 문학으로 변형시키고 창조했는가에 관심을 가지면서 읽을 때 오는 불협화음에 있다. 박정규 소설의 매력은 바로 그림과 언어가 빚어내는 이중주에서 나오기 때문이다.

제 3 부
욕망의 미로와 소통의 윤리

그림자 주체의 습격

-김숨, 김이설, 김태용-

1. 실재계의 귀환 (The Return of the Real)

21세기 젊은 작가들의 특징 가운데 하나를 과거 소설에서 볼 수 없었던 '낯설고 기이한 감각의 출현'으로 이름 붙일 수 있다. 특히 일부 젊은 작가들은 새로운 타자들이 만들어내는 어둡고 불안하고 잔혹하고 괴기스러운 분위기의 소설들을 지속적으로 발표하고 있다. 이렇듯 상징체계와 언어규범을 파괴하는 소설을 창작하는 일군의 젊은 소설가로 편혜영, 김숨, 김이설, 김태용 등을 언급할 수 있다.

이들 작품에는 공통적으로 사회적 현실로서의 상징체계에서 배제된 잉여주체(剩餘主體)들이 등장한다. 소설의 주체는 사회에 편입되지 못한 배제된 자이기도 하고, 때로는 기형이거나 심지어 유령이기도 하다. 젊은 작가들의 작품에는 유동하는 공포와 불안 속에서 아감벤의 '호모 사케르' 혹은 한나 아렌트의 '그림자 영역'에 해당하는 공적인 인간영역에서 배제된 잉여주체 혹은 그림자 주체가 공통적으로 드러난다. 이 들 작품은 상징계에 편입되지 못한, 외상적 중핵으로서의 실재(The Real)를 환기시키는데, 나는 이런 작품들의 특징을 '그림자 주체의 습 격'이라고 이름하고 싶다.

실재계는 상징계와 절연하면서 도달한 파괴의 흔적이며 배제된 여 분이다. 그것은 상징계가 흡수하지 못한 잉여이며 얼룩이다. 지젝이 분화구를 실재계로 본 것처럼, 실재계는 파괴의 흔적이지만 여전히 화 염을 품고 있는 텅 빈 어둠이다. 이 의미화 되지 않은 실재계는 상징 화에 저항하는 순수 욕망으로 존재하며, 상징계 너머의 맹목적이고 비 타협적인 죽음 충동을 드러내는 심연의 공간이기도 하다.

브루스 핑크는 『라캉과 정신의학』(민음사, 2002)에서 라캉 이론의 임상 적 차원을 중요한 측면으로 부각시키고 있다. 핑크는 임상 진단에 대 한 라캉 특유의 구조적 접근법을 설명하고 있다. 핑크는 라캉이 신경 증 환자의 증상을 크게 신경증, 도착증, 정신병 등 세 개의 범주로 나 누고, 이 주요 범주들이 세 가지 다른 메커니즘에 근거해 있음을 밝히 고 있다.

신경증의 원인이 억압(repression)이라면, 도착증의 원인은 부인 (disavowal)이며, 정신병의 원인은 폐제(foreclosure)이다. 신경증에서 상징 적 타자는 존재하지만 주체로 하여금 거역하지 못하게 옭아매는데 반 해, 도착증에서는 주체 자신이 상징적 타자가 되려고 하며, 정신병에 서 상징적 타자는 결여되어 있다. 또한 신경증은 아버지의 법이 이미 설치되어 있으며, 도착증은 주체가 아버지의 법이 되도록 노력하는데 반해, 정신병은 아버지의 법이 완전히 부재한 상태이다. 신경증이 불 만족한 욕망(히스테리) 혹은 불가능한 욕망(강박증)인 주이상스를 회피하고

자 한다면, 도착증은 주이상스의 한계를 부과하는 시도 자체에서 쾌락을 느끼며, 정신병은 자신의 육체 속으로 주이상스의 침입을 고통스러워한다. 신경증은 크게 히스테리와 강박증과 공포증으로 나타나며, 도착증은 마조히즘과 사디즘으로 나타나며, 정신병은 편집증으로 나타난다.

21세기 젊은 작가들의 새로운 상상력 가운데 과거 소설에서 볼 수 없었던 낯설고 기이한 감각의 출현을 나는 실재계의 귀환에 의한 '그림자 주체의 습격'이라고 이름 붙였는데, 이 글에서는 김숨과 김이설과 김태용의 소설을 중심으로 논의할 것이다. 이들은 모두 상징계가 흡수하지 못한 잉여주체를 소설화하고 있다는 점에서 공통점을 드러낸다. 그래서 이들의 소설은 낯설고 암울하고 기괴하고 어두운 에너지로 가득하다. 이들은 조금씩 편차를 드러내는데, 김숨의 소설이 불안과 공포를 드러내는 '신경증적 주체'의 담론을 서사화한다면, 김이설의 소설은 폭력과 외설을 드러내는 '도착증적 주체'의 담론을 서사화하며, 김태용의 소설은 반복과 무의미를 드러내는 '편집증적(정신병적) 주체'의 담론을 서사화한다. 그리고 이 모든 주체들은 결국 기존체계에 편입되지 못하거나 혹은 편입을 거부하는 21세기 한국의 젊은 세대의 단면을 드러낸다는 점에서 문제적이다.

2. 불안과 공포, 혹은 신경증적 주체-김숨

김숨의 소설은 '불안'과 '공포'를 드러낸다는 특징을 갖고 있다. 김숨 소설의 인물들은 일상의 공간에 감금되어 있으며 억압되어 있다. 그리고 그 억압된 것이 육체적 증상으로 나타날 때는 간질이나 불임이라는 은유로서의 병으로 형상화되며, 정신적 증상으로 나타날 때는 불안과 우울 혹은 죄의식 등으로 나타난다. 김숨 소설에 등장하는 신경증적 주체는 원인도 모른 채 육체적 통증을 겪거나 우울증에 빠지거나 죄의식으로 가득 차 있다. 아마도 그런 상황의 원인을 생각해낸다고 하더라도 그들은 그들을 압도하는 감정의 힘과 결코 일치하지 않을 것이다.(브루스 핑크, 앞의 책, 199쪽)

김숨의 소설은 히스테리와 강박증을 드러내는 신경증적 주체의 불안과 공포를 전형적으로 드러낸다. 김숨 소설 가운데에 히스테리의 특징을 드러내는 작품으로 「중세의 시간」(『투견』, 문학동네, 2005)을 들 수 있다면, 강박적 특징을 드러내는 작품으로는 「두번째 서랍」(『침대』, 문학과지성사, 2007)을 들 수 있다.

「중세의 시간」은 환청에 시달리는 히스테리 주체의 서사를 다룬 작품이다. 이 소설은 남편에게 버림받은 어머니와 함께 감금된 생을 살아가는 딸의 히스테리 증세를 다루고 있다. 어머니는 병으로 자궁을 들어내고 아버지가 떠난 이후 참을 수 없는 악취를 호소한다. 어머니는 딸이 초경을 할 때, 생선 썩은 냄새가 난다며 딸의 목에 칼을 들이대기도 하는 광기를 내보인다. 남편이 떠난 것이 자신이 자궁을 들어낸 것 때문이라고 생각한 어머니가 딸의 초경에 히스테릭한 반응을 한 것으로 이해할 수 있다. 현재 어머니와 딸은 아파트에서 금붕어를 키우면서 일체의 모든 것과 고립되어 살아가고 있다. 어머니가 상담 전화를 위해 잠깐 외출을 하고나면 딸은 목탄으로 어머니의 누드 그림을 그리거나, 어머니가 잠들면 딸은 컴컴한 지하로 내려가 삼류 화가의 누드모델을 하기도 한다.

그러나 이 소설에서 이런 서사는 아무런 의미가 없다. 왜냐하면 이 소설은 처음부터 끝까지 신경증 환자인 어머니와 역시 신경증 환자가 되어가는 딸의 불안한 내면 심리를 섬뜩하게 드러내는 데에 주력하기 때문이다. 딸은 자신이 사막의 한가운데를 벗어나지 못하는 낙타나 어항 속에서 애정결핍으로 죽어나가는 금붕어라고 느낄 뿐이다.

> 나는 허둥허둥 부엌에 딸린 방으로 향한다. 요람에서 자명종 시계를 꺼내들고 '소리 멈춤' 스위치를 내린다. 그런데 어떻게 된 것인지, 자명종 시계는 계속 울어댄다. 게다가 울음소리는 조금씩 커지고 있다. 아예 건전지를 빼버리지만 자명종시계의 울음은 멈추질 않는다. 환청이다. 환청은 좀체 수그러들 것 같지 않다. 나는 우는 아이를 어르듯 자명종시계를 가슴에 안고 거실로 나온다. 자명종 시계의 울음소리는 점점 커져 이제 참을 수 없을 정도다. 나는 자명종 시계를 어항 속에 집어넣는다. 죽은 사람을 수장(水葬)하는 것처럼 장엄하고 엄숙한 기분이 든다. 물속으로 잠기는 자명종 시계의 울음소리는 장송곡처럼 장중하고 비통하다. 문득 죽어버린 검은 금붕어도, 자명종 시계도 배가 고플 것이란 생각이 든다. 나는 입을 앙, 벌린 후 배합사료를 봉지째 들고 툴툴 입 안으로 털어 넣는다.
>
> ─김숨, 「중세의 시간」, 『투견』, 61-62쪽

인용문은 딸이 자명종 시계 소리를 환청으로 듣는 부분이다. 환각과 달리 환청은 신경증적 주체의 가장 큰 특징이라고 볼 수 있다. "아버지가 떠날 때 자명종이 울었다"라는 어머니의 독백처럼, 소설 속에서 자명종 시계는 아버지의 떠남과 관련된 상흔을 환기하는 물건이다. 그런데 아이러니하게 자명종 시계가 울 때마다 어머니는 딸에게 건전지를 빼라고 소리를 지르면서도 밤에 몰래 다시 건전지를 끼우는 행동을 한다. 즉 자명종 시계는 어머니의 히스테리와 관련된다. 딸이 마지막에 자명종 시계를 어항 속에 수장시키는 것은 어머니에 대한 이중적 감정과 연결된다. 말하자면 딸은 어머니에게 사랑과 경멸을 동시에 느끼는데, 이는 곧 자신과 어머니에 대한 양가적 감정의 표현이라고 볼 수 있다.

「두번째 서랍」은 두번째 서랍에 집착하는 강박적 주체의 서사를 다룬 작품이다. 결혼 13년째 불임치료를 받고 있는 여자는 어느 날 부엌 장식장의 두번째 서랍에 자물통이 채워진 것을 인식하고 그 안에 굉장히 중요한 무엇이 있을 것 같다는 생각에 집착하게 된다. 그 이후 여자는 자신의 인생을 바꿀 수 있는 굉장한 것이 두번째 서랍에 있을 것 같다는 집착으로 아무 일도 하지 못한다. 여자는 불임치료를 위한 병원도 가지 않고, 미용자격증 시험도 치지 않으며, 시아버지의 기일에도 참석하지 않는다. 심지어 전기 값을 내지 않아 전기도 끊기고, 잠도 부엌에서 잔다. 여자는 불안과 통증과 환청과 불면증을 느끼는 등 총체적 증상에 시달리는 전형적인 강박적 증상을 보이고 있다.

> 여자는 찬장 밑에 식탁보를 깔고 그 위에 반듯하게 누웠다. 왼손을 뻗어 두번째 서랍에 채워진 자물통을 움켜쥐었다. 차분히 숨을 골랐다. 여자는 자신의 신체 부분들 중에 오로지 자물통을 움켜쥐고 있는 왼손만이 온전하게 살아 있다고 느꼈다. 왼손 손가락들에만 뜨거운 피가 흘렀다. 손가락들이 경련을 일으키듯 바르르 떨렸다.
>
> ─김숨, 「두번째 서랍」, 『침대』, 166쪽

인용문은 여자가 두번째 서랍에 채워진 자물통을 움켜쥔 왼손만이 온전하게 살아 있다고 확신하는 부분이다. 브루스 핑크에 따르면, 강박증적 사유의 가장 큰 특징은 '내가 죽었느냐, 살았느냐'에 있다. 저의문의 문장형태는 불가능 속에서 자신의 욕망을 지속하는 방식이다.

이는 자신의 존재를 확인하려는 맹목적인 강박적 주체를 지시하는 문장이기도 하다. 강박적 주체는 의식적인 생각에 빠져있을 때에만 자신이 살아 있다고 확신한다.

「두번째 서랍」의 불임의 여자는 어느 날 문득 두번째 서랍의 자물통에 집착하기 시작하며 강박증 증세를 보인다. 여자는 "그 두번째 서랍 속에 들어있는 귀중한 무엇인가를 손에 넣을 수 있다면 평생을 암흑과 침묵 속에서 살아도 고통스럽지 않을 거"(166쪽)라고 확신한다. 즉 '두번째 서랍'을 열 수 있느냐 열지 못하느냐와 자신의 삶과 죽음을 일대일 대응시키고 있는 것이다. 그러나 소설의 마지막에 이르면 여자가 남편에게 이혼당하며 모든 것을 포기하면서 얻은 두번째 서랍이 "텅 빈 공간"에 지나지 않는다는 사실을 보여준다.

김숨의 「중세의 시간」과 「두번째 서랍」은 모두 충족할 수 없는 욕망으로 인한 '불안'과 관련된 소설이다. 「중세의 시간」이 히스테리 주체의 불가능한 욕망에 기인한다면, 「두번째 서랍」은 강박적 주체의 불만족스러운 욕망과 관련된다.

이에 비해 김숨의 「룸미러」(『간과 쓸개』, 문학과지성사, 2011)는 '공포'와 관련된 작품이다. 「룸미러」는 공포증적 주체의 서사를 다룬 작품이다. 이 작품은 남편과 아내가 자동차 뒤에 아들 둘을 태우고 장례식장에 가기 위해 길을 떠나면서, 교통 정체로 인해 겪게 되는 심리 상황을 서사화한 일종의 재난소설이다. 이 작품은 불안이 반복되고 고조되면서 공포감을 유발한다는 점에서 '부조리 연극' 같은 특징을 드러내고 있다. 소설에서 불안감은 크게 두 가지에 기인한다. 우선 운전하는 내내 외부에서 그의 안전 운행을 방해하는 사건들이 중첩된다. 돼지를 가득 실은 트럭이 악취를 풍기기도 하고, 은색 카니발이 깜박이도 켜지 않고 급하게 끼어들기도 하고, 새가 앞 창문에 받쳐 모가지가 부러 지고 몸통이 터지기도 한다. 마지막에는 원인을 알 수 없는 도로의 정 체로 차가 정지하더니, 사람들은 사라지고 차들만 도로 위에 남아 고 립되고 만다. 이런 일련의 사건들은 현실과 환상의 경계를 무너뜨리며 기괴한 느낌과 공포를 자아낸다.

그러나 더욱 공포감을 조성하는 것은 외부에서 일어난 사건이라기 보다 잠든 아이들이 깨어날까 봐 운전하는 내내 룸미러를 흘낏거리며 두려워하는 남편의 내면 심리와 관련된다. 서사가 진행되면서 반복적 으로 드러나는 것은 '잠에서 깨어나지 않는 아이들'에 대한 아내의 진 술이다. "아이들이 마침내 잠들었다"로 시작하는 소설은 "다행히 아이 들은 깨어나지 않고 있었다", "차안은 아무도 타고 있지 않은 것처럼 조용했기 때문이다. 아이들은 별다른 뒤척임도 없이, 숨소리조차 들리 지 않을 만큼 곤히 잠들어 있었다", "차 밖에서 들여다보면 내 아이들 도 죽은 듯 보일지도 모르겠다는 생각이 들었다" 등의 반복과 고조를 통해 아이들이 단순히 잠이 든 것이 아닌 것 같은 뭔가 굉장히 끔찍한 일이 일어난 것이 아닌가 하는 의구심을 자아낸다.

더구나 중간 중간 남편과 아내의 대화는 정상적이지 않고 기괴한 분위기를 불러일으킨다. 자신을 닮은 아이들을 두려워하는 남편, 아이 들이 좋아하는 도마뱀을 죽이고 아이들이 자신을 의심한다고 확신하 는 남편, 헤드라이트도 켜지 않고 운전하는 남편, 창백하게 질려 있는 남편에 대한 기술은 남편의 심리가 정상과는 거리가 있음을 드러낸다. 브루스 핑크에 따르면, 공포증은 부권적 은유의 결함에 대한 응답이란 점에서 신경증의 가장 근본적인 형태이다. 히스테리와 강박증이 이미 완성된 부권적 은유를 전제한다면, 공포증은 아버지의 금지나 이름이

제대로 작동하지 않아 다른 것을 가지고 엄마의 욕망을 중화시켜야 하는 경우이다. 공포증의 경우에는 아이가 엄마로부터 분리되기가 매우 힘든데 이는 부권이 상대적으로 허약하기 때문이다.(브루스 핑크, 앞의 책, 282쪽) 전체적으로 남편의 심리를 종합해보면, 남편에 의해 아이들에게 뭔가 끔찍한 일이 생긴 것은 아닌가 하는 공포가 야기된다.

> 우리 차는 허공에 떠 있는 듯 보였다. 나는 그 차 안에 남편과 아이들이 타고 있다는 사실이 좀처럼 믿어지지 않았다. 잠든 내 아이들이…… 차 안은 마치 텅 빈 듯 보이기도 했다. 그 안에 아무도 타고 있지 않은 것처럼.
>
> ―김숨, 「룸미러」, 『간과 쓸개』, 207쪽

인용문은 교통 정체로 밖에 나갔다가 자신의 차를 지켜보는 아내의 불안과 긴장을 토로한 부분이다. "허공에 떠 있는 듯 보이는 우리 차"라는 부분은 이 소설이 현실과 환상을 가로지르고 있음을 짐작할 수 있다. 소설은 "마침내 내 눈앞에 펼쳐진 그 광경을 보았다. 지금쯤 내 아이들이 잠에서 깨어났을지도 모르겠다는 끔찍한 생각을 하며"로 마무리 되지만, 마지막까지 어떤 정보도 주지 않는다. 아이들은 처음부터 죽어있었던 것은 아니었을까? 남편이 아이들을 죽인 것은 아닐까? 아니 이 가족이 탄 자동차는 사고를 당했고, 남편과 아내는 처음부터 유령 주체가 아니었을까? 아니면 이 모든 상황이 환상이 아닐까? 주체는 교통정체라는 재난 앞에서 무력하게 서 있을 뿐이다. 작가는 끝내 어떤 정확한 정보도 주지 않지만, 소설은 환상을 가로지르는 느린 반복을 통해 긴장감과 불안과 공포를 조성한다.

3. 폭력과 외설, 혹은 도착증적 주체 ─ 김이설

김이설의 소설을 특징지을 수 있는 것은 '폭력'과 '외설'이다. 김이 설의 소설에는 구타와 살인 등의 폭력과 집단강간과 미성년 성매매 등 외설이 난무하다. 김이설의 인물들은 폭력과 외설에 지속적으로 노 출되어 어떤 폭력이나 외설에도 무서울 만큼 담담하게 반응한다. 노숙 자로 평생을 살아온 열 세 살의 소녀(「열세 살」)와 엄마에게 버림받고 길 에 버려져서 모르는 남자의 트럭에 탄 소녀(「순애보」)는 어린 나이에 이 미 굶어죽지 않기 위해 팔 수 있는 것이 몸밖에 없다는 사실을 저절로 알게 된다. 소녀들은 아버지와 삼촌으로 불리는 수많은 남자들의 성적 대상이 되면서 살아간다. 그러면서도 소녀는 스스로 성행위를 선택하 는 성적 주체로 확신한다는 점에서, '강제된 선택의 역설'을 행사하는 도착증적 주체로 볼 수 있다.

김이설의 소설적 특징인 '폭력'과 '외설'을 드러내는 작품으로 「오 늘처럼 고요히」(『아무도 말하지 않은 것들』, 문학과지성사, 2010)를 들 수 있다. 「오늘처럼 고요히」는 한평생 폭력과 외설에 시달린 여자의 살인사건 을 서사화 하고 있다. 이 소설은 여관방에서 성매매를 하다가 남편에 게 현장을 발각당한 여자가 화재로 인해 남편과 아이를 잃고 남편의 형에게 성적 학대를 당하며 무기력하게 살다가 그 남편의 형을 살해 하는 모습을 서사화한 작품이다. 여자를 성매매로 이끈 사람은 혜경 엄마였는데, 그녀 역시 자신의 빚을 갚아준 남자와 재혼을 하나 새남 편이 딸을 강간하자 그를 죽이고 자신도 죽으며, 여자에게 자신의 딸 을 돌봐주기를 부탁한다.

남편의 형은 자신의 쾌락을 위해 어떠한 한계에도 구애받지 않고 타자의 육체를 향유한다는 점에서 전형적인 사디스트의 모습으로 그려진다. 또한 여자는 이런 남자를 견디고 있다는 점에서 신경증의 억압과 분명히 구별되는 '부정의 양식'인 부인(disavowal)에 의한 도착상태에 놓여 있다고 볼 수 있다. 실제로 그녀는 아이와 남편의 죽음이라는 현실을 자신의 의식에서 부인하고 있다. 여자는 "어디에도 아이는 없었다. 남편도 마찬가지였다. 뼛조각까지 타버릴 수 있는가"(128쪽)라는 표현처럼 주검의 흔적이 없기에, 남편과 아이의 죽음을 받아들이지 못하고 부인한다. 죽음을 인정하지 않기에 애도를 진행하지 못한 여자는 남자의 사디스트적인 폭력과 외설을 온몸으로 견디고 있었던 것이다.

한편 혜경은 엄마가 새아버지를 죽이는 장면을 목격한 이후 여자의 집에서 살게 되지만, 남자에게 강간당하고 임신까지 하게 된다. 여자는 정육점 일을 하는 남자를 망치로 죽이고 냉장고 안에 그의 주검을 유기한다. 흥미로운 것은 지속적인 폭력과 외설에 노출되었던 여자 역시 망치로 사람을 죽이고 시신을 냉장고에 유기하였음에도 아무런 죄의식을 느끼지 않는 도착증적 주체가 되었다는 것이다. 사디스트였던 남자를 죽인 여자는 혜경을 병원에 데려가 수술시킨 후 집으로 데려온다.

어린 혜경이를 업은 혜경 엄마가 어두운 골목에서 나에게 했던 말은 "할 만하겠니?"였다. 내 손에는 그때 만원이 쥐여있었다. 까슬한 지폐의 감촉이 생생하다. 손에 땀이 찼다. 그런데 나는 그 질문을 자꾸 살 만하겠니, 로 떠올리곤 했다. 업힌 혜경이가 내 어깨에 고개를 묻었다. 커다란 애가 하나도 무겁지 않았다.

집에 돌아와 혜경이를 방에 눕혔다. 자정이 가까워지고 있었다. 쌀을 안치고 미역국을 끓였다. 구수한 고깃국 냄새에 허기가 몰려왔다. 하루 종일 아무것도 먹지 못했다. 혜경이는 땀을 흘리고 자고 있었다. 엉덩이에 붉은 얼룩이 번지고 있었다. 동그랗게 동그랗게 퍼지는 모습이 마치 꽃이 피는 것 같았다. 아가야, 일어나, 밥 먹자, 혜경이가 말간 얼굴로 일어났다. 나는 새 내복으로 갈아입혔다. 상을 들고 방으로 들어갔다. 혜경이는 찬물을 한 대접 마신 뒤에 숟가락을 들었다. 혜경이와 나는 이마를 맞대고 미역국을 마셨다.

— 김이설, 「오늘처럼 고요히」, 『아무도 말하지 않은 것들』, 161-162쪽

인용문은 여자가 자신을 성적으로 학대하던 남자를 죽이고 역시 성적 학대를 당하여 수술까지 받은 어린 혜경을 데려와 함께 미역국을 먹는 모습이다. 남편의 빚을 갚고 생활비를 벌기위해 성매매까지 하게 되었으나 아이를 화재로 잃게 된 여자는, 죽은 아이를 우울증의 양식으로 자신의 에고에 합체한다. 이때 우울증은 무의식적이고 불분명하며 상실에 대한 불안전한 애도를 가리킨다. 애도되지 못한 대상 때문에 자신을 방치하고 성적 학대를 당하며 살아온 여자가 남자를 죽이고 혜경을 데려온 것은 이제 애도를 완성했다는 의미를 나타낸다. 더구나 여자가 혜경을 "아가야"라고 부르는 점에서 알 수 있듯, 혜경을 자신의 아이로 받아들인 듯 보인다. '오늘처럼 고요히'라는 소설의 제목은 '나'가 자신을 괴롭히던 남자를 죽이고 혜경과 함께 평화롭고 고요한 저녁을 맞이하는 순간을 의미한다.

김이설의 『나쁜 피』(민음사, 2009)는 「오늘처럼 고요히」의 장편 버전이라고 할 수 있다. 이 소설의 화자는 간질과 정신지체 엄마를 둔 딸이다. 그녀의 엄마는 천변의 고물상을 경영하는 잔혹한 외삼촌과 동네 남자들의 집단 윤간의 대상이다. 외삼촌은 할머니, 외숙모, 엄마, 외사촌 모두에게 폭력을 휘두른다는 점에서 전형적인 사디스트이다. 사디스트는 타자를 불안에 떨게 만들면서 만족을 느낀다. 여자는 자신의

엄마가 외삼촌의 손에 맞아 죽던 것을 기억하고 있다. 그러나 강력한 대상인 외삼촌에게 복수를 하지는 못하고 그 앙갚음으로 외삼촌의 딸인 수연에게 폭력을 행사하고, 외숙모가 바람이 났다고 외삼촌에게 거짓말을 하면서, 폭력의 먹이사슬을 형성한다.

> 엄마가 외삼촌에게 맞는 날이면, 나는 수연에게로 달려갔다. 다짜고짜 있는 힘껏 뺨을 올려쳤다.
>
> —김이설 , 『나쁜 피』, 46쪽

> 할머니를 때리는 것으로 화풀이를 했다. 병신 엄마를 만든 것이 할머니고, 그 병신 엄마가 나를 세상에 낳았으니, 나의 기원이 바로 당신의 실수다.
>
> —김이설, 『나쁜 피』, 130쪽

여자는 자신의 엄마를 죽인 폭력적인 외삼촌을 혐오하면서 동시에 자신도 외사촌 수연과 할머니에게 외삼촌처럼 폭력을 행사한다. 폭력은 폭력을 낳고 폭력을 정당화한다. 여자와 수연의 관계는 외삼촌과 엄마의 관계처럼 폭력을 행사하고 폭력을 견디는 관계로 유지된다. 수연 역시 불행한 결혼으로 아이를 키울 상황이 되지 않자, 외삼촌은 수연의 아이를 데려오고 아이를 키우고 싶어 하는 진순이 외삼촌의 여자가 되어 그 아이를 대신 키운다. 결국 여자의 폭언으로 수연은 사살하고, 외삼촌은 수연의 남자를 찾는다고 길을 나서다 변을 당한다. 외삼촌이 죽은 후 여자는 외삼촌의 고물상을 이어받고 '아버지의 자리'에 이른다.

> "다녀오셨어요"

안채로 들어서자 혜주가 큰 소리로 인사를 했다. 색연필을 쥐고 있던 혜주가 다시 바닥에 엎드려 발을 까닥거리며 그림을 그렸다. 여자 셋이 손을 잡고 있는 그림이었다. 그림의 구석에는 세모 지붕의 집 한 채, 하늘에는 노란 해가 떠 있었다. 뛰어왔어? 내 몸은 어느새 땀으로 흥건했다. 진순이 깨끗한 수건으로 내 이마를 닦아 주었다.

- 김이설, 『나쁜 피』, 178-179쪽

인용문은 폭력을 휘두르던 외삼촌이 죽고, 외삼촌의 사업을 물려받은 여자가 자신이 괴롭혔던 외사촌 수연의 딸 혜주와 그 혜주의 엄마가 되고 싶은 진순과 함께 일종의 공동체 가족을 형성하여 사는 모습을 보여주는 마지막 장면이다. 여자는, 정신지체로 모든 남자의 윤간의 대상이 되었으며 또 외삼촌에게 맞아죽은 엄마를 우울증의 양식으로 자신의 에고에 결합하였던 것이다. 애도되지 못한 대상 때문에 자신을 방치하고 폭력을 행사하며 살아온 여자가, 외삼촌이 죽자 외삼촌의 사업체를 물려받음으로 '외삼촌의 자리'에 위치한다. 더구나 여자는 진순과 더불어 수연의 딸과 한 가족을 형성하게 됨으로써 '아버지의 이름'을 얻게 되고 아버지의 역할을 수행한다.

두 작품에는 공통적으로 폭력과 외설을 행사하는 도착적 주체가 나타난다. 「오늘처럼 고요히」에는 아이의 죽음을 받아들이지 못하고 남편의 형에게 성적 학대를 당하다가 살인을 저지르는 여성이 등장하며, 『나쁜 피』에는 엄마에게 폭력을 행사하는 외삼촌과 할머니와 외사촌에게 폭력을 행사하는 여성이 등장한다. 이런 도착적 주체는 자신에게 폭력과 외설을 행사하던 주체가 죽음에 이르자, 스스로 권력을 행사하는 주체가 되어 권력을 휘두르며 상징적 타자인 아버지의 법이 되는 모습을 드러낸다.

4. 반복과 무의미, 혹은 편집증적 주체 – 김태용

김태용의 소설을 특징지을 수 있는 것은 '반복'과 '무의미'로 볼 수 있다. 김태용의 이러한 소설적 특징을 가장 잘 드러내는 작품은 「잠」이다. 「잠」은 편집증적 주체가 단어와 문장의 반복을 일삼는 모습을 보여주는 소설이다. 이 소설에서 불면증을 앓고 있는 남자는 자신의 삶에서 분명 뭔가가 없어져버렸는데 그것이 무엇인지 알 수 없어 궁금해 하고 있는 인물이다. 그는 어린 시절 학교를 빼먹고 등나무 밑에서 잠을 자다가 머리 위로 수많은 송충이가 달라붙은 이후, 자신은 등나무가 되고 자신의 뇌에 송충이가 가득 차 있다는 편집증적 망상을 갖게 되었다. 편집증적 주체는 상상의 것과 실재의 것을 구별하지 못한다. 그는 자신을 "쉽게 잠들 수 없는 인간"으로 정의한다. 불면증으로 고통 받는 그는 자신의 집 유리를 누군가가 깼다면서 경찰에 신고하고 경찰서 안에서 소동을 부리다가 감옥에 들어간 뒤에는 아이러니컬하게 깊은 잠에 빠질 수 있게 되었다. 감옥에서 나온 이후, 그는 깨진 유리를 침낭에 넣고 피를 흘리면서야 겨우 잠을 잘 수 있게 된다.

물론 이 소설에서 '불면증과 이상한 잠버릇'이라는 서사 자체가 중요한 의미를 갖는 것은 아니다. 왜냐하면 이 소설에서는 서사의 진행이 중요한 것이 아니라, 처음부터 끝까지 단어와 문장을 무의미하게 반복하고자 하는 편집증적 주체의 욕망이 중요하기 때문이다. 반복과 무의미는 설명 원칙이 없고 착란적인 은유를 일삼는 편집증자의 언어 특징을 드러내는 전형적 예이다.

"무엇이 없어졌습니까?"
"무엇이 없어졌냐고요?"

"없어진 것이 없습니까?"

"아무것도 없어지지 않았습니다."

"없어진 것이 없다고요?"

"없어진 것은 아무것도 없습니다."

"정말로 없어진 것이 아무것도 없습니까?"

"정말로 맹세코 아무것도 없어지지 않았습니다."

"잘 찾아보시면 분명 없어진 것이 있을 것입니다."

"아무리 그래도 없어진 것이 없는 현실이 달라지지 않을 것입니다."

― 김태용, 「잠」, 『풀밭 위의 돼지』, 141-142쪽

인용문은 화자가 자신의 집 유리가 깨졌다는 사실을 경찰에게 신고한 뒤 출동한 경찰과 나누는 대화이다. 대화는 잃어버린 물건이 없느냐는 경찰에게 잃어버린 것은 없다는 일상적인 정보 중심의 메시지를 전달하는 데에 있는 것이 아니라, '없다'라는 단어를 동어 반복하는 언어의 유희 그 자체에 집중하고 있을 뿐이다. 이 소설은 이 단어뿐만이 아니라 '잠', '침낭', '율마', '당신', '잠자리', '송충이', '유리' 등의 단어가 번갈아 반복되어 나타난다.

김형중의 해설처럼 "화자의 입을 통해 발화되는 그 많은 기표들은 기의와의 안정된 결합으로부터 이탈해 스스로 무의미한 독자성을 요구"(김형중, 「차라리, 글쓰기」, 『풀밭 위의 돼지』, 282쪽)하게 되어 음악의 소절처럼 반복되고 변주됨으로 의미로부터 유리된다. 이렇듯 기의로부터 자율성을 획득한 기표가 극단화되면 상징계에 진입하지 않고 상상계에 고착됨으로써 아버지의 언어, 인간의 언어를 완전히 거부하는 단계에 이르게 된다.

편집증적 주체는 상상의 것과 실재의 것을 구별하지 못한다. 왜냐하면 그에게는 상징계가 없기 때문이다. 편집증자는 상징적 언어 질서를

받아들이지 않는 대신 오직 자신만의 언어 질서 안에서 살아간다. 김태용 소설에서 자신만의 새로운 언어질서는 '동물소리내기'와 '벙어리되기'의 두 가지 모습으로 나타난다. 「풀밭 위의 돼지」에 나타나는 '동물소리내기와 「벙어리」에 나타나는 '벙어리 흉내'는 이런 점에서 김태용 소설이 지향하는 반복을 통한 무의미를 고스란히 보여주는 편집증적 주체의 특징을 나타내는 작품이다.

「풀밭 위의 돼지」는 풀밭이 있는 집에서 아내와 함께 살아가는 노인의 일상을 다룬 소설이다. 노인은 아내와 풀밭에서 돼지소리 흉내내는 것을 좋아한다. 일평생을 장사꾼으로 별 생각 없이 살아온 노인은 흔들의자에 앉아 아들의 책을 읽으며 지내고 있다. 지방 대학 철학과 교수인 아들은 곧 교환교수로 외국에 나가야 되기 때문에 아버지에게 요양원에 들어가기를 권유하나 아버지는 아들의 요청을 무시하고 혼자 지내기를 고집한다. 아버지는 아들에게 엄마를 만나고 가라고 하고, 아들은 아버지에게 엄마는 작년에 죽었다고 말한다. 이로 인해 독자들은 아버지가 정상이 아니라는 것을 감지하게 된다. 아버지는 이미 환각의 상태를 경험하는 치매환자였던 것이다.

「벙어리」는 어머니의 죽음 이후 그 고통을 잊기 위해 떠버리가 되었던 아들이 아버지가 새엄마를 들이자 벙어리처럼 입을 다물고 살아간다는 서사를 담고 있다. 그의 아버지는 아들에게 말을 가르치지 않았고, 아버지의 폭력으로 인해 아들은 청력을 잃게 된다. 아들은 군대에 가지 않아도 되겠다는 아버지의 말을 거부하기 위해 일부러 자진해서 군대에 간다. 아들은 말년 휴가를 나와서는 충동적으로 탈영을 하고 교도소에 수감되어 있을 때 아버지의 부음을 듣는다. 아들은 아버지의 죽음 이후에야 말을 하고 싶다는 욕망으로 입을 벌려 짐승처럼 말을 하기 시작한다.

> 돼지에게도 언어가 있을까. 언젠가 풀밭에 누워 그녀에게 물어본 적
> 이 있다. 그녀는 아무런 대답도 하지 않고 피시시, 바람 빠지는 소리를
> 내며 웃었다. 장난삼아 퀠퀠퀠 퀠퀠,이라고 돼지 소리를 흉내 내보았다.
> 퀠퀠퀠퀠. 그녀도 나의 농을 받아치며 말했다. 퀠퀠. 퀠. 퀠퀠퀠퀠퀠퀠퀠.
> 퀠퀠퀠. 퀠퀠. 퀠퀠퀠퀠. 퀠. 퀠퀠퀠. 퀠퀠. 퀠. 퀠퀠퀠. 퀠. 퀠퀠퀠퀠. 퀠
> 우리는 한동안 돼지처럼 퀠퀠거리며 대화를 했다. 대화의 끝에서 나는
> 말했다. 퀠퀠 퀠퀠 퀠퀠퀠. 퀠퀠퀠 퀠퀠퀠퀠퀠(내가 먼저 죽거든 돼지랑
> 이야기해). 그녀도 내 말을 알아들었는지 다음과 같이 대답했다. 퀠.
>
> —김태용, 「풀밭 위의 돼지」, 『풀밭 위의 돼지』, 42쪽

> 말을 배우지 않아도 말을 할 수 있는 능력이 발달한 나는 성장할수록
> 아버지와 대화하는 것을 피하려고 극도로 애썼다. 귀가 잘 안 들린다는
> 핑계로 아버지의 물음이나 지시, 명령, 협박을 받아들이지 않았다. 귀에
> 벌레가 들어간 것 같아요, 라고 말하자 나의 귀를 붙잡고 눈을 들이대며
> 살펴보더니 아무것도 보이지 않아, 너무 어두워, 라고 시큰둥한 반응을
> 보인 뒤 어머니에게 이비인후과에 데려다주라고 명령했다. … (중략)…
> 어느 날 화가 머리 꼭대기까지 치솟아올라 씩씩대던 아버지가 나의 뺨
> 을 후려쳤다. 나는 귀를 잡고 바닥에 쓰러졌다. 고막이 파열되어 수술을
> 해야 했고 나의 바람대로 한쪽 귀가 잘 안 들리게 되었다.
>
> —김태용, 「벙어리」, 『풀밭 위의 돼지』, 211-212쪽

「풀밭 위의 돼지」의 '동물소리내기'와 「벙어리」의 '벙어리 흉내'는 이런 점에서 동물소리와 침묵을 반복하여 타자와의 커뮤니케이션을 목적으로 하는 인간 언어를 거부함으로 무의미를 지향하는 김태용 소설의 특징을 고스란히 보여준다. 또한 이 두 작품은 모두 라캉이 말하는 상징계의 덧쓰기가 일어나지 않은 상태를 기술하고 있다. 그래서

상징계의 아버지를 승인하지 않고 법과 언어가 부재하는 실재(real)로 고스란히 남아 있다.

「풀밭 위의 돼지」에 나오는 아들과 아버지의 '뒤통수의 혹' 삽화는 상징계의 진입을 거부하고 상상계에 머무르는 아들의 모습을 보여주는 에피소드이다. 아들이 다섯 살 때, 이불 속에서 동치미 국수를 먹다가 엄마가 '이한치한'이라는 말을 했고 그 말의 의미를 아버지가 설명해주기를 기대했는데, 아버지는 쓸데없는 소리하지 말라고 설명을 하지 않았고 그로 인해 아이는 실망하게 되었다. 또한 국수를 다 먹은 후 아버지와 엄마가 이불 위에 아이를 올리고 그네를 태워주다가 아버지가 고의로 이불을 놓는 바람에 아들의 뒤통수에 큰 혹이 생겼고, 울음을 터뜨리는 아들에게 엄마는 젖을 물려 재웠다는 것이다. 아버지는 '아버지의 이름'인 법과 언어를 가르치지 않았고, 엄마의 젖을 물고자는 다 큰 아들에게 금지를 명령하는 거세 콤플렉스를 작동시키지 않음으로 상징계로 이끌지 못한 것이다.

두 작품에는 공통적으로 언어를 가르쳐주지 않는, 혹은 가르쳐주기를 거부하는 아버지가 등장한다. 부모가 사용하는 타자의 언어를 습득하지 못하고 언어 장애를 겪는 것이 정신병의 가장 큰 특징이다. 「풀밭 위의 돼지」에는 아들에게 아버지임을 부인하는 아버지가 등장하고, 「벙어리」에는 아들에게 말을 가르쳐주지 않는 아버지가 등장한다. 아버지는 아들을 부인하고, 아들 역시 아버지를 승인하지 않는다. 이 두 작품에서는 기표와 기의를 연결시킬 어떠한 누빔점도 없었기 때문에 말과 의미, 기표와 기의가 표류할 수밖에 없었던 것이다. 그리하여 기표와 기의를 연결하는 설명 원칙이 결여된 인물은 편집증적 주체가 되고 이로 인해 환각을 보게 된다.

내가 먼저 죽고 난 어느 날 밤 돼지가 우리를 뛰쳐나와 집 안으로 들어온다. 슬그머니 침대로 올라가 그녀의 사타구니에 코를 박고 켈켈, 거리며 냄새를 맡는다. 그녀는 돼지의 시커먼 불알을 손으로 만지작거리며 켈켈켈 켈켈(아이고 좋아),이라고 말한다. 그녀와 뜨거운 하룻밤을 보낸 돼지는 이제 떳떳하게 그녀의 남자 노릇을 한다.

—김태용, 「풀밭 위의 돼지」, 『풀밭 위의 돼지』, 42-43쪽

이상하게 생긴 짐승 한 마리가 거칠게 숨을 토해내며 앞에 나타났다. 그것은 개와 비슷해 보이면서 딱히 개라고 말할 수 없었다. 원래 개였는데 퇴화되었거나 진화된, 개의 언어와 개의 윤리와 개의 욕망을 간직하고 있으나 다시 개로 돌아갈 수 없는 짐승이라고 할 수 있었다. 우리 둘은 서로를 빤히 쳐다보며 경계했다. 자신만의 은밀한 자살 장소에 다른 누군가가 자살하러 나타났을 때의 황당함과 무참함이 나와 짐승의 거리 사이에서 읽혔다. …(중략)… 환각을 실제로 믿고 다시금 실제를 환각으로 받아들이기 위해 과도하게 의식을 집중해 생긴 두통이었다. 짐승을 삼킨 파도는 그래도 허기가 지는지 이전보다 더 거세게 몸부림을 쳐댔다. 나는 일생 동안 가슴의 병을 키우며 말 못한 사연을 한순간에 털어놓듯 짐승의 울음을 흉내 내며 울어보려 노력했다.

—김태용, 「벙어리」, 『풀밭 위의 돼지』, 218-219쪽

위의 인용문은 「풀밭 위의 돼지」에서 치매 노인이 아내와 돼지의 난교를 상상하는 모습과 「벙어리」의 아들이 탈영 후 절벽에 누워 짐승을 상상하는 모습을 통해, 편집증적 주체의 환각을 묘사하고 있다. 편집증적 주체는 실제로 일어나지 않는 일을 일어난 것처럼 여기는 경향이 있다. 첫 인용문의 '돼지'나 두 번째 인용문의 '개'는 모두 실제가 아닌 환각에서 만나는 장면일 것이다. 편집증적 주체는 타자에게 응답하는 대신 타자가 제거된 거대한 구멍 내지는 진공상태를 목도할 뿐이다.

5. 뻥 뚫린 검은 구멍

21세기 젊은 작가들의 새로운 상상력 가운데 과거 소설에서 볼 수 없었던 낯설고 기이한 감각의 출현을 나는 '그림자 주체의 습격'이라고 이름 붙이고 김숨과 김이설과 김태용의 소설을 통해 다양하게 변이되어 드러나는 실재계의 귀환을 살펴보았다. 이들은 모두 상징계가 흡수하지 못한 실재에 관해 소설화하고 있다는 점에서 공통점을 드러낸다. 이들의 소설은 상징계에서 추방된 '날것(raw)'들을 여과 없이 보여준다. 그래서 소설의 주체는 모두 정상의 범주에서 조금씩 배제되어 있으며 광기에 사로잡혀 있다. 삶의 뻥 뚫린 검은 구멍과 마주하고 있는 주체는 모든 것을 죽음 충동으로 끌어들이는 낯설고 기괴하고 어두운 에너지로 가득하다. 그런데 이들은 조금씩 편차를 드러내고 있다. 김숨의 소설이 불안과 공포를 드러내는 신경증적 주체의 담론을 서사화한다면, 김이설의 소설은 폭력과 외설을 드러내는 도착증적 주체의 담론을 서사화하며, 김태용의 소설은 반복과 무의미를 드러내는 편집증적(정신병적) 주체의 담론을 서사화한다. 신경증적 주체가 의심하는 자라면, 정신병적 주체는 확신하는 자이다.

반복하는 것이지만, 21세기 우리 모두는 모호하고 불확실한 불안과 공포를 느끼며 살아가고 있다. 지그문트 바우만에 따르면, 현대인이 겪는 이러한 심리는 바로 '언제 어디에서나 출렁이는 위험' 앞에서 우리가 겪는 '유동하는 공포'이다. 공포는 우리의 일상에 똬리를 틀고 언제 어디서나 달려든다. 우리의 가정에, 직장에, 도시 구석구석에 스며든다. 공포는 어두운 거리에도 있고, 화려한 쇼윈도에도 있다. 공포는 우리가 먹는 음식에도, 우리가 접촉하는 것들에도, 우리가 만나는 사람에게도, 우리가 몸담고 있는 시스템에도 숨어 있다. 그것은 지진처럼 지상의 모든 것을 일시에 파괴하기도 하고, 빙하처럼 작은 균열로 시작해 천천히 녹아내리기도 한다.

바우만은 한때 극단적 낙관주의와 모든 사람들이 공유하는 지속적인 행복에 대한 약속을 표현하는 말이었던 진보라는 말이 이제 사람이 기대하는 최악의 극단으로 굴러 떨어지고 있다고 언급한다. 이제 진보는 피할 수 없는 변화라는 위협으로 우리에게 받아들여지고 있다. 미래의 변화는 한시도 쉴 새 없이 계속적인 긴장을 예고하며, 새롭고 낯선 요구로 위협하며, 어렵게 익힌 대처방식을 무용지물로 변모시킨다. 진보는 마치 끊임없이 서로를 앞지르려 하는 약육강식의 게임과 같은 것으로 바뀌었고, 그 게임에서 한순간이라도 방심하면 돌이킬 수 없이 시스템의 밖으로 추방될 것이라고 위협한다.

21세기 젊은 작가들이 '실재에의 열정(passion pour le real)'에 가득 찬 새로운 소설들을 창작하는 것은 어떤 의미를 갖는가? 마치 억압된 것이 귀환하듯, 예기치 못한 실재의 목소리는 여기저기 유령처럼, 그림자처럼 출몰하고 있다. 청소년 왕따와 자살과 아동 성폭행과 청년실업과 고착된 사회계급 등은 우리 사회의 괴물성의 표징이며, 사회적 애도의 부재와 그에 따른 욕망의 불완전한 구조화를 여실히 보여준다. 소설가들은 인간의 삶을 지탱하고 문명을 유지하는 것은 이성과 합리가 아니라 무의식적 욕망에서 기인한다는 것을 불안과 공포, 폭력과 외설, 그리고 반복과 무의미로 형상화한다. 21세기의 소설가들은 우리에게 뻥 뚫린 검은 구멍을 묘사하며, '부정적인 것과 함께 머물기를', '당신의 징후를 즐기기를' 요구하는 것은 아닐까?

리믹스와 기억

−김중혁, 손홍규−

1. 전위와 이야기꾼

우리 소설의 커다란 두 가지 흐름을 논의하자면 바로 '전위와 이야기꾼' 혹은 '실험과 입담'이라고 볼 수 있다. 입담에 의거하는 이야기꾼들이야말로 우리 소설의 가장 핵심을 차지하는 흐름이었다. 그들은 그들이 겪은 식민지 경험과 전쟁 경험과 개인 경험을 지치지도 않고 풀어내는 '세헤라자데'의 후예들이다. 그들은 기억의 힘에 의거하여 자신의 세대가 겪은 사건들을 엮어내는 충실한 전달자이기도 하였다. 이들과는 다른 실험에 의거하는 전위들도 드물게 존재하였으니 이들은 파격과 변주로 독특한 개성을 부여받아 왔다. 그들은 그들의 경험과 개인사를 풀어내는 것을 거부하면서 사유와 내면 심리를 기술하는 실험가의 후예들이었다.

이러한 두 가지 흐름을 염두에 두고 살펴볼 때 가장 눈에 띄는 젊은 작가는 김중혁과 손홍규이다. 이들은 모두 2000년대에 등단한 개성 있는 신진소설가라는 공통점을 갖고 있다. 김중혁과 손홍규는 독특한 개성으로 문단의 주목을 받고 있는데, 김중혁이 전위의 후예라면, 손홍규는 이야기꾼의 후예로 볼 수 있다. 김중혁의 소설들은 "내 나이 열아홉 살, 그 때 내가 가장 가지고 싶었던 것은 타자기와 뭉크 화집과 카세트 라디오에 연결하여 레코드를 들을 수 있게 하는 턴테이블이었다."로 시작하는 장정일의 소설을 연상시킨다. 반면, 손홍규의 소설들은 성석제의 임담과 최인석의 신화적 상상력을 연상시킨다. 두 소설집의 소설들은 단숨에 읽히고 신인다운 열정이 넘치고 첫 번째 소설집의 문제의식을 유지하면서도 자신의 개성을 심화시키고 있다.

이 글에서는 김중혁과 손홍규의 작품세계를 리믹스와 기억, 리듬과 이야기, 혹은 실험과 사상, 혹은 전위와 전통, 혹은 키치와 역사라는 관점으로 다루어 보려 한다. 두 젊은 작가의 작품은 우리 소설의 커다란 흐름을 계승하면서도 21세기 버전으로 새롭게 표현하고 있다는 점에서 흥미로운 논의가 될 것이다.

2. 발굴과 리믹스 - 김중혁

김중혁은 첫 번째 소설집 『펭귄뉴스』(문학과지성사, 2006)에 이어 두 번째 소설집 『악기들의 도서관』(문학동네, 2008)을 간행하였다. 김중혁 소설들은 복제기술시대의 예술에 관한 작가의 자의식을 선명하게 드러내고 있다. 김중혁은 자본주의 세계의 각 기관들의 내밀한 작동 메커니즘을 경쾌하게 드러낸다. 그는 마치 레고블록을 조립하듯 온갖 사물들을 모자이크 식으로 표현하여 하나의 리믹스로서의 소설을 만들어 낸다.

첫 번째 소설집 『펭귄뉴스』에는 마니아들이 등장한다. 그의 소설집에는 예술과 판매량은 반비례한다는 것을 알아버린 디자이너(「무용지물

박물관」), 세상에 없는 것을 발명하는 개념발명가(「발명가 이눅씨의 설계도」),
지도제작자(「에스키모, 여기가 끝이야」), 타자기 수집가(「회색 괴물」), 비트마니
아(「펭귄뉴스」) 등이 등장한다. 소설에 등장하는 마니아들은 전문가와는
다르다. 전문가가 자본주의 체제를 유지하기 위해 필요한 인물이라면,
마니아는 자본주의가 배제한 사물들 자체에 대한 물신(物神) 의식을 갖
고 있다. 또한 전문가가 사회체제 유지를 위해 반드시 필요한 인물이
라면, 마니아는 사회체제와는 무관하게 개인의 만족을 위해 존재하는
인물이다. 그래서 그는 구글과 내비게이션이 보편화 된 시대에 지도제
작자를 언급하고, 우주선을 쏘아 올리는 시대에 느림의 자전거를 언급
하고, 전자매체 시대에 타자기를 언급하며 유용성이 잣대인 시대에 무
용성의 미학을 언급한다.

잊혀가는 각각의 사물을 발굴함으로 그것의 본질을 파악하려는 김
중혁의 시도는 타자기에 관한 기억인 「회색 괴물」에서 가장 매력적으
로 드러난다. 이 작품의 화자는 서른다섯 살의 타자기 수집가이다. 벤
야민에 따르면, "수집가는 사물의 미화(美化)를 본업으로 삼는다. 그에
게는 사물을 소유함으로써 사물에서 상품으로의 성격을 영원히 제거
하는 시지포스의 과제가 부과된다. 그러나 수집가는 사물에 사용가치
가 아니라 호사가의 가치만을 부여할 뿐이다. 수집가는 멀리 있는 곳
이나 과거의 세계뿐만 아니라 동시에 더 나은 세상, 즉 인간에게 필요
한 것이 지금의 일상생활에서보다 훨씬 더 잘 주어지는 것은 아니지
만 그래도 사물이 유용성이라는 고역으로부터 벗어난 세상에 대해 몽
상"하는 인물이다.(발터 벤야민, 『아케이트 프로젝트』, 새물결, 2005, 104쪽)

나는 회색의 기계를 보고 있다. 정말 그러고 보니 기계는 회색 괴물

같은 모습을 하고 있었다. 몸체는 플라스틱이었지만 세상 어느 물체보다도 단단해 보였고 조그맣게 벌어진 틈으로 은색의 쇳덩어리가 언뜻언뜻 보였다. 녀석은 49개의 이빨을 가지고 있었다. 그 안에다 손가락을 집어넣기라도 하면 덥석 물어뜯을 것처럼 날카로워 보였다. 녀석의 이빨은 치아 교정기처럼 가지런했고 전혀 빈틈이 없었다. 지금까지 본 기계와는 확실히 달랐다. 몸체로 얼굴을 가까이 하자 아릿한 기름 냄새가 났다.

− 김중혁, 「회색 괴물」, 『펭귄뉴스』, 148쪽

화자가 골동품 가게에서 오래된 타자기와 만나는 장면은 기쁨과 흥분으로 가득하다. 타자기를 "녀석"이라고 호칭하는 것을 보면, 화자가 타자기를 단순한 물건이 아니라 살아있는 생명체처럼 친근하게 생각하고 있는 것을 추측할 수 있다. 타자기 수집에 집착하는 화자이기에 자신에게 "왜 이렇게 인생을 낭비해요?"라고 질책하는 여자에게 오히려 여자와 함께 하는 시간이 낭비라고 대답할 정도이다. 화자에게 타자기에서 나는 아릿한 기름 냄새는 여자에게 나는 향수 냄새보다 훨씬 매혹적일 것이다.

왜냐하면 새로운 타자기 수집에 관한 화자의 관심은 거의 페티시즘에 가깝다. 화자에게 타자기는 단순한 사물이 아니라 삶의 목표요 희열의 대상이기 때문이다. 사실 자신의 삶에 무엇인가 획기적인 변화가 올 것이라고 기대하지 않는 서른다섯의 화자에게 타자기 수집만이 가장 의미 있는 일처럼 여겨지는 것이었다.

그런데 화자는 그렇게 힘들게 구한 타자기가 먹지 때문에 고장을 일으키자, 타자기에 적힌 전화번호로 전화를 걸어 타자기의 원래 주인이었던 40대 중반의 한 남자와 만나게 되는데 그는 도리어 그 타자기를 자신에게 되팔라는 부탁을 해왔다. 타자기의 원래 주인은 자신과 타자기에 얽힌 사연을 화자에게 털어놓는다. 원래 타이피스트였던 남자는 타자를 치는 동안 가장 행복했으며 세계에서 가장 빠른 타자수가 되는 게 인생의 목표였다. 그러던 어느 날 타자기가 자신을 받아들이지 않는다고 느낀 이후, 그는 타자기를 야구방망이로 내리쳐버렸다는 것이다. 그리고 다른 일을 하다가 문득 자신이 타자 연습을 한 종이에 쓰인 글의 내용을 읽고 자신의 글을 쓰겠다는 목표를 정했다는 것이다. 화자는 타자기의 원래 주인이 살아온 이야기를 들으며 숙연함을 느낀다.

진정한 수집가에게 있어 하나하나의 사물은 어떤 시대, 지역, 산업이나 원래 소유자와 관련된 잡학(雜學)의 백과사전이 된다. 벤야민에 따르면, "마지막 전율이 한 사물을 빠져나가는 가운데 사물이 응고되는 순간 특정한 물건을 하나의 마법의 원 안에 봉해버리는 것이야말로 수집가가 가장 깊숙이 마술에 홀리는 순간"인 것이다.(발터 벤야민, 앞의 책, 533쪽) 수집가에게 수집의 대상이 되는 사물은 단순한 물건이 아니라 마법의 지팡이가 되는 것이다.

자본주의의 기술 속도는 점점 빨라지고, 점점 많은 기계들이 나타났다가 사라지고 있다. 자본주의는 끊임없이 새로운 물건을 탄생시키지만, 아이러니하게도 새로움은 탄생과 함께 동시에 낡은 것이 되어 문명의 뒤로 사라진다. 한때 모든 사무실을 점령했던 타자기 역시 이러한 운명으로 일순간 문명의 뒤안길로 사라지게 되었다. 화자는 이렇게 문명의 속도에 의해 사라지는 물건을 발굴하여, 그에 대한 애도(哀悼)와 함께, 그 물건에 집착하는 마니아의 고독한 단독자로서의 삶을 이야기하고 싶어 한다.

두 번째 소설집 『악기들의 도서관』에도 역시 마니아들이 등장한다.

그의 소설집에는 피아니스트(「자동피아노」), 매뉴얼을 쓰는 사람(「매뉴얼 제너레이션」), D.J.(「비닐광 시대」), 소리 녹음가(「악기들의 도서관」), 음악가(「나와 B」, 「엇박자 D」) 등이 등장한다.

첫 번째 소설집에서 작가의 관심이었던 사물에 대한 열정적인 발굴과 기술복제시대에 대한 고찰은 두 번째 소설집에서도 지속되고 있는데, 특히 「매뉴얼 제너레이션」과 「비닐광 시대」에서 분명히 드러난다.

「매뉴얼 제너레이션」의 화자는 어렸을 때 디지털 카메라 매뉴얼을 읽고 감동을 받은 이후 매뉴얼을 모으는 취미를 갖게 되고, 그것이 계기가 되어 매뉴얼을 쓰는 사람이 된다. 그가 생각할 때 좋은 매뉴얼은 논리적으로 사용자를 설득하지만 나쁜 매뉴얼은 자기주장만을 강하게 하고 사용자를 배려하지 않는 것이다. 그는 수많은 사물을 체계와 순서에 따라 분류하며 매뉴얼을 쓴다. 그가 자신이 매뉴얼 쓸 때의 과정을 묘사한 다음 부분은 '발굴로서의 글쓰기'에 관한 작가의 인식을 명확히 드러내는 부분이다.

> 나는 아프리카 어느 원주민이 사냥을 할 때 불렀을 것 같은 노래를 들으면서 한 문장 한 문장을 써내려갔다. 첫 문장을 써놓자 나머지 문장들이 조금씩 모습을 드러냈다. 매뉴얼을 쓸 때마다 느끼는 것이지만, 내가 글을 쓰는 것이 아니라 어딘가에 숨어 있던 문장들이 눈치를 보면서 슬그머니 나타나는 것 같다. 매뉴얼을 쓴다는 것은 창작하는 것이 아니라 발굴하는 것은 아닐까, 라는 생각이 들 정도다. 나는 문장 위에 덮인 먼지를 조심스럽게 툭툭 털어내기만 하면 된다. 고고학자가 된 기분이다.
>
> ─ 김중혁, 「매뉴얼 제너레이션」, 『악기들의 도서관』, 46쪽

매뉴얼에 대한 위의 진술은 글쓰기에 대한 화자의 시각을 드러낸다. 글을 쓰는 것이 "창작이 아니라 발굴"이라는 시각은 김중혁의 다른

소설에서도 반복적으로 나타난다. 김중혁은 영화의 몽타주 기법처럼 "사물들이 스스로를 말하게" 하려는 사물의 발굴 열정으로 가득하다. 화자는 '지구촌 플레이어' 매뉴얼을 쓴 후, 의뢰인으로부터 매뉴얼 잡지를 만들어달라는 요청을 받게 된다. 화자에게 잡지를 의뢰한 사장은 언니의 유품으로 갖고 있던 오르골에 관해 화자가 쓴 매뉴얼을 보고 감동을 받아 인연을 맺게 된 사람이다. 화자는 아직은 암호 같고, 기도문 같고, 방언 같은 매뉴얼 잡지가 마음에 든다면서 행복해한다. 기실 이 소설에 나타나는 발굴로서의 글쓰기는 소설에 대한 김중혁의 인식을 가장 잘 드러내는 부분이다.

기술복제시대의 소설가로서의 정체성은 「비닐광 시대」에 오면 좀더 선언적으로 나타난다. 「비닐광 시대」의 화자는 D.J.를 꿈꾸고 있다. 그에게 가장 중요한 것은 다른 사람들이 찾아내지 못한 좋은 음반들을 수집, 발굴하는 것이다. 그래서 그는 헌 음반가게를 뒤지러 다닌다. 그러던 어느 날 지하에 있는 한 가게 비닐레코드 더미에서 1960년대의 희귀한 음반을 발견하고 좋아하는 순간, 한 남자가 자신이 먼저 고른 음반이라고 주장을 하는 바람에 레코드를 사지 못한다. 이후 화자는 사흘 후에 같은 가격에 그 판을 다시 산다는 조건으로 남자와 전화번호를 교환한다.

우리는 들었던 음악의 부분들을 머릿속에서 조립해보았다. 그건 서로 다른 유리조각들을 모아 새로운 유리창으로 만드는 일과 비슷하다. 혹은 퍼즐을 조립하는 과정과 비슷하다. 그 모든 조각을 하나의 커다란 틀로 완성시키는 순간 디제이만의 음악이 탄생하는 것이다. 턴테이블을 얼마나 빨리 움직이는지, 얼마나 스크래칭을 잘하는지는 사실 중요하지 않다. 디제이에게 가장 중요한 것은 음반을 고를 줄 아는 안목, 그리고 조립과 응용이다.

-김중혁, 「비닐광시대」, 『악기들의 도서관』, 85-86쪽

화자는 디제이에게 가장 중요한 것은 "음반을 고를 줄 아는 안목 그리고 조립과 응용"이라고 생각한다. 디제이는 음악을 창작하는 작곡가와는 달라 이미 존재하는 많은 음악을 응용하여 새로운 소리를 조립하는 사람이다. 즉 원본이 중요한 것이 아니라 리믹스 된 새로운 음악의 탄생이 중요한 것이다.

화자는 헌 음반 가게에서 만났던 남자가 자신의 음반을 처분할 테니 창고로 오라는 말에 남자의 창고로 달려간다. 남자는 12시간의 시간을 주고는 싼 가격에 원하는 판을 고르라고 하고는 문을 닫고 사라졌다. 화자가 305장의 판을 고르고 문을 열어달라고 하나, 남자는 문을 열어주지 않고 "디제이가 아티스트라고 생각 하는가?"라는 질문을 던지면서 조롱한다. 그리고 디제이에 대한 격렬한 적의를 드러낸다.

한번은 술집에 앉아서 그 곡을 신청했는데 말야, 무슨 일이 있었는지 알아? 술집 주인이 원곡 대신에 어떤 디제이 녀석이 리믹스한 걸 틀더라고. 원곡의 느낌을 완전히 망가뜨려놓고는 온갖 기교만 자랑하더란 말이지. 빌어먹을, 그런 걸 음악이라고 생각한단 말야. 그때 내 심정이 어땠는지 모를 거야. 가슴이 찢어지는 줄 알았어. 그 음악처럼 내 마음도 다 찢어졌다고. 너 같은 디제이 놈들이 내 음악을 전부 망쳐버렸단 말이야.

-김중혁, 「비닐광시대」, 『악기들의 도서관』, 94쪽

남자가 화자에게 적의를 드러내는 것은 디제이들이 원곡을 훼손시켜 리믹스 한다는 이유와 음악을 느끼지 않고 써먹으려 한다는 데에

있다. 그러나 화자는 리믹스는 훼손이 아니라 재창조이며, 새로운 음악이 필요한 시대가 온 것이라고 강조한다. 화자는 결국 지하실에 삼일 동안 갇혀 있다가 의식을 잃는다. 나중에 병원에서 깨어나 들으니, 남자는 불법 음반 제작자로 수배 중이었고 경찰이 그 지하실을 찾아낸 덕분에 화자가 구출될 수 있었던 것이다. 화자는 이후 남자가 경찰서에 잡혀와 심문받는 것을 본다. 그리고 세상에서 하나뿐인 음악에 대해 회의한다. 모든 음악은 누군가의 영향을 받아 만들어진 것이므로. 그리하여 화자는 "비트야말로 나다. 나는 디제이다"라고 선언한다.

김중혁은 원본과 복사본의 차이가 사라진 새로운 시대에는 영감에 의한 천재가 아니라 발굴과 리믹스를 하는 고고학자이자 조립과 응용의 능력을 가진 디제이로서의 소설가가 필요하다고 선언하고 있다. 그렇다면 김중혁은 원본의 발굴과 리믹스를 통해 새로운 예술을 만들어내는 팝아트를 소설화하려는 것이다.

3. 발굴과 기억 ─ 손홍규

손홍규는 첫 번째 소설집 『사람의 신화』(문학동네, 2005)에 이어 두 번째 소설집 『봉섭이 가라사대』(창작과비평사, 2008)를 간행하였다. 손홍규의 소설들은 역사라는 거시적 흐름에 의해 고통 받는 사람들의 사연으로 가득하다. 손홍규는 솜씨 좋은 입담꾼이 사연 많은 자들의 일생을 구술하듯 이야기를 풀어낸다. 손홍규는 요즘 젊은 소설가로서는 특별나게 사회와 역사에 관심이 많은 작가이기도 하다. 그가 젊은 세대에게 망각되는 역사와 사람들을 발굴하여 기억해달라고 호소하는 데에는 이러한 역사의식이 깔려있다.

첫 번째 소설집 『사람의 신화』에는 사회에서 버림받은 자들이 등장한다. 그의 소설집에는 스스로 사람이 아니라고 생각하는 장애인(「사람의 신화」), 끊임없이 살해 위협에 시달리는 사람(「갈 수 없는 여름」), 자신이 거미라고 생각하는 거미가 되고픈 소녀(「거미」), 삶이 어려운 택시 운전사(「지옥으로 간 사나이」), 나이든 환경미화원(「장마, 정읍에서」), 감방에 있는 소설가 지망생(「너에게 가는 길」) 등이 등장한다. 소설에 등장하는 인물들은 모두 중심이 아닌 외곽에서 저마다의 사연을 갖고 힘들게 살아가는 사회로부터 버림받은 자들이다.

특히 「아이는 가끔 돌아오지 못할 길을 떠난다」에서 비극적인 색채가 가장 강하게 드러난다. 성장소설의 형식을 띤 이 작품의 화자는 소년이다. 소년의 정신세계는 설화의 세계와 역사의 세계가 혼재되어 있는데 설화의 세계를 형성하는 것이 시골의 낡은 이야기책이라면, 역사의 세계를 형성하는 것은 도시에서 온 비디오 기계이다. 소설에서 설화의 세계는 감나무집 할머니의 항아리와 아기장수 이야기로, 역사의 세계는 목사의 비디오와 광주 사건으로 형상화된다. 소년은 행복한 설화의 세계에서 죽음과 성에 눈뜨면서 비극적인 역사의 세계로 나가게된다.

우선 설화의 세계를 살펴보면, 책을 좋아하는 소년인 화자는 감나무집 할머니가 마귀할망구라고 생각하고 하늘을 나는 빗자루를 찾아 할머니의 정체를 밝히려다가 엄마에게 혼이 나기도 한다. 그리고 밤에는 감나무집 할머니가 들려주는 아기장수 이야기에 감동을 받아 눈물을 흘리기도 한다. 감나무집 할머니가 들려주는 아기장수 이야기는 노부모를 남겨두고 떠난 아들이 돌아오지 않는다는 이야기인데, 문화적 체험을 경험할 수 없는 시골 소년에게 설화적 상상력을 심어준다. 감나무집 할머니는 죽으면서 소년 앞으로 우려낸 감이 그득히 들어있는 항아리를 유품으로 남겨준다.

이에 비해 역사의 세계는 도시에서 내려온 숙희와 숙희 아버지인 목사와 관련된다. 목사가 도시에서 이사 올 때 가져온 물건 가운데 어린 화자의 시선을 가장 사로잡은 것은 시골에서는 낯설었던 비디오였다. 그리고 어느 날 숙희에게 관심이 있어 숙희 근처를 맴돌던 소년은 이상한 비디오를 보는 목사를 보게 된다.

> 그 날 목사는 교회 마루에 앉아 주문은 외우지 않고 텔레비전을 보고 있었다. 예전에 숙희가 이사 올 때 내 눈길을 끌었던 비디오가 그 옆에 있었다. 다른 날과 달리 모든 창문엔 커튼이 걸뜨려져 있었다. 나는 커튼 틈새로 들여다보았는데, 교회 안은 어두웠고 틈새로 스며드는 햇빛이 바닥을 향해 비껴 흐르고 있었다.
> 나는 태어나 그런 끔찍한 장면을 처음 보았다. 사람들이 개처럼 죽어나갔다. 텔레비전의 볼륨을 줄여놨는지 아무 소리도 들리지 않았지만 화면 속, 사람들은 지신밟기 풍물패처럼 이리 뛰고 저리 뛰며 무척이나 바빠 보였다. 소리가 들리지 않아서인지 그 모습은 우스꽝스럽기까지 했다. 여름이면 실천가 자갈밭에서 그런 개들을 많이 볼 수 있었다. 미쳐서 죽은 개, 몽둥이 맞아 죽은 개, 이유야 어찌 되었든 볼품없이 축 늘어져 아무렇게나 헝클어진 채 혀를 쑥 빼놓고 있는 개처럼 사람들이 쓰러져 있었다. 군인들이 개들을 질질 끌고 갔다. 나는 까치발을 내리고 교회 담장 아래 쭈그리고 앉아 헛구역질을 했는데 마귀할망구네 아들의 번쩍이던 대학 배지와 어머니가 양말을 꿰매던 바늘도 함께 토해냈다.
>
> ─손홍규, 「아이는 가끔 돌아오지 못할 길을 떠난다」, 『사람의 신화』, 119–120쪽

위 인용문은 80년 광주 사건이 담긴 비디오를 보는 목사의 모습을 진술하고 있다. 목사가 본 것은 80년 광주사건이 담긴 비디오였다. 어린 소년은 "사람들이 개처럼 죽어나갔다", "군인들이 개들을 질질 끌

고 갔다"라고 진술함으로 군인들에게 개처럼 잔인하게 죽음을 당하는 광주 사람들의 모습을 암시적으로 기술하고 있다. 역사의 명확한 상황을 파악하지 못한 소년은 충격을 받고, 그 충격을 합리적으로 설명할 수 없는 상황은 신화적 상상력으로 비약한다. 소년이 토해낸 것이 "마귀할망구네 아들의 대학 배지"와 "엄마의 바늘"이라는 점이 이를 보여준다.

그리고 소년은 마침 그 주변을 지나가던 형사에게 목사의 이상한 행동을 고자질하고 또 그 덕분에 목사는 쇠고랑을 차게 되었다. 소년은 목사가 풀려나온 뒤, 목사를 볼 때마다 광주에서 죽은 대학생이었던 감나무네 아들을 만난 것 같은 착각에 빠지며 "잘못한 게 없는데도 마치 용서를 빌어야 할 것 같은 기분"에 빠진다고 고백한다. 소년의 이 고백은 광주 이후의 세대가 역사에 대해 갖고 있는 부채감을 표현한다. 어렴풋하게 성과 역사에 눈을 뜬 소년은 더 이상 설화 같은 것은 믿지 않는 나이가 되었다.

두 번째 소설집 『봉섭이 가라사대』에도 역사와 시대에 버림받고 고통 받는 사람들이 가득하다. 그의 소설집에는 깡패(「상식적인 시절」), 어머니가 빨갱이 딸이라는 비밀을 감추기 위해 근친상간이라는 오해를 감수하며 살아온 아버지와 외국인 노동자 알리(「이무기 사냥꾼」), 농민집회에 참가하는 소싸움꾼(「봉섭이 가라사대」), 보일러공(「뱀이 눈을 뜬다」), 농약에 중독된 농촌 여자(「푸른 괄호」), 광주사건 때 아들을 잃고 테러리스트를 꿈꾸는 소시민(「최후의 테러리스트」) 등이 등장한다.

「봉섭이 가라사대」에는 소싸움꾼이면서 소장수의 삶을 사는 응삼이 미국산 쇠고기를 반대하는 농민집회에 참가하는 모습을 통해 이 시대의 농민의 모습을 보여주고 있으며, 「이무기 사냥꾼」에서는 일용

잡부직의 용태와 불법체류자인 알리를 통해 이 시대의 노동자의 모습을 지속적으로 그려낸다. 손홍규는 빠른 변화 속에서 이제는 젊은 작가들의 관심에서 배제된 농민과 노동자의 삶의 모습에 지속적으로 관심을 표하고 있다. 이런 의미에서 손홍규는 기억에 의존한 이야기를 풀어내는 전통적인 이야기꾼이다.

첫 번째 소설집에서 작가의 관심이었던 광주사건에 대한 부채의식은 두 번째 소설집에서도 지속되고 있으며, 「최후의 테러리스트」와 「최초의 테러리스트」를 통해 좀 더 명확하게 드러난다. 이 두 작품은 연작 형태로 구성되어 있는데, 이제는 역사의 저편으로 사라져버린 채 아무도 관심을 기울이지 않는 광주 사건에 대한 사람들의 무관심과 망각에 대항하여 기억을 복원하는 작업으로 볼 수 있다. 또한 과거 광주 사건으로 목숨을 잃은 수많은 사람을 애도하고 여전히 광주의 트라우마를 앓고 있는 수많은 사람을 위로하는 구원으로서의 서사작품으로 볼 수 있다.

「최후의 테러리스트」는 둘째 아들을 광주 사건 때 잃고 평생을 복수를 꿈꾸며 살아가나 결국은 위암이 재발하여 쓸쓸하게 죽어가는 박영감의 일생을 담담하게 서술하고 있다. 박영감은 광주사건 때 둘째 아들을 잃고 두 해 동안 분노와 절망으로 미친놈처럼 살아왔다. 그러다 복수를 결심하고 총을 한 정 구입한다. 그러나 그 총은 복수가 아닌 우연한 사고에 사용되고 만다. 군대에 갔던 큰아들이 돌아오고 자축파티를 하다 싸움이 일어나고, 박영감은 총을 실수로 발사하였던 것이다.

박은 광주가 싫었다. 서울에 가자. 호랑이를 잡으려면 호랑이굴에 들

어가야 하지 않은가. …(중략)… 광주를 빠져나온 순간, 기억들이 역사가
되어버린 듯한 기분, 그 마약과도 같은 기분을 누구라고 거부할 수 있을
까. 젊은 시절 자리를 잡아 이십 오년 세월을 보낸 광주는 그렇게 박의
개인사에서도 지워졌다.

―손홍규, 「최후의 테러리스트」, 『봉섭이 가라사대』, 231쪽

인용문은 박영감이 식구들과 함께 광주를 떠나 서울 홍제동 지하방
으로 거처를 옮기게 된 심리를 설명하고 있다. 광주사건이 박영감의
개인사를 뒤흔들면서 개인의 기억은 역사로 변모했으며 한 개인사가
송두리째 바뀌게 된 것이다. 그러던 어느 날 대통령이 된 복수의 대상
이 생활보호대상자 민정시찰을 나온다는 소식을 듣게 되었다. 박영감
은 복수를 꿈꾸나, 그날 연탄가스 사고로 아내가 죽는 바람에 첫 번째
의 복수 계획은 무산된다. 올림픽이 열리고 전직 대통령이 백담사로
쫓겨 들어가던 해에 박영감은 복수를 하기 위해 설악산에 들어갔으나
복수는커녕, 길을 잃고 산에서 미끄러져 구급차에 실려 되돌아오게 되
었다.

한편 첫째 아들은 동생의 목숨 값으로 받은 돈으로 자전거 가게를
차리고 결혼하여 손자를 낳으나 이혼을 하고 손자를 박영감에게 남긴
후 사라진다. 박영감은 노년이 되어버린 자신을 깨닫고 더 이상 복수
를 미룰 수 없다는 결심을 하게 된다. 그리고 전직 대통령이 사는 연
희동으로 숨어들었다가 경찰에 잡히고 만다. 경찰서에서 박 영감은 쓰
러지고, 마침내 위암을 선고받는다. 그리고 자신의 지하방에서 지켜보
는 사람도 없이 홀로 쓸쓸히 죽어간다.

이 작품은 역사의 소용돌이 속에서 한 많은 사연을 간직하고 살아
온 하층계급의 삶을 보여준다. 광주 사건 때 아들을 잃고 평생 동안

테러를 꿈꾸나 성공하지 못한 인물의 신산한 삶을 냉혹하게 묘파하고 있다.

「최초의 테러리스트」는 「최후의 테러리스트」의 박영감이 죽은 이후 손자의 시점에서 서술되고 있다. 소설의 서사는 한 평생 누군가를 죽이고 싶다는 열망으로 살다간 박영감에 대한 손자의 회상으로 전개된다. 부모님의 이혼으로 일곱 살에 할아버지와 함께 지하방에서 살게 된 손자는 자신의 삶 역시 기다림의 연속이라고 정리한다. 어머니가 아버지와 이혼한 뒤에도, 어머니가 재혼한 뒤에도, 대마초를 하는 아버지가 외팔이가 된 뒤에도, 자신은 누군가를 기다리면서 살아왔다고 생각한다. 손자는 자신의 친척들이 5월 18일만 되면 어딘지 모르게 무력해진다는 사실을 고백한다. 할아버지의 장례식장에서 만난 망나니로만 보였던 큰아버지 역시 할아버지 앞에서 자신 역시 전직대통령을 죽이려고 총을 갖고 갔으나 손가락이 말을 듣지 않아 그냥 돌아왔다며 자신의 비겁함을 자책하며 괴로워했다. 그리고 작가는 최초의 테러리스트일지도 모르는 외팔이인 아버지의 뒷모습으로 소설을 끝맺는다.

그런데 이 소설의 시작부분에 등장하는 화산의 폭발은 광주 사건에 대한 젊은 세대의 인식을 감각적으로 드러낸 뛰어난 묘사로 보인다.

> 1980년 5월 18일 미 서부 워싱턴 주에 있는 전형적인 섭입대화산인 쎄인트헬렌스 화산이 현지 시간으로 오전 여덟시에 폭발했다. 워싱턴과 서울의 시차는 열네 시간이지만 미국은 써머타임을 시행하고 있었으므로 실제 시차는 열세 시간이었다. 서울 그리고 광주는 저녁 아홉시. 어둠과 함께 공포가 찾아든 시간이었다. 그 시각, 화산이 폭발하며 화산재 구름이 이십오 킬로미터 높이까지 솟아올랐고, 시속 천 킬로미터에 달하는 돌풍을 일으켜 화산의 북쪽 삼십 킬로미터에 이르는 지역이 황폐화되었다. 이 대폭발은 하루 종일 이어져 저녁 무렵에야 멈추었다. 산꼭

대기 사백여 미터가 날아가 버리고 그 자리에 폭 일점 육 킬로미터의 거대한 분화구가 생겼다. 히로시마에 떨어진 원자탄의 오백 배에 달하는 위력으로 거대한 소나무 수백만 그루를 잿더미로 만들어버렸다. 성층권까지 올라간 화산재는 아직도 세계를 떠다니고 있다.

-손홍규, 「최초의 테러리스트」, 『봉섭이 가라사대』, 250-251쪽

히로시마에 떨어진 원자탄의 오백 배에 달하는 위력을 가진 화산 폭발로 소나무가 잿더미가 되었듯, 같은 시간에 한국의 광주에서 일어났던 학살 사건도 수많은 사람들의 목숨을 빼앗고 삶을 황폐화시켰던 것이다. "광주는 성층권까지 올라간 화산재처럼 아직도 세계를 떠다니며 다른 곳, 다른 세대의 청춘에까지 영향을 미치고 있다. 출발은 1980년의 광주였지만 종착지는 정해지지 않았다. 그저 세계를 떠다니고 있다. 광주의 트라우마는 일차적으로 원통한 기억과 가족붕괴와 가난과 적개심과 자기 파괴로 표상되고 있다."(319-320쪽) 손홍규는 많은 사람들이 이제는 잊고 있는 광주라는 역사적 사건을 애써서 발굴하고 기억하고자 한다. 이는 광주사건이 그 평가와 의미가 정리된 역사가 아니라 여전히 많은 개인들에게는 아물지 않는 상처로 곪아가고 있는 진행형의 고통임을 상기시키기 위해서이다.

손홍규는 과거완료형으로 치부되는 역사에 의해 상처받은 인물들이나 주변부에서 고통 받으며 살아가는 사연 많은 사람들의 삶을 끊임없이 구술할 소설가가 여전히 필요하다고 선언하고 있다. 그는 잊혀져 가는 역사를 기술하고 역사 때문에 고통 받는 이 땅의 힘없는 사람들의 삶을 구술하는 것이 소설가의 임무라고 생각하는 작가이다.

4. 리듬과 서사

 우리는 기대되는 젊은 소설가 김중혁과 손홍규를 우리 소설의 두 가지 중요한 흐름을 이어받은 작품으로 논의하였다. 근대초기 모더니즘과 리얼리즘 논의로부터 시작되는 소설의 두 가지 흐름은, 사실 서로를 견제하고 보완하며 우리 소설의 씨줄과 날줄을 형성하면서 우리 소설을 풍요롭게 만들어왔다. 그리고 이 두 흐름은 전통적인 소설을 대하는 두 가지 태도, 즉 혁신과 계승이라는 점에서도 그 의의가 크다.
 한국소설이 앞으로 나갈 방향도 결국은 이 두 가지 스펙트럼의 어느 한 점에 놓일 것이다. 젊은 두 작가의 개성적인 소설은 그 자체만으로 충분히 흥미롭다. 다만 김중혁의 소설이 음악이나 미술이 되려는 위험에 노출되어 있다면, 손홍규의 소설은 역사가 되려는 위험에 노출되어 있다. 지나치게 혁신 쪽으로 나갈 때 소설이 가벼워질 위험에 노출된다면, 지나치게 계승 쪽으로 나갈 때 소설은 무거워질 위험에 노출될 것이다. 두 작가 모두 자신의 개성이 독특하기에 앞으로도 자신의 장점을 드러내는 작품을 지속적으로 발표할 것 같다. 이것만으로도 나에게는 충분히 매력적이다. 키치적인 상상력의 소유자 김중혁과 역사와 사회에 대한 임무를 우직하게 수행하는 손홍규의 다음 작업이 기대되는 것은 이러한 이유 때문이다.

엽기, 유머, 견딤

─편혜영, 김애란, 윤성희─

1. 사막을 걷는 소설가들

자본이 모든 것을 지배하는 사회에서 소설을 쓴다는 것은 사회적인 대타자로부터 스스로를 배제시키는 능동적 선택이 아닐까? 지젝은 자본주의에서 사용가치란 존재하지 않으며, 교환가치를 사용가치로 착각할 때 현기증이 발생한다고 말한 바 있다. 그렇다면 자본주의 속에서 이윤을 남기지도 교환되지도 못하는 소설에 절대적인 가치를 부여하고 운명을 거는 소설가들과 그 소설을 매개로 비평을 하는 평론가들은 애초 자본주의로부터 비켜서 있기에 끊임없이 삶의 현기증에 노출될 수밖에 없어 보인다.

2007년 한국소설에서 눈에 띄는 현상은 대중성을 확보하면서 독자들의 사랑을 지속적으로 받는 작가들이 새로운 장편소설을 발표하여 좋은 반응을 얻었다는 사실이다. 김훈의 『남한산성』(학고재, 2007), 신경숙의 『리진』(문학동네, 2007), 황석영의 『바리데기』(창작과비평사, 2007), 김탁환의 『열하광인』(민음사, 2007) 등은 침체된 문학 시장에서 중견 소설가

의 건재함과 우리 소설에 대한 대중의 사랑을 확인할 수 있다는 점에
서 반가운 작품들이다. 장편소설들은 역사 속의 인물과 사건을 되살려
내거나 무가(巫歌)의 원형을 되살려내는 등 과거 속에서 미래를 탐색하
고 있다고 판단된다. 이는 미래가 불투명해서 확고한 비전이 보이지
않을 때 우리문학사 속에서 장편들이 걸었던 문학사의 족적을 되밟는
것이기도 하다.

그러나 역사 속으로 투신할 수 있는 장편과는 다르게, 여전히 지금-
여기라는 '일상'을 탐색해야 하는 단편의 경우는 좀 더 곤혹스러운 입
장에 놓이게 된다. 청년 실업과 빈부 격차와 환경 문제 등은 이제 미
래를 낙관하기에는 회복 불가능한 상태에 진입한 듯 보인다. 더구나
아무리 주위를 둘러보아도 희망보다는 절망이 가득한 우리의 고단한
삶 속에서 작가들은 어떻게 일상을 사유해야 하는 것일까? 나는 2007
년도 후반기에 나온 창작집 가운데 편혜영의 『사육장 쪽으로』(문학동네,
2007), 김애란의 『침이 고인다』(문학과지성사, 2007), 윤성희의 『감기』(창작과
비평사, 2007)를 논의의 대상으로, 현재를 사유하는 세 가지 방법에 관하
여 살펴보고자 한다.

2, 기괴한 걸음, 엽기-편혜영의 『사육장 쪽으로』

최근 활동하는 젊은 소설가들 중에서 가장 독특한 색채를 드러내는
작가는 편혜영이다. 그녀의 첫 번째 소설집 『아오이가든』(문학과지성사,
2005)에는 악취(惡臭)가 가득하다. 쓰레기와 사체(死體) 썩는 냄새와 구토
물이나 배설물의 냄새와 고양이 달이는 노린내와 쥐와 구더기의 냄새
까지. 그래서 고백하건대, 내게는 디스토피아(distopia)를 그리는 그녀의

소설을 읽는 것이 고통스럽고 끔찍해서 외면하고 싶었다.

편혜영의 첫 번째 소설집이 나왔을 때 문단은 새로운 신인의 탄생에 찬사를 보내었다. 나 역시 낯설고 새로운 소설가가 등장했음을 알아차릴 수 있었지만, 하드고어 영화의 잔인함과 S.F. 소설에 등장하는 지구 멸망 이후의 모습을 드러내는 신인 작가의 엽기적인 전략적으로 고안한 '위장의 포즈'가 아닌가 하는 의혹을 완전히 떨칠 수 없었다. 그래서 작가에 대한 판단을 유보하고 있었다. 그러나 두 번째 소설집 『사육장 쪽으로』는 '악몽의 일상'에서 '일상의 악몽'으로 변화하고 있다는 점에서, 악취의 정도는 약해졌지만 내게는 훨씬 더 섬뜩한 기괴함으로 다가왔다. 진짜 무서운 것은 '유령이나 좀비나 시체'가 아니라 '살아 있는 인간'이며, 진짜 두려운 것은 '피범벅'이 아니라 예측 불가능한 '안개'임을 우리는 알고 있다. 편혜영의 소설이 '악몽의 일상'에서 '일상의 악몽'으로 변화하고 있다는 점에서 그녀의 소설은 훨씬 신뢰할 만한 것이 되고 있다.

편혜영의 『아오이가든』은 유령과 절단된 시체들이 수시로 출몰한다는 점에서 엽기적이다. 그녀는 절단과 해체의 이미지를 동원한 그로테스크한 소설을 끊임없이 발표해왔다. 그녀의 소설에는 주로 사지가 잘려진 시체, 유령, 배설물, 구더기 등의 충격적인 소재들이 등장한다. 배설물, 유령, 사체 등은 어떤 여분의 것, 즉 삶에서 배제된 과잉의 실재이다. 라캉은 짐승이 그의 배설물을 가지고 불쾌해하는 순간 짐승의 단계에서 인간의 단계로 이동한다고 했다. 이 명제의 역도 성립한다면, 편혜영은 인간이기를 포기한, 짐승과 인간의 경계가 무너진 생존 기계로서의 인간, 바로 실재계에 존재하는 인간을 소설의 주체로 설정하고 있다.

『아오이가든』에서 「저수지」의 기괴함은 소설을 진행하는 화자가 이미 죽은 유령임을 소설을 읽어나가는 마지막에 가서야 깨닫는 데에서 온다. S.F. 소설이나 영화에서 사람들이 사실은 인간 존재가 아니라 인간처럼 보이고 인간처럼 행동하는 일종의 로봇이라는 사실을 깨닫게 될 때 느끼는 감정처럼, 편혜영 소설에서 우리는 이야기를 서술하는 화자가 인간이 아니라 사실은 유령이었음을 깨닫게 되면서 엽기적인 느낌을 갖게 된다. 더구나 죽은 화자가 엄마와 사회의 방치 속에서 굶어 죽은 아이들이라는 점에서 더욱 경악하게 된다.

편혜영 소설에 등장하는 아이들은 인간의 존엄성을 상실한 존재들이다. 아이들은 맨홀 아래에서 쥐를 잡아먹으며 생존하거나(「맨홀」), 돈을 건 한 판 승부를 위해 개와 찢겨 죽을 때까지 격투를 하거나(「만국박람회」), 실험용 쥐처럼 죽어나가거나(「마술피리」) 한다. 마치 빨간 구두를 신었다는 이유로 발목이 절단되고, 가난 때문에 부모에 의해 숲에 버려지는 동화 속 아이들처럼 잔혹함의 세계에 방치되어 있다. 편혜영 소설 속에서 아이들은 동물처럼, 유령처럼, 인간이기를 포기한 채 겨우 놓여있다.

편혜영 소설의 잔혹한 상상력은 '절단된 신체'의 이미지를 통해 가장 극적으로 드러난다. 「시체들」에서 남편은 계곡에서 익사한 것으로 추정되는 아내의 신체 일부를 끊임없이 확인해야 하는 곤혹한 상황에 놓여 있다. 처음에는 오른쪽 다리였고, 다음에는 왼쪽 팔과 손이었고, 마지막에는 두상이다. 작가는 이처럼 인간의 존엄성을 상실한 인간의 잉여 혹은 여분을 의도적으로 드러낸다. 소설에서 중요한 것은 그 사체가 아내인가 아닌가에 놓여 있지 않다. 혹은 아내의 죽음이 자살인가 사고인가 타살인가에 놓여 있지도 않다. 작가는 단지 인간의 존엄을 상실한 주검 자체를 치밀하게 묘사하여 '기괴한 날것'으로 보여주고자 한다.

두 번째 소설집 『사육장 쪽으로』에 오면 소설의 방점은 악몽보다는 일상에 놓인다. 악몽 자체가 소설의 전면에 드러나는 첫 번째 소설집에 비하면, 두 번째 소설집에서 악몽의 강도는 상당히 약해지는 데 비해 일상이 훨씬 많이 묘사되고 있다. 그래서 유령과 시체들 대신에 보통 사람들이 등장하는 것도 이와 관련된다.

「소풍」은 애인 사이인 남자와 여자가 차로 여행을 떠났다가 고속도로와 국도에서 벌어지는 교통사고를 다루고 있으며, 「사육장 쪽으로」도 전원주택으로 내려온 한 가족이 파산선고를 당하고 아이가 개에게 물려 죽어가는 예상치 못한 사건을 다루고 있다. 두 작품 모두 평범한 일상 속에 급작스럽게 생겨난 사건사고를 드러낸다는 점에서 일상의 악몽을 섬뜩하게 보여준다. 「소풍」에서 남성인물이 가지는 '도시인이라면 주말에는 여행을 떠나야 한다'는 막연한 생각이 비극을 자아내는 단초라면, 「사육장 쪽으로」에서는 남성인물의 '전원주택이야말로 진정한 도시인의 꿈'이라는 생각이 비극의 단초가 된다.

「소풍」에는 오래된 연인이 한밤중에 겪는 두 번의 교통사고를 통해 평범한 일상이 갑자기 악몽이 되는 과정을 보여준다. 두 사람은 야생차밭이 있는 W시로 소풍을 떠난다. 두 사람은 일이 끝나 야각에 안개가 가득한 고속도로로 차를 몰고 나가지만, 남자는 피곤으로 졸음운전을 하고 여자는 심한 멀미로 구토를 한다. 처음부터 소풍은 여행(旅行)이 아닌 고행(苦行)이 된다. 결정적인 사건은 그들이 탄 자동차가 운전을 방해하는 대형차를 피해 국도로 접어들었다가 어둠 속에서 형체를 알 수 없는 무엇인가를 쳤다는 사실이다. 그것이 산짐승이었는지 사람이었는지는 명확하게 진술되지 않는다. 남자가 차에서 내려 어둠 속에서 그들이 친 것을 길가로 끌어내리는 동안, 여자는 공범이 되기 싫어 눈을 감고 차 안에 머물면서 애써 진실을 외면한다.

그리고 다시 고속도로로 들어서고 탱크로리를 피하다 가드레일을 들이받는 두 번째 사고를 겪고 정신을 잃는다. 그들은 다행히 다치지 않았지만, 여자는 견인차에 이끌려 남자와 함께 도시로 돌아가고 싶지 않다는 생각에, 차에서 내려 무작정 길을 걷는다. 여자의 마지막 행동은 그녀가 피범벅의 외상(外傷)을 입지는 않았지만, 영혼에 영원히 지워지지 않을 내상(內傷)을 입었음을 여실히 드러낸다.

> 그가 새벽의 안개와 국도변의 어둠 속에 숨긴 것은 뭐였을까? 여자가 큰 소리로 남자를 불렀다. 남자는 들리지 않는지 쳐다보지 않았다. 여자는 제자리에 멈추어 선 채 계속 손을 흔들었다. 남자가 한참만에야 여자를 봤다. 아까 우리가 죽인 게 뭐였어? 남자는 들리지 않는다는 듯이 귀에 손을 가져다댔다. 어디선가 개가 짖었다. 가까운 곳에 마을이 있는 모양이었다. 여자는 보이지 않는 마을을 향해 계속 걸어 들어갔다. …
> (중략)… 여자는 멈추어 선 채로 허공에 매달린 이정표를 읽었다. 모두 처음 보는 지명이었다. 이정표는 언젠가 도착할 도시의 이름을 알려줄 뿐, 여기가 어딘지에 대해서는 함구하고 있었다.
>
> ─ 편혜영, 「소풍」, 『사육장 쪽으로』, 33-34쪽

이 소설의 마지막 장면은 두 사람의 관계가 붕괴되고 있음을 보여준다. 자동차 사고를 내놓고도 은폐하는 남자나 함께 한 사고에서 공동책임을 지기 싫어 외면하는 여자나 모두 이 사건 이전의 안온한 일상으로 다시는 돌아가지 못할 것이다. "우리가 죽인 게 뭐였어"라는 여자의 고백을 통해 일상적인 악(惡)을 보여주며, 또한 허공에 위태롭

게 매달린 처음 보는 '이정표'를 통해 일상 속에 틈입해 들어오는 절망을 보여준다. 더구나 이 소설에 지속적으로 등장하는 안개는 불길한 분위기를 시종일관 자아내고 있다. 안개는 불확실함과 불안을 자극한다. 안개는 모든 경계를 지우고 어떤 일이 일어날지 예측할 수 없는 '불확실성의 불안감'을 유발한다. 교통사고라는 예측할 수 없는 사건이 일상에 갑자기 틈입해 올 때, 평범한 우리의 일상을 송두리째 잃어버릴 수도 있다. 이러한 삶의 불확실성이야말로 우리에게는 엽기 그 자체이다.

「사육장 쪽으로」는 좀 더 일상에 깊숙하게 들어온 악몽을 적나라하게 드러낸다. 소설의 주인공은 무리하게 빚을 내어 도시에서 2시간이나 떨어진 전원주택을 장만하여 이사를 했다. 그러나 막상 전원주택에서 살다보니, 근처는 개발이 덜 되어 교통이 불편할 뿐더러 주위에 개 사육장이 있어 밤낮으로 개 짖는 소리가 들려온다. 「사육장 쪽으로」의 '개 짖는 소리'는 「소풍」의 '안개'처럼 이 소설의 불길한 사건과 파국을 암시한다. 실제로 그는 무리한 빚으로, 파산선고를 받고 집행인의 경고장을 받는다. 불안감이 감돌던 어느 날, 아이와 마당에서 공놀이를 하다 아이가 갑자기 개에게 물려 위급한 상황에 놓이게 된다. 남자는 병원이 있다는 사육장 쪽으로 차를 몰고 가지만 과연 병원에 닿게 될지, 결과는 절망적으로 제시된다.

> 그는 개들이 컹컹 짖는 트럭을 쫓아 규정 속도 이상으로 달리면서 종종 뒤를 돌아보았다. 자신이 과연 사육장 쪽으로 잘 가고 있는지 알 수 없었다. 뒤쪽으로는 위협하듯 속력을 한껏 올리고 쫓아오는 차들뿐이었다. 그 차들이 어쩐지 아이를 문 개처럼 두렵게 느껴졌다. 어둠이 차들의 꽁무니를 따라 재빨리 쫓아오고 있었다. …(중략)… 그는 불빛이 사

라진 도시가 낯설어서, 여기가 도시인지 아니면 그가 사는 마을인지 헷
갈렸다. 트럭은 보이지 않았다. 여전히 개 짖는 소리가 가로등처럼 그를
인도하고 있었다. 그는 그 소리를 따라 사육장 쪽으로 가기 위해 속력을
높였다. 언젠가는 길이 끝날 거였다. 길이 끝나는 곳까지 달려가면 어딘
가에 닿을 거였다.

-편혜영, 「사육장 쪽으로」, 『사육장 쪽으로』, 60-61쪽

이 소설의 마지막 장면은 위협적인 속력으로 질주하는 도로의 차들
과 방향감각을 상실한 주인공의 낯섦을 통해 일상의 위협 앞에 두려
움을 느끼는 주인공의 내면심리를 드러내고 있다. 게다가 이 소설에
처음부터 계속해서 등장하는 개 짖는 소리는 불길한 분위기를 시종일
관 자아내고 있다. 이제 남자는 아이와 재산 모두를 잃게 될지 모른다.
빚을 얻어 집을 사는 일상적인 행위나 개에게 아이가 물리는 사고 등
이 일순간 우리의 삶을 송두리째 망가뜨릴 수 있다는 삶의 불확실성
이야말로 악몽의 극한일 것이다.

편혜영은 작은 사건이 계기가 된 일상의 극한을 섬뜩하고 잔혹하게
그려내고 있다. 그녀의 소설 속에 등장하는 주인공들이 희망 없는 일
상을 걸어가는 발걸음은 기괴하고 섬뜩하다. 그녀는 엽기를 통해 우리
가 애써 외면하려는 불온의 세상을 그려내고 있다.

3. 꿋꿋한 걸음, 유머-김애란의 『침이 고인다』

편혜영 소설의 특징이 '섬뜩함'에 있다면, 김애란 소설의 특징은
'유머'에 있다. 그녀의 첫 번째 소설집 『달려라, 아비』(창작과비평사, 2005)
에는 '세상에서 가장 시시하고 초라한 아비'와 청년 실업에 대한 이야

기가 가득하다.

김애란의 『달려라, 아비』에 등장하는 아비는 목표를 위해 달려가는 아비도, 정의를 구현하기 위해 달리는 아비도 아닌, 단순히 여자와 동침하기 위해 콘돔을 사러 달려가는 시시한 아비이다. 그 아비는 시시할 뿐 아니라 비겁하기까지 해서 여자가 아이를 낳기 전날 책임을 회피하기 위하여 영원히 집을 나가버리기까지 한다. 그래서 엄마는 어느 지하방에서 혼자 아이를 낳고 혼자 아이를 키웠다. 그 아비의 시시함은 여기에서 끝나지 않는다. 나중에 미국에서 보내온 편지를 통하여 딸에게만 밝혀지는데, 미국으로 도망가 결혼한 아비는 몇 년 후 이혼을 하게 되고, 위자료 대신에 전부인 집 잔디를 깎기로 하였다가 부인의 새 남편과 다툼을 벌인 후, 그 옛날 피임약을 사러가듯 잔디 깎는 기계가 낼 수 있는 최고의 속도로 겁이 나 도망을 쳤고, 결국 교통사고로 죽었다는 것이다. 그런데 김애란의 개성은 이런 아비를 진술하는 화자가 어떤 원망도 혹은 복수의 심정도 없이 농담처럼 '유머'를 보이면서 진술하고 있다는 것이다. 김애란이 아비에 대해 이런 시선을 유지할 수 있는 까닭은 이 소설에서 언급되듯이 "농담 잘 하고 씩씩한" 어머니가 물려준 "자신을 연민하지 않는 법"을 터득했기 때문으로 보인다.

첫 번째 소설집 『달려라, 아비』에서 청년 실업 시대의 젊은이들은 옥탑방에(「종이물고기」) 살거나, 쪽방에서(「노크하지 않는 집」) 고단한 삶을 살아간다. 김애란의 소설에 등장하는 젊은이들은 대개 불안한 거주공간에서 비정규직의 노동에 종사하며 소통이 막힌 익명의 삶을 희망 없이 살아내고 있다. 이는 두 번째 소설집 『침이 고인다』에서도 지속적으로 드러나고 있다. 「자오선을 지나갈 때」의 재수생과 취업준비생은 노량진의 고시원에서 살아가고, 「도도한 생활」의 대학생은 반지하방에서 살아간다. 이들은 사회로 진입하지 못한 채 고된 '준비'만을 강요받으며 하루하루를 살아가고 있다.

두 번째 소설집 『침이 고인다』는 청년 실업 세대의 고단한 삶을 더욱 다양하게 보여주면서 동시에 '시시한 아비' 대신에 '칼을 쥐고 먹이는 어미'를 인상 깊게 그려내고 있다. 청년 실업 시대 젊은이들의 모습을 가장 선명하게 보여주는 작품으로는 「도도한 생활」을, 어미의 모습을 그려낸 작품으로는 「칼자국」을 들 수 있다.

「도도한 생활」에 등장하는 어머니는 지방 소읍에서 만두집을 하면서 근근이 살아가면서도 딸에게 중산층의 상징인 피아노를 사주었다. 아버지의 잘못된 보증으로 모든 가산을 날린 상황인데도, 딸이 서울에 있는 대학에 가기 위해 이사를 할 때 어머니는 "한 때의 영광"인 피아노를 팔지 않고 함께 보낸다. 딸은 변두리의 반지하에 세를 살면서 커다란 피아노를 들여놓고 살아가는데, 폭우로 인해 반지하에 물이 차오르는 파국을 맞이하게 된다.

> 빗물은 어느새 무릎까지 차 있었다. 나는 피아노가 물에 잠겨가고 있다는 걸 깨달았다. 저대로 두다간 못쓰게 될 게 분명했다. …(중략)… 나는 피아노 뚜껑을 열었다. 깨끗한 건반이 한눈에 들어왔다. 건반 위에 가만 손가락을 얹어보았다. 엄지는 도, 검지는 레, 중지와 약지는 미, 파. 아무 힘도 주지 않았는데 어떤 음 하나가 긴소리로 우는 느낌이 들었다. 나는 나도 모르게 손가락에 힘을 주었다. …(중략)… 검은 비가 출렁이는 반지하에서 나는 피아노를 치고, 발목이 잠긴 채 그는 어떤 꿈을 꾸는지 웃고 있었다.
>
> ─김애란, 「도도한 생활」, 『침이 고인다』, 41-42쪽

위 예문은 반지하로 상징되는 하층계급의 삶과 피아노로 상징되는 중산층의 삶을 선명히 대비하고 있다. 물에 차 망가지는 피아노를 통해 서울 중산층에 진입하려는 주인공의 꿈이 결코 쉽지 않으리라는 것을 드러내고 있다.

첫 번째 소설집에서 '세상에서 가장 시시하고 초라한 아비'에 대한 이야기를 들려주었던 그녀는 두 번째 소설집 『침이 고인다』에서는 '칼을 쥐고 새끼를 먹이는 어미'를 그려내고 있다. 그러나 그녀의 첫 번째 소설집에서는 '아비'의 캐릭터에 가려 '어머니'의 캐릭터는 적극적으로 부각되지 않았다. 어머니의 캐릭터가 부각되는 것은 바로 두 번째 소설집 『침이 고인다』에 와서이다.

「칼자국」에서 어머니는 "우는 여자도 화장하는 여자도 순종하는 여자도 아닌 칼을 쥔 여자"로 선명하게 드러난다. 어머니는 20년 동안 칼국수를 팔아 자식을 키운다. 이에 비해 아버지는 거절을 못하는 '난감한' 사람이다. 어머니는 끊임없이 자식에게 음식을 만들어 먹이고 위험과 맞서는 사람이다. 또한 세상의 모든 어려움을 연극적으로 넘기는 힘을 가지고 있다. 그래서 '나'는 "어머니는 좋은 칼이다. 어머니는 좋은 말[馬]이다."라고 진술한다.

어머니의 부음을 듣고 장례식장에서 주인공이 본 것은 "사람들이 일제히 입을 벌려 뭔가를 먹고 삼키는" 무습이었다. 그런데 어머니의 죽음을 대하는 딸의 태도에는 어머니가 살아생전 그러했던 것처럼 따뜻한 농담과 유머가 담겨 있다. 딸은 어머니의 영정을 보면서 "어머니는 오래전, 내 앞에서 몸을 떨다 죽은 시늉을 했던 것처럼 묘하게 웃고 있었다. 싱그럽고 아름답지만 동시에 아주 수상쩍고 괘씸한 웃음이었다"라고 표현하거나, 어머니의 친구들이 화투 치는 모습을 보면서

"나는 어머니의 혼이 화투판 주위에서 뒷짐 진 채 안달하고 참견하는 모습을 상상했다"라고 표현하고 있다. 김애란 소설의 '유머'는 이처럼 따뜻한 매혹을 자아낸다. 임신을 해서 아무것도 먹지 못하는 '나'는 어머니의 방에서 한 잠 달게 자고, 어머니가 평생을 음식 만들던 칼국수집의 부엌에서 참을 수 없는 식욕을 느낀다. 그래서 "여전히 신랄하고 우아한 빛을 품은" 어머니의 칼로 사과를 깎아 먹는다.

이런 면에서 김애란은 절망의 극한에서 기괴하고 섬뜩한 걸음을 걷는 편혜영과는 대척점에 놓여 있다고 판단된다. 김애란 역시 고단하고 팍팍한 삶을 살아가고 있다는 점에서 절망의 시대 한복판을 걸어가고 있다고 볼 수 있다. 그러나 그녀에게는 자신을 연민하지 않는 꿋꿋함과 '유머'라는 단단한 칼이 있다. 유머가 있기에 김애란의 고단한 일상은 악몽이 되지 않고 농담과 같은 것이 된다.

4. 묵묵한 걸음, 견딤─윤성희의 『감기』

윤성희는 퍼즐 조각을 쌓아 한 편의 그림을 완성하듯 이야기의 연쇄를 통해 한 편의 소설을 완성시키는 작가이다. 또한 윤성희는 고독과 결핍으로 살아가는 사람들의 삶을 조용조용 이야기하는 작가이다. 윤성희는 첫 번째 소설집 『레고로 만든 집』(민음사, 2001)과 두 번째 소설집 『거기, 당신?』(문학동네, 2004)을 거쳐 세 번째 소설집 『감기』(창작과비평사, 2007)를 선보였다. 윤성희 소설은 편혜영 소설이 절망을 날것으로 드러내는 섬뜩함과도 다르며, 김애란 소설이 절망을 유머로 넘어서는 꿋꿋함과도 다른 면모를 보여준다. 굳이 윤성희의 이런 소설에 이름 붙이자면, 절망이나 고통을 감내하며 묵묵하게 일상을 버텨내는 사람들의 '견딤의 미학'이라 할 수 있다.

윤성희의 『거기, 당신?』은 힘들고 고달픈 삶을 묵묵히 견디며, 조용 조용 살아가는 아웃사이더의 조용하고 외로운 삶의 모습을 보여준다. 일찍 죽은 쌍둥이 언니를 생각하는 여행사 여직원(「유턴지점에 보물지도를 묻다」), 한때는 화려한 조명을 받던 어린이 암산왕이었으나 지금은 임시 공무원으로 살아가는 남자(「어린이 암산왕」), 시청 공원 녹지과에서 일하 며 동생들을 부양하느라 자신의 삶을 포기한 외로운 남자(「누군가 문을 두 드리다」), 어렸을 때 낯선 여자를 따라간 후 부모를 잃어버린 빈집털이 범(「만년소년」), 도서관에서 일하는 여자(「그 남자의 책」), 동업자에게 속아 거액의 빚을 지고 방화범이 된 남자와 15층에서 뛰어내리고 싶은 충 동을 느끼는 여자(「거기, 당신?」) 등의 인물들은 고독하게 일상을 반복하 며 살아간다. 이들은 그렇다고 자신의 감정이나 욕망을 강하게 드러내 지도 않는다. 어쩌면 체념한 듯 달관한 듯, 자신의 삶을 그저 묵묵히 받아들이고 견디며 살아간다.

『거기, 당신?』에 실려 있는 「고독의 의무」와 「봉자네 분식집」에는 극적인 절망도 극적인 희망도 없이 삶이란 그저 절망과 희망을 묵묵 히 감내하는 것이라는 인식이 명확히 드러난다.

「고독의 의무」는 화가 복이 되고 복이 화가 되는 전화위복(轉禍爲福)이 라는 고사(古事)처럼 절망과 희망이 번갈아 반복되는 모습을 담담하게 기술한다. 소설에는 간암 말기를 선고받은 후 직장을 그만두고 시골로 내려가 사는 아버지가 등장한다. 아버지가 산을 다니면서 병을 낫게 할 약초를 캐는 동안 엄마는 대학구내식당에서 일을 하였다. 아버지는 약초를 먹고 병을 고칠뿐더러, 그 약초로 돈을 벌어 아들은 은행원으 로 딸은 약사로 키운다. 그러나 도리어 어머니가 위암으로 돌아가시고 만다. 동생은 결혼을 하고 약국을 열었고, 고독한 삶을 살던 나는 만우절이 생일인 모임에서 수학강사인 여자를 만나 꿈같은 결혼을 하지만, 신혼여행에서 아내는 사고를 당해 평생을 휠체어를 타야 하는 상황에 놓인다. 약초를 팔던 아버지는 가짜 약 판 것으로 신고 당해 재산을 날리게 된다. 어머니가 돌아가신 이후, 아버지와 나와 동생은 각자 좋은 일과 나쁜 일을 번갈아 맞이하며, 마치 고독이 의무인 사람들처럼 묵묵히 살아가고 있다.

「봉자네 분식집」에서도 절망과 희망이 교차하는 상황이 반복된다. 여자는 취직을 하기 위해 이력서를 들고 길을 가다 한 회사의 트럭에 치이고 그것이 계기가 되어 취직을 하게 된다. 그리고 그곳에서 아무도 몰래 사장의 아들과 연애를 하는 벼락같은 행복을 맛보나, 어이없게도 사장의 아들은 자살을 하고 만다. 그 이후 여자는 허름한 분식점을 하며 혼자 사는 동창을 만나 함께 밥집을 하면서, 밥 먹는 사람의 뒷모습을 쳐다보며 조용히 살아간다.

> 식당을 나설 때 그녀는 자신의 뒷모습을 유심히 쳐다보고 있는 여자의 시선을 느꼈다. 난 니가 정말 멋지게 살 줄 알았다. 그녀의 뒤통수에 대고 식당 여자가 한숨을 쉬었다. 그녀는 약간 쓸쓸해졌다. 하지만 배가 부르다고 생각하니 쓸쓸하다는 생각은 조금씩 옅어졌다. 사람들은 그래서 밥을 먹나봐. 그녀는 그런 생각을 하면서 회사의 후문을 향해 걸어갔다.
>
> ─윤성희, 「봉자네 분식집」, 『거기, 당신?』, 167-168쪽

그녀의 삶은 쓸쓸하고 남들이 보기에 초라해 보이지만, 그녀는 정작 밥 한 끼 배부르게 먹을 수 있다면 삶이란 견딜 수 있다는 소박한 생각을 갖고 있다. 이 소설 역시 절망과 희망이 교차되며 서사가 진행된

다. 두 작품을 통해 작가는 일상이란 그저 파도처럼 반복되는 절망과 희망을 묵묵히 감내하는 일이라는 인식을 선명하게 드러낸다.

세 번째 소설집 『감기』에 와서도 사람들의 이러저러한 사연은 여전히 계속된다. 가족들의 여행을 지켜보는 죽은 딸의 시선으로 소설이 전개되기도 하고(「하다만 말」), 죽었다가 함께 구출된 세 명의 사내들이 부각되기도 하고(「부분들」), 자신 때문에 죽은 남자에 대한 죄책감을 평생 안고 살아가는 여자가 나타나기도 하고(「무릎」), 도마에 얽힌 두 여자의 기이한 인연이 드러나기도(「이어달리기」) 한다.

이 가운데 「구멍」은 '절망과 희망의 연쇄'를 담담하게 보여준다는 점에서 윤성희 소설의 특징이 선명하게 드러나는 작품이다. 이 작품에서도 윤성희 소설의 창작 방법인 절망과 희망의 교차가 나타난다. 딸의 사연 당첨은 공짜 해외여행이라는 행운을 불러오지만, 그것은 아버지의 로또 당첨 기회를 박탈하는 또 다른 불행을 불러온다.

주말마다 로또 복권을 사는 아버지의 삶은 로또 복권 숫자 3, 4, 9, 24, 34, 38 여섯 개와 관련된 사연으로 요약된다. 할아버지는 전쟁 통에 손가락 3개를 잃어버렸지만 자전거 바퀴를 만드는 공장을 갖고 있었다. 3은 할아버지의 잘려진 손가락 숫자와 관련된다. 4와 9는 일곱 살에 죽은 오빠가 태어난 날짜와 관련된다. 24는 고등학교 때 함께 자살소동을 벌였던 아버지 친구의 반 번호와 관련된다. 34는 하나밖에 없는 아들을 연탄가스로 잃고 처음 마련한 아파트의 주소 304호에서 0을 뺀 숫자였다. 그리고 38은 아버지가 젊은 시절 부산에 가는 기차 안에서 난생 처음으로 한 여자에게 욕망을 느낀 경험이 있는데, 그때 여자가 앉은 기차 번호와 관련된다는 것이다.

사건의 발단은 해외여행을 한 번도 가보지 못한 부모님을 위해 딸이 죽은 오빠의 사연을 라디오에 보낸 것을 계기로 동남아 4박 5일 여행권이 당첨되면서 시작된다. 여행을 가면서 아버지는 늘 사던 번호로 로또 복권을 사달라고 부탁을 하지만 딸은 깜박 잊고 로또를 사지 않았다. 여행을 다녀와서 아버지의 번호로 로또가 당첨되었음을 알게 되고 아버지는 절망에 빠져 어디론가 사라져버린다.

아버지가 사라진 이후 어쩔 줄 몰라 하는 딸에게, 어머니는 외할머니가 죽은 사연을 들려준다. 외할머니는 얼굴에 있는 마마자국 때문에 애 딸린 홀아비에게 시집와 어머니를 낳았고 시어머니의 심한 구박을 받으며 힘들게 살았다는 것이다. 그러던 어느 날 시어머니가 아끼던 닭이 우물에 빠지자 시어머니의 구박이 무서워진 외할머니는 허리에 밧줄을 묶은 다음 우물 안으로 들어갔다가 돌아가셨다는 것이다. 나중에 시체를 건졌을 때, 외할머니는 닭을 두 손으로 꼭 안고 있었다는 것이다.

> "걱정 마라. 그걸 견뎠는데 이쯤이야. 게다가 닭고기도 잘 먹잖니" 어머니가 말했다. 갑자기 천장에서 벽지 한 장이 뚝 떨어졌다. 벽지가 소파에 누운 내 몸을 반쯤 덮어주었다. "이불 같아." 나는 중얼거렸다.
>
> ─윤성희, 「구멍」, 『감기』, 28쪽

위의 인용문은 외할머니의 비참한 죽음을 담담하게 이야기하는 어머니의 삶의 지혜가 드러난다. 어머니의 비참한 죽음도 견디어냈는데 그까짓 로또쯤이야 아무것도 아니라는 행운도 불행도 우리 삶 속에서는 그저 지나가는 작은 에피소드이며, 삶이란 견딤이라는 작가의 시각이 선명히 드러난다. 이럴 때 절망과 불행을 묵묵히 감내하는 모습은 윤성희 소설의 특징을 여실히 드러낸다. 이런 면에서 윤성희는 절망의 극한에서 기괴하고 섬뜩한 걸음을 걷는 편혜영과도 다르고, 꿋꿋함과 자신을 연민하지 않는 유머감각으로 걸어가는 김애란과도 역시 다르다. 윤성희는 절망도 희망도 모두 떠안고 묵묵하게 걸어가는 자의 '견딤'을 보여준다.

5. 그럼에도 불구하고, 걸어가기

지금 이 순간 너머에는 아무것도 없다. 그런데도 우리는 고통의 순간이 지나면 대단한 보상이라도 있으리라는 순진한 유토피아를 갖는다. 그런데 이 유토피아마저도 잃은 지 오래다. 우리는 이미 '그 너머'라는 환상이 신기루임을 알고 있다. 다양한 스펙트럼을 형성하며 '공포'와 '웃음'과 '견딤'이라는 미학을 무기를 가지고 젊은 소설가들은 전복적이고 탈주적인 상상력으로 거침없이 나아가고 있다. 여전히 아무리 주위를 둘러보아도 희망보다는 절망이 가득한 우리의 고단한 삶 속에서 2000년대의 작가들은 다양하게 일상을 사유하고 있다.

이 글에서는 2007년도 후반기에 나온 창작집 가운데 편혜영의 『사육장 쪽으로』와 김애란의 『침이 고인다』와 윤성희의 『감기』를 논의의 대상으로 일상을 사유하는 세 가지 방법에 관하여 살펴보았다. 편혜영의 인물들이 기괴한 걸음을 걷는다면, 김애란의 인물은 꿋꿋한 걸음을 내딛으며 윤성희의 인물들은 묵묵한 걸음을 걷는다. 편혜영 소설의 분위기가 공포라면, 김애란 소설의 분위기는 웃음이고, 윤성희 소설의 분위기는 쓸쓸함이다. 편혜영 소설이 공포의 미학을 말하고 김애란 소설이 유머의 미학을 말한다면, 윤성희 소설은 견딤의 미학을 말한다.

이는 내게는 2000년대 우리 소설이 여전히 미래를 향해 나아가고 있음을 보여주는 징표로 보인다. 일상이라는 폐허를 걸어가는 소설가들. 기괴함과 섬뜩함만이 감도는 위태한 걸음, 희망을 안고 유머를 잃지 않는 자의 꿋꿋한 걸음, 희망이 없지만 그럼에도 불구하고 걸어가는 묵묵한 걸음까지, 그 모든 걸음이 우리의 지금-여기의 모습이다. 바로 지금, 바로 당신, 당신은 고단하고 팍팍한 일상을 어떤 걸음으로 걷고 있는가?

의무와 상처의 감옥

―서하진, 김윤영―

1. 강박증과 히스테리

피로사회를 살아가는 우리 모두는 조금씩 신경증적 증상을 갖고 있다. 신경증은 억압 때문에 나타나는 증상으로, 가장 대표적인 것으로 강박증과 히스테리를 들 수 있다. 강박증과 히스테리는 여러 가지 면에서 함께 논의되고 있지만, 심리적 과정에는 많은 차이가 있다. 강박증이 자신을 '완전한 주체'로 생각한다면, 히스테리는 타자의 욕망을 지배하기 위해 스스로 그 욕망의 '완벽한 대상'이 되고자 한다. 강박증 환자가 자신이 완전한 주체로 타자에 종속된 주체임을 부인한다면, 히스테리 환자는 자신이 완벽한 대상이 될 수 있도록 타자의 욕망을 불만족한 상태로 유도한다.

강박증 환자는 자신에게 과도한 임무를 부여한다. 하지만 그는 스스로 규칙, 의무, 규정, 명령에 복종한다. 강박증 환자는 엄격한 초자아가 명령하는 의무를 통해서만 삶을 유지한다.(드니즈 라쇼, 『강박증』, 아난케, 2006) 반면, 히스테리 환자는 부정적 정서를 불러일으키는 경험에 고착

되어 있으며 심리적 외상이라 이를 만한 촉발 원인을 놀라울 정도로
생생하게 기억한다. 강박증은 항상 그것을 "알고 있는 기억"이라고 이
야기하고, 히스테리는 "오래전에 잊어버렸던 기억"이라고 이야기한다.
(프로이드, 『늑대인간』, 열린책들, 86쪽)

　2008년에 간행된 많은 소설집 가운데 서하진의 『착한 가족』과 김윤
영의 『그린 핑거』는 강박증과 히스테리에 사로잡힌 여성인물을 그리
고 있다는 점에서 관심을 끈다. 서하진 소설에는 가족이라는 절대적인
신을 위해 통제된 생을 기꺼이 살아가는 인물들이 등장하며, 김윤영
소설에는 치유되지 않은 정신적 상처 때문에 가족을 망가뜨리고 착란
에 빠지는 인물들이 등장한다. 그렇다면 서하진 소설의 여성인물들은
강박증 환자에 가깝고, 김윤영 소설의 여성인물들은 히스테리 환자에
가까워 보인다. 이 글에서는 서하진과 김윤영의 여성인물들 가운데 강
박증과 히스테리를 드러내는 인물을 분석하고, 이런 인물들의 현재적
의미를 살펴보고자 한다.

2. 가족이라는 신기루에 대한 강박─서하진의 소설

　서하진은 『책 읽어주는 남자』(문학과지성사, 1996), 『사랑하는 방식은 다
다르다』(문학과지성사, 1998), 『라벤더향기』(문학동네, 2000), 『비밀』(문학과지성사,
2004), 『요트』(문학동네, 2006)에 이어 여섯 번째 창작집인 『착한 가족』(문
학과지성사, 2008)을 간행했다.
　서하진은 사랑과 가족을 주요한 테마로 하여 다양한 여성인물을 섬
세하게 그려내는 작가이다. 그녀는 사랑 때문에, 가족 때문에 고통 받
고 절망하면서 살아가는 중산층의 여성인물에 집중한다. 그녀의 인물

들은 작가와 함께 나이 들어가는 변모를 겪기는 하지만, 크게는 이러한 중산층 여성의 틀을 벗어나지 않는다. 그녀의 인물은, 소영현에 의해 '우아하거나 수동적인 가부장의 유령들'이라 명명 받은 바 있듯, 항상 가족이라는 '대타자' 혹은 '신기루'로 환원된다.

여덟 편의 단편이 실린 『착한 가족』에서 서하진의 이런 특징을 가장 강하게 드러내는 작품은 「착한 가족」과 「슬픔이 자라면 무엇이 될까」이다.

「착한 가족」은 '가족—내 존재'로서 요구되는 다양한 역할을 완벽하게 완수하기 위해 강박된 여성인물들을 서사화한다. 그녀들은 모든 가족을 착한 인물로 부각시키기 위해 온갖 악역을 기꺼이 맡는다. 그녀는 아들 지우의 엄마로, 남편 김만복 이사의 처로, 치매를 앓는 엄마의 사랑스러운 딸로 정신없이 살아간다.

오전에 여자는 아들 지우 엄마로서의 의무를 수행한다. 여자는 반장인 아들 지우가 사고 친 뒷수습을 하기 위해 재민이네 집에 용서를 빌러가는 길이다. 여자는 지우가 "착하고 순한 아들"인데, 어쩌다 시답잖은 친구들과 어울려 노래방에 갔다가 친구들과 재민이를 폭행한 사건에 연루되었다고 생각한다. 엄마가 잘못을 사죄하러 가는 그 시각에, 정작 아들은 집에서 게임에 몰두 중이다. 그녀는 목적을 완수하기 위해 "잠을 설친 부스스한 얼굴, 근심 어린 눈빛, 헐렁한 점퍼 속의 좁은 어깨"를 점검하는 치밀함을 잊지 않는다. 또한 재민의 집까지 차를 이용할 수도 있지만, "얼어붙은 뺨을 보면 재민 어머니가 조금쯤 너그러워지지 않을까 하는 계산"으로 걸어가기로 결정한다. 재민이네 집에서 무릎을 꿇고 앉아 있어야 했던 시간, 간도 쓸개도 다 빼줄 듯 머리를 조아려야 했지만 '착한' 아들을 위해서라면, 이 정도의 일은 충분히 감당할 수 있다고 생각한다.

오후에 여자는 남편 김만복 아내로서의 의무를 수행한다. 여자는 오전과는 완전히 달라진 모습으로 세련되고 우아하며 이지적인 여성의 이미지를 연출한다. 그녀는 회사에 사직서를 내고 아프리카로 여행을 떠난 남편의 뒷수습을 하기 위해 구성진 이사를 만나러 가는 길이다. 사실 남편의 사직 사건은 구성진 이사 때문에 야기되었다.

남편은 "사명감에 불타는 인물"인데, 구 이사의 해고와 복직과 연관되어 재판과 소송의 길고 긴 날들과 관련되면서 피해를 보게 되었다. 일의 발단은 구 이사와 관련된 성희롱에서 시작되었다. 총무 이사인 남편은 유부녀 조 과장과 미혼인 김 대리로부터 구 이사의 성희롱과 관련된 이야기를 듣고 상부에 보고를 한다. 길고 긴 과정을 거쳐 결국 구 이사의 해직 처분으로 사건이 완결되는 듯했다. 그런데 구 이사는 회장에게 회사를 상대로 소송에 들어가겠다는 협박성 메일을 보냈고, 이 모든 것이 자신을 몰아내려는 음모이며 그 핵심에 남편이 있다고 주장하고 다녔다. 그리고 어처구니없게도 구 이사는 화려하게 회사에 재입성하고, 이런 회사에서는 근무할 가치가 없다면서 미혼인 김 대리가 회사를 떠나고, 남편 김만복 이사 역시 회사에 사표를 쓴 것이다.

여자는 구 이사를 만나 자신이 온 용건은 김만복 이사의 사직을 철회하기 위해서가 아니라 구 이사의 복직이 부당하다는 것을 알리기 위해, 또 소송을 하기 위해서라고 말한다. 여자는 "대화의 기술"이라면 자신 있기에 구 이사와 우아한 협상을 하기 위해 전략적으로 접근한다. 여자는 구 이사가 이제껏 그가 알았던 눈치 보는 부하 직원이나 "착하고 성실한" 남편을 대신해 자신과 똑같이 "영리하며 비겁하고 교활한" 여자와 말씨름을 하는 것이 얼마나 피곤할지 깨닫게 되리라는 것을 이미 알고 있다. 그래서 구 이사 같은 인물이라면 남편의 사직서를 다시 반려하고 사건을 "영리하고 교활하게" 잘 마무리 하리라 예견하고 있다.

저녁에 여자는 남대문 화재 현장에서 애도의 촛불 시위에 동참하는 "순수한" 딸을 위해 세 가지 죽을 포장해 거리로 나서다가, 치매를 앓는 어머니의 수발을 묵묵히 드는 "착한" 올케의 전화를 상냥하게 받는다. 그리고 어머니의 집으로 가서 "그토록 씩씩하고 늠름했던" 어머니를 씻기고 어머니에게 죽을 먹여 드린다.

착한 아들과 착한 남편과 순수한 딸과 늠름했던 어머니 때문에, 여자의 하루는 길기만 하다. 그러나 여자는 묵묵히 엄마로서 아내로서 자식으로서의 자신의 의무를 완벽하게 이행한다. 그러기 위해 그녀는 몇 겹의 가면을 쓰고 때로는 비굴하게, 때로는 교활하게, 때로는 순정을 다해 역할에 맞는 연기를 충실히 수행한다.

여자는 자신을 '타자를 위한 전체(tout pour l autre)'로서 구성(드니즈 라쇼, 앞의 책, 72쪽)한다는 점에서 강박증 환자와 유사하다. 강박증 환자는 "대타자의 욕망을 경유해서만 욕망할 수 있을 뿐이다. 강박증 환자는 자신의 삶을 포기하는 위험을 무릅쓰고라도 우선 소타자의 인정을 추구한다. 소(小)타자의 시선을 경유해서 자신의 이미지를 획득한다."(드니즈 라쇼, 앞의 책, 85쪽) 여자는 가족을 위한 전체로서 자신을 구성한다. 그러기에 그녀는 소타자인 가족 각각의 시선을 의식하며 다양한 역할 변신을 자유자재로 구사한다. 또한 착한 가족을 위해 온갖 악역을 대신한다. 가족들을 선의 자리에 올려놓기 위해 자신은 기꺼이 선(善)의 찌꺼기, 선(善)에서 배제된 잉여의 자리에 존재한다. 그렇다면 엄마와 아내와 딸의 역할이라는 의무를 완벽하게 소화해낸 여자 삶의 종착점은 어디일까? 그 해답은 「슬픔이 자라면 무엇이 될까」를 통해 짐작할 수 있다.

「슬픔이 자라면 무엇이 될까」는 가족을 위해 희생하며 살았지만 정작 자신의 몸을 위할 줄 몰랐던 중년의 한 여자가 복막암을 선고 받고 죽어가는 과정을 시간의 변화에 따라 담담하게 기술하고 있는 소설이다. 여자는 남편과 두 아들을 둔 평범한 54세의 가정주부이다. 그녀의 아버지는 "가족이란 책임"이라고 말하던 분이고, 그녀는 이 책임을 다하기 위해 최선을 다하며 살아온 인물이다. 그녀는 결혼과 시집살이와 출산과 양육에 시간을 쏟으며 20대와 30대와 40대를 지나 50대가 되었다. 그동안 그녀는 시누이 셋과 시동생의 혼사와 철마다 끼어 있는 제사와 까다로운 시아버지 수발 등을 자신의 의무라고 생각하고 충실히 살아왔다. 그녀는 평생을 '가족—내 존재'로서 요구되는 다양한 역할과 책임을 완벽하게 완수하기 위해 살아온 인물이다.

> 매 순간 습관처럼 기도하며 살아왔다. 아이들과 남편을 위해서, 악취를 기꺼이 참으면서 배변을 돕고 시든 오이 같은 몸을 씻기기를 마다하지 않는 동료 봉사자들을 위해서, 시아버지와 시누이와 또 다른 가족과, 지병을 숨기고 단 사흘 병실에 머물다 떠나간 친정아버지를 위해서······ 스스로를 위해 기도를 한 적이 있었던가. 특별히 그런 기억은 나지 않았다. 그 모든 기도가 스스로를 위한 것이라 여긴 것도 같았다.
>
> ―서하진, 「슬픔이 자라면 무엇이 될까」, 『착한 가족』, 16쪽

그런 그녀가 진료를 받고, 난소에서 시작된 암이 복막으로 번졌으며 수술을 해도 말끔하게 제거되기는 어려울 거라는 진단을 받는다. 아들은 그 사실에 분노하고 남편은 화를 내었지만, 여자는 자신의 감정을

드러내지 못한다. 여자의 수술은 오래 걸렸고, 여자는 의사인 동창을 찾아가 자신에게 필요한 것은 위로가 아니라 정확한 사실이라는 점을 알리고는 1년 반 정도 살 수 있다는 이야기를 듣는다. 여자를 아는 사람들은 모두 경악에 빠졌지만, 여자는 오전 6시에 일어나 약수터에 갔다가 몸에 좋은 음식만을 먹으며 담담한 시간을 보낸다.

죽음을 앞둔 어느 날 의사인 동창과 가슴에 묻어두었던 과거의 한 토막에 대해 이야기를 나눈다. 여자와 의사 동창은 여고 시설 학교 수석을 다투던 가장 친한 친구였다. 그런데 두 사람은 그들을 가르쳤던 가난한 대학생 때문에 사이가 어긋나게 된 적이 있다. 지금은 친구의 남편이 된 그 대학생은, 대학 합격자 발표가 나던 날 여자와 의사 친구를 불러 저녁을 함께했던 인물이다. 대학생이 된 여자는 남자와 지속적으로 만나 데이트를 했다. 그러나 뜻밖의 사건으로 남자와 멀어졌는데, 그것은 바로 남자의 '불가해한 폭력성' 때문이었다. 무슨 말인가의 끝에 그는 갑자기 정말 벼락같이 일어나 여자의 뺨을 향해 주먹을 날렸고, 다음날 전화를 걸어 아무것도 기억나지 않는다고 하였다. 그 이후 또 남자는 아무런 이유 없이 여자의 뺨을 때렸고, 여자는 남자를 두고 도망쳤다. 그리고 다음날 남자가 전화를 걸어오면 화를 내는 대신 그가 더 이상 자신을 만나지 않을까 두려워서 남자의 충동적이고 이해할 수 없는 폭력성이 사라질 때를 기다렸다. 그러나 그 남자는 의사 친구와 그의 이름이 새겨진 청첩장을 여자에게 내밀었다.

의사 친구는 여자에게 "너는 알았지? 우리 남편 손버릇 나쁜 거. 알고 달아난 거지?"라고 말했다. 남편이 예전에 싸우고 나서 "이상하다는 거지. 원래는 그렇지 않았다는 거지. 너 때문이라는 거야. 글쎄 웃기지도 않지. 너랑 있을 때 무슨 일이든 다 받아주고, 어떤 일이 있어도 아무 상관하지 않는다는 듯 구는 너 때문에 생긴 버릇"이라고 말한 적이 있다며, 여자가 "너는 다른 사람 상처 내는 일, 싫은 소리, 해 되는 짓 절대 안 하잖아. 그게 다 네 상처로 돌아간 게 아닌가 싶어."(35 쪽)라고 말한다.

그녀는 자신의 등 뒤에 자신이 아닌 가족을 책임지고 살아왔다. 그 것이 가족에 대한 사랑이든 책임이든 의무감이든 간에 "피곤한" 삶이 었음에는 틀림없다. 물론 그녀 역시 남에게 줌으로써 자신도 무엇인가 얻는다. 즉 그녀는 자기 자신의 욕망에는 귀 기울이지 않고 베풀고 자 신이 아닌, 타인의 욕망에만 귀 기울인다.(엘렌 식수, 『새로 태어난 여성』, 나남, 2008, 158쪽) 그녀는 목표지향의 존재가 아니라 자신의 의무를 완수하며 타인을 무조건적으로 이해해야 한다는 강박을 갖고 있는 존재인 것이 다. 주위 사람들은 그녀의 죽음에 이르러서야 평생 그녀가 개인의 감 정을 억누르고 살아왔기에 병이 생긴 거라는 사실을 이해한다. 많은 강박환자들이 그러하듯, 여자는 모든 사람을 위해 살았지만 정작 자기 자신을 위한 삶을 살지는 못했던 것이다.

서하진의 「착한 가족」이 가족을 위해 가면을 쓰고 연기를 하며 살 아가는 여자의 삶을 보여준다면, 「슬픔이 자라면 무엇이 될까」는 가족 을 위해 자신의 감정을 억누르고 살았던 여자의 삶이 결국 죽음으로 귀결되는 과정을 보여준다. 두 소설은 모두 가족이라는 신기루에 대한 강박의 의미를 숙고하게 해준다.

3. 해소되지 못한 정신적 상처로 인한 히스테리―김윤영

김윤영은 『루이뷔똥』(창작과비평사, 2002), 『타잔』(실천문학사, 2006)에 이어

3번째 창작집인 『그린 핑거』(창작과비평사, 2008)를 간행했다.

　김윤영은 다양한 공간과 다양한 인물을 가지고 소설을 실험하고 있는 작가이다. 김윤영은 가혹한 사회 속에서 거래의 대상이 되어버린 인물들을 분석한다. 그녀는 때로는 파리로, 때로는 캄보디아로, 때로는 토론토로 공간을 다양화하면서 이상과 현실 때문에 고통 받고 절망하면서 살아가는 인물의 심리에 집중한다. 그녀의 인물들은 젊어서는 야학을 하다가 현재에는 다단계에 빠진 인물이기도 하고, 타잔이 되고 싶은 푸줏간 사나이이기도 하고, 낭만적 사랑의 거짓, 혹은 교환가치로서의 결혼을 성공적으로 이루려는 인물이기도 하다.

　일곱 편의 단편이 실린 『그린 핑거』에서 심리적 외상에 고착된 여성인물들을 보여주는 작품은 「그린 핑거」와 「전망 좋은 집」이다. 「그린 핑거」의 여성인물이 과거의 언청이로 인한 정신적 상처 때문에 히스테리 환자가 되었다면, 「전망 좋은 집」의 여자 인물은 과거에 사산한 아이로 인한 정신적 상처 때문에 히스테리 환자가 되었다. 두 사람 모두 해소되지 못한 정신적 상처로 인한 히스테리 환자라는 점에서 공통점을 드러내고 있다.

　「그린 핑거」는 과거의 상처를 고스란히 안고 살아가는 히스테리 여성인물을 서사화한다. 그녀는 과거 언청이로 놀림을 받으며 살아왔는데, 현재는 외모도 정상이고 토론토의 교포와 결혼하여 홈스테이 안주인으로 평범하게 살고 있다. 그러나 그녀의 내면에는 현재의 육체로 과거의 상처를 반추(反芻)하는 또 하나의 분열된 자아가 존재한다.

　여자는 어려서부터 영등포 시장에서 감자탕을 파는 어머니와 함께 살아왔다. 여자는 선천성 언청이였는데, 가난으로 수술을 받지 못하고 숱한 놀림을 감당하며 살아왔다. 28살이 되어서야 돈을 모아 수술을 받고 정상의 외모를 갖게 된다. 나아가 토론토에 살던 사촌의 결혼식에 참가했다가 토론토 교포인 지금의 남편을 만나 결혼까지 하게 되고, 홈스테이를 하며 정원도 가꾸고 행복하게 살고 있다. 동네 백인 할머니들은 정원을 잘 가꾸는 그녀에게 '그린 핑거'라는 별명을 붙여 주기도 했다. 그녀는 아이를 절실히 원하나 아이는 생기지 않고, 상담 받으러 갔던 병원에서 남편이 의사에게 언청이 이야기를 꺼낸 사실을 알게 된 후에는 정원 가꾸기에만 모든 것을 쏟으며 살아간다.

여자의 집에 어린 여자 아이가 머물 때 남편이 아이를 바라보는 모습을 보면서 여자는 질투를 느낀다. 자신은 한 번도 행복했던 아이가 아니었다는 것에 대한 열등감과 질투가 뒤섞인 감정을 느낀다. 여자는 아래와 같은 꿈을 꾸는데, 여자의 어린 시절의 정신적 상처와 아직 치유되지 못한 공격적 히스테리를 여실히 드러낸다.

> 어느 구질구질한 뒷골목 한 모퉁이에서 나는 남자 아이들에게 둘러싸여 있었다. 야, 이 째보야. 너 우리가 꼬아? 손 한번 잡자는데, 병신, 고마운 줄도 모르고…… 그러면서 한 명이 치마를 확 잡아당겼다. 뒤로 숨긴 내 손에 어쩌다 깨진 병이 쥐어져 있었는지는 모른다. 치마 속으로 그놈의 손이 들어오는 찰나 나는 그 병조각으로 남자의 얼굴을 확 그어 버리고 다른 손으로 다른 한명의 눈을 찔러 버렸다. 마지막 한명은 뒷걸음을 치고 있었고, 피가 뚝뚝 떨어지는 내손의 병조각은 기어이 날아가 그의 뺨에 박혔다.
>
> ─김윤영, 「그린 핑거」, 『그린 핑거』, 21-22쪽

위 인용문은 어린 시절 자신을 놀리는 남자 아이들에게 폭력을 행사하였음을 꿈을 통해 짐작해 볼 수 있는 부분이다. 사실 여자의 폭력성은 처음이 아닌데, 어린 시절 자신을 모욕했던 아이가 살던 세탁소

에 불을 질러 그 아이가 화상을 입도록 한 전력을 가지고 있다.

　손님으로 머물다 떠난 아이 엄마는 아이의 모자를 두고 갔다며 찾아달라는 전화를 하지만, 그 모자는 정원 땅속에서 갈기갈기 찢긴 상태로 발견된다. 여자는 '언청이'라는 말만 들으면 히스테리 반응을 보이는데, 아이 엄마도 그 단어를 이야기했었다. 남편은 뻔히 아내의 소행인지 알지만 극구 부인하는 아내에게 "당신은 늘 이해할 수 없는 짓을 하고서 시치미를 떼잖아. 정말 기억을 못하는 거야? 당신은 정말 자기한테 불리한 건 다 잊어버려? 장모님 말씀대로 당하고만 살아서 그렇게 이상하게 변한거야?"라고 말하며, 병원에 가서 상담 받기를 권한 바 있다. 그러나 여자는 남편이 자신을 닮은 언청이가 태어날 것을 두려워하는 게 아니냐며 히스테리를 부렸다. 남편이 생각할 시간을 달라면서 여행을 갔다 오겠다고 하자, 여자는 격렬한 분노를 표출했다. 그리고 남편은 현재까지 돌아오지 않고 있다.

　그런데 작가는 정원에서 심하게 썩은 냄새가 날 뿐만 아니라, 유난히 식물들이 잘 자란다는 기술과 우리도 언젠가는 죽어서 묻히면 흙으로 돌아가고 그 안에서 이름 모를 식물들을 무럭무럭 키우겠지, 라는 독백 속 암시를 통해 여자가 남편을 살해했다는 여운을 남긴다. 더구나 제목이기도 한 '그린 핑거'라는 의미가 식물을 잘 키운다는 뜻 외에 마법사나 마녀라는 뜻이 있다는 것을 염두에 둘 때, 여자의 살인 가능성은 높아진다. 히스테리 환자는 충동만을 가지고 있는 것이 아니다. 그는 행동을 한다. 그는 자기의 꿈을 행동으로 옮긴다. 때문에 그는 때로는 범죄적 행위를 하기도 한다.(드니즈 라쇼, 앞의 책, 29쪽)

　「전망 좋은 집」의 혜령은 한강이 보이는 전망 좋은 집에서 행복하게 살고 있으며 빵집을 경영하고 있다. 그녀는 어느 날 대학 때 친구였던 은호를 만난다. 은호는 최근에 건강식품 사업을 하다가 재산을 다 날리고, 옥탑방에서 과외를 하면서 근근이 살아가고 있다고 한다. 혜령은 은호에게 갑상선이 좋지 않아 살이 쪘다고 말을 하기도 하고, 가게 사람들에게는 임신을 했다고 말하기도 한다. 그러던 어느 날 혜령은 은호에게 자신의 불행한 과거의 어느 날을 고백한다.

> 필라델피아의 그 겨울, 그날도 눈이 엄청 많이 왔다. 남편은 애를 낳자마자 따뜻한 플로리다에 가서 휴양을 하자고 말도 안 되는 계획을 늘어놓았고 혜령은 차라리 하와이를 가자고 응수했다. 그렇게 잠깐 웃고 떠들던 순간, 순식간에 차가 미끄러져 뱅글뱅글 돌았다. 삼백육십 도를, 아니면 더 돌았는지도 모른다. 어디에 부딪히거나 하지 않았다. 단지 그뿐이었다. 예정일을 단 닷새 남기고 있었다. 아이의 발길질이 만 하루 이상 멈췄다고 느낀 건 그 다음날이었다. 그리고 병원에 가자, 의사들은 눈치를 보며 아임 쏘리를 반복했다. 아무도 원인을 모른다고 했다. 남편은 울고 있었지만 혜령은 눈물도 나오지 않았다.
>
> ─김윤영, 「전망 좋은 집」, 『그린 핑거』, 64─65쪽

인용문은 자동차 사고로 사산(死産)한 혜령의 트라우마를 여실히 보여준다. 여자에게 불행은, 아이를 잃었다는 것에서 끝나지 않고 남편을 못살게 굴다가 결국 자기 손으로 이혼 서류에 도장을 찍었다는 데에 있으며, 최종적으로 히스테리 환자가 되었다는 사실에 있다. 혜령은 은호와 함께 우연히 길을 가다가 몸을 푼 노숙자 여자를 발견했는데, 은호는 갓난아이를 혜령에게 주며 뒷일은 자신이 알아서 하겠다면서 데려가라고 한다. 그러면서 언제까지 복대를 하고 거짓 임신을 한 채 살아갈 것이냐고 걱정한다. 결국 혜령은 아이를 데리고 온다. 후에 혜령은 좋은 엄마가 될 자격이 충분하다고 말해주는 은호의 말

에 용기를 얻어, 아이를 위해 이 전망 좋은 집을 떠날 때가 되었다고 결심한다.

해소되지 못한 정신적 상처는 인물들을 히스테리로 몰고 간다. 히스테리 환자는 가족관계를 해체하고 규칙적인 일상생활에 혼란을 초래하며 이성의 틈새에 어둠의 공간을 마련한다. 히스테리 환자에게는 일종의 '원죄 의식'에 해당하는 결핍이 있다. 「그린 핑거」의 인물에게 언청이라는 사실이 무의식의 흉터라면, 「전망 좋은 방」의 인물에게 아이를 사산(死産)했다는 사실이 무의식의 흉터이다. 히스테리 환자의 무의식은 일종의 균열이고 간극이며 헛디딤이기에, 그녀들의 이야기는 완결되기보다는 일종의 생략부호로 끝난다. 「그린 핑거」의 남편을 살해한 여자와 「전망 좋은 방」의 남의 아이를 훔쳐 자신의 아이로 키울 여자는 이후 또 다른 서사를 배태하게 될 것이다.

4. 강박증과 히스테리를 넘어서

그렇다면 왜 우리는 이처럼 쉽게 강박이나 히스테리와 접속된 인물을 만나는 것일까? 이는 아마도 견고한 자본주의로부터 오는 신경증으로 파악해야 할 것 같다. 자본은 이제 모두를 지배하는 견고한 시스템으로 확고하게 모습을 드러낸다. '슈퍼 자본주의'(로버트 라이시, 『슈퍼 자본주의』, 김영사, 2008)라는 말처럼 자본주의가 승리를 거두면서 권력은 소비자와 투자자에게 옮겨졌다. 이들은 이제 전보다 더 많은 선택권을 갖게 되었고, 전보다 훨씬 더 쉽게 나은 거래로 이동할 수도 있다. 그러나 슈퍼 자본주의가 가져오는 부정적인 사회적 결과들도 크게 부상하고 있다. 경제 성장의 이득이 최상층으로 갈수록 점점 커지는 불평등,

일자리 안정성의 감소, 공동체의 불안정, 환경오염, 그리고 우리의 저급한 욕망에 영합하는 수많은 미디어와 광고 등, 그야말로 비열한 시장 속에서 생존을 위한 투쟁을 위해 "도마뱀의 뇌"를 갖도록 요구받고 있는 상황이다.

대학을 졸업한 젊은이들이 직장을 구하지 못해 실직자로 몰리는 사회, 젊음을 바쳐 열정을 쏟았던 일터에서 나이를 이유로 내몰리는 사회, 연봉제라는 서열로 인간을 계급화하려는 기업, 평생을 살아온 삶의 터전을 개발이라는 명목으로 하루아침에 빼앗는 사회, 최소한의 안전망도 제공하지 않는 사회, 살아남기 위해 서로를 끊임없이 짓밟고 올라가도록 강요하는 교육제도 등 우리 사회의 미래는 어둡기만 하다. 결국 신경증은 합리적이지도 논리적이지도 않은 불운을 고스란히 감내하면서 어떤 위로도 어떤 구원도 없이 정신적 상처를 안고 살아가는 현대 사회 때문은 아닐까?

작가들은 소설을 통해 자본주의적 일상의 명백한 표면 밑에 감추어진 왜곡되고 일그러진 우리의 자화상을 간파하고 있는 셈이다. 다시 말해 자본주의 사회라는 감옥이 바로 강박적 인물이나 히스테리 인물을 낳고 있는 것이다. 어쩌면 현대를 살아가는 우리는 누구나 조금은 자책과 자학, 가해와 피해, 강박과 히스테리 사이에서 아슬아슬한 줄타기를 하며 위험한 곡예를 하고 있는 것은 아닐까?

불확실한 공포의 징후들
-김숨, 편혜영, 김중혁-

1. 유동하는 공포

우리 모두는 어깨를 짓누르고 있는 모호하고 불확실하지만 떨쳐낼
수 없는 어떤 불안과 공포를 느끼며 살아가고 있다. 지그문트 바우만
에 따르면, 현대인이 겪는 이러한 심리는 바로 '유동하는 공포'이다.
유동하는 공포란 유동적 근대(liquid modern age)의 특징인 '언제 어디에
서나 출렁이는 위험' 앞에서 우리가 겪는 불확실한 불안에 붙인 이름
이며, 그 위협이 대체 무엇인지 알 수 없는 인식 불가능함에 붙인 이
름이며, 그것에 대항해 무엇을 할 수 있고 무엇을 할 수 없는지 판단
할 수 없는 무력함에 붙인 이름이다.

이런 예측 불가능한 위험이 바로 공포이다. 공포는 우리의 일상에
똬리를 틀고 있다가 언제 어디서나 달려든다. 우리의 가정에, 직장에,
도시 구석구석에 스며든다. 공포는 어두운 거리에도 있고, 화려한 쇼
윈도에도 있다. 공포는, 우리가 먹는 음식에도, 우리가 접촉하는 것들
에도, 우리가 만나는 사람에게도, 우리가 몸담고 있는 시스템에도 숨

어 있다. 음식에 대한 공포를 극대화하여 보여준 것이 '광우병 공포'였다면, 접촉에 대한 공포를 극대화하여 보여주는 것이 '신종 플루'였다. 지구 반대편에서 야기된 금융대란이 나비효과로 돌아와 든든해 보이던 우리네 수 만개의 일자리를 단숨에 삼켜버렸고, 그래서 우리의 가장들은 거리로 내몰리기도 했다. 그것은 지진처럼 지상의 모든 것을 일시에 파괴하기도 하고, 빙하처럼 작은 균열로 시작해 천천히 녹아내리기도 한다.

2009년 하반기에 발표된 소설들 중에서 가장 인상적으로 다가온 것은 그 형체는 뚜렷하지 않지만 스멀스멀 피어나는 불안과 공포의 분위기를 극대화한 작품들이었다. 우리는 지금 안개 속의 답답함 같은 공포에 노출되어 있다. 2009년 하반기 발표된 작품들 중에도 이런 공포의 징후를 예민하게 드러내는 뛰어난 작품들을 포착할 수 있다. 편혜영의 「통조림공장」(『문학동네』, 2009년 여름호)과 김중혁의 「유리의 도시」(『현대문학』, 2009년 8월호)와 김숨의 「쥐」(『문학수첩』, 2009년 겨울호)를 대상으로, 우리 시대를 사로잡고 있는 이 모호한 공포가 갖는 소설적 의미를 살펴보는 것이 이 글의 목적이다.

2. 악운에 대한 공포

김숨의 「쥐」는 여자의 집 안으로 쥐를 잡기 위해 제복을 입은 네 명의 남자가 들이 닥치면서 시작된다. 여자는 네 명의 남자가 오기 바로 직전에 남편으로부터 쥐잡기 전문가가 집으로 갈 것이라는 전화를 받고 문을 열어준다. 50대 초반의 남자들은 플래시, 망치, 외막대기, 쇠꼬챙이를 들고 여자의 집안으로 들어온다. 험상궂은 인상을 한 쥐

잡는 남자들은 목이 마르다며 음료수를 요구하고 무례하게 굴면서 쥐한 마리당 십 만원이라고 말한다. 그들은 그녀에게 쥐를 처음 본 것이 언제였는지, 몇 마리였는지 마치 경찰이 심문하듯 물어왔다. 쥐를 본 것은 사실 그녀가 아니라 그녀 남편이었지만, 그녀는 그냥 부엌에서 한 마리를 보았다고 이야기를 했다.

　남자 네 명이 쥐를 잡는다며 부엌에서 벌이는 행동은 전문가라는 말과는 달리 신뢰를 전혀 주지 못하고, 무엇인가 굉장한 사건을 벌일 것 같은 긴장감과 공포감만을 고조시킨다. 그들은 "싱크대 문짝은 열어 젖혀져 있고, 냄비와 그릇들은 내동댕이쳐져 있으며, 전기밥솥이 식탁 밑에 나동그라져 있고, 감자와 양파들이 부엌 바닥 여기저기에 굴러다니는" 상황을 연출하면서, 쥐는 잡지는 못하면서 부엌만 난장판으로 만들어 놓는다. 그리고는 욕실로 가서는 또 한바탕의 소동을 벌인다. 쥐는 몰래몰래 숨어서 다니지만, 그들은 무리를 지어 집 안을 함부로 휘젓고 다니기 때문에, 그녀는 그들보다 차라리 쥐가 더 낫겠다는 생각이 들기까지 한다.

　황당함은 여기서 끝나지 않고, 그들은 열한 시에 와서 한 시가 될 때까지 쥐 한 마리도 잡지 못한 채 배가 고프다며 점심 식사를 요구한다. 쥐 잡는 남자들은 여자가 어쩔 수 없이 배달시킨 자장면을 먹고 나서는 베란다로 몰려가 담배를 피운다. 그리고는 도리어 여자에게 쥐를 본 게 맞느냐며 역정을 내는 지경에까지 이른다.

　　그들은 그녀를 완전히 포위해버렸다. 그녀가 도무지 빠져나갈 틈도 없이 그들은 유독 큼지막하고 싯누런 이빨을 그녀를 향해 한껏 드러내 놓고 으르렁대기까지 했다. 백은 어금니를 부드득부드득 갈아대기까지 했다. 그녀는 그 소리를 들으며 스스로가 한 마리의 쥐가 된듯한 착각에

사로잡혔다. 그러니까 그녀 자신이 사흘 전 남편이 목격했던 그 쥐일지
도 모른다는…… 그 순간 찍! 하고 비명이 터져 나오려는 입을, 그녀는
얼른 손으로 틀어막았다.

-김숨, 「쥐」, 『문학수첩』, 2009 겨울, 225쪽

여자 혼자 있는 집 안에 험상궂은 남자들이 벌이는 소동은 이제 불
쾌감이나 황당함을 넘어 서서히 공포로 변해간다. 그녀는 이제 그들
앞에서 포위당한 한 마리의 쥐와 같은 공포감을 느끼게 된다. 그녀가
그 공포의 절정을 느꼈을 때, 안방에서 자고 있던 아기가 깨어난다.
그녀는 아기를 안고 거실로 나오는데, 그들은 아기가 자신들을 닮았다
고 이야기를 주고받다가 아기를 빼앗아 서로 안아보기도 한다. 그 과
정에 그들은 정수기를 부수고, 에어컨을 부수고, 온 집을 망가뜨린다.
여자는 가까스로 우유를 먹여 아기를 재운다. 이 소설은 남자들이 요
람에 다시 재운 아기가 있는 안방에서 쥐 소리가 난다며 그 방으로 움
직이기 시작하는 지점에서 끝이 난다. 이 소설은 그 남자들에 의해 아
기에게 뭔가 위험한 일이 생길 것만 같은 불길한 느낌으로 끝이 난다.

김숨이 이전에 발표한 소설 「손님들」(『침대』, 문학과지성사, 2007)도 철거
로부터 이 집을 보호한다는 명목으로 예고 없이 오후 2시에 들이 닥
친 한 무리의 손님들이 모여 생기는 서사를 다룬 소설이다. 「쥐」는 철
거 반대 대원들이 쥐 잡는 사람들로 바뀌었을 뿐, 평온한 가정과 일상
에 갑자기 침입하여 평화를 깨어놓으며 공포감을 형상화 했다는 점에
서는 유사한 서사구조를 드러낸다.

우리 모두는 살아가면서 생각지도 못했던 악운을 경험하게 된다. 강
도를 만나 돈을 빼앗긴다든지, 아니면 사기꾼에게 속아 가산을 탕진한
다든지, 혹은 사고로 목숨을 잃기도 한다. 이런 악운은 예고 없이 닥

친다는 점에서, 어떻게든 악운을 피해보려는 노력을 여지없이 비웃는다는 점에서, 예비를 할 수 있는 다른 재난과 차별화된다. 악운의 피해자가 되는 데에는 아무런 원인도 이유도 없다. 그저 어쩌다보니 악운을 겪는 것이다.

이 소설에서 소설가가 관심을 갖는 것은, 도대체 남편은 왜 이러한 사람들을 집으로 보낸 것인가 하는 의문도, 과연 이 남자들이 언제 집을 나가게 될 것인가 하는 문제도, 아이는 안전할 것인가 하는 문제도 아닌 듯하다. 작가의 관심은 오히려 평범한 일상 속에서 우연히 만나게 된 '악운'이 사람들을 얼마나 극도의 공포감으로 몰아갈 수 있는가를 점층적인 표현 수법으로 보여주는 데에 있는 듯하다. 이 소설은 특별한 사람들만이 겪는 불행이 아니라 누구나 겪게 될 수도 있는 악운 때문에 더욱 공포를 느끼게 되는 심리를 드러내는 작품이다.

3. 반복되는 노동과 기계가 되는 인간들

편혜영의 「통조림공장」은 통조림 공장장의 실종에서 시작하는 추리소설의 기법을 차용하고 있다. 공장장은 존재할 때는 어떤 주목도 받지 못하다가 부재를 통해 존재감을 역으로 드러내고 있는 인물이다. 일상을 함께 할 때는 아무도 공장장의 삶에 관심이 없었으나, 실종된 지금은 모두의 관심 대상이 되었다.

생산직 출신인 공장장은 결근한 적도 없으며, 모든 공정을 잘 관리하는 인물이었다. 아내와 아이를 외국에 보내고 사택에서 혼자 살아가는 공장장은 가장 먼저 출근해 가장 늦게 퇴근하는 인물이기도 하였다. 공장장은 아침에는 사택에서, 점심에는 직원들과 함께 휴게실에서,

저녁에는 술을 마시면서 혼자, 통조림을 먹었다 한다.

공장장의 실종에 대해 어떤 직원들은 그가 술에 취하기만 하면 여직원의 사택으로 찾아갔다고도 하고, 어떤 직원들은 공장장이 아이를 외국에 보낸 후 재정 압박 때문에 공금횡령을 한 것이 아닌가 추측하기도 하였다. 그러나 내연설, 횡령설 등은 모두 헛소문으로 판명된다. 공장장이 여직원과 사적인 관계를 맺을 만큼 매력 있는 사람이 아니라는 이유로, 또한 공장에 횡령을 할 만한 여윳돈이 없다는 이유로, 소문은 사실이 아닐 가능성이 컸다. 그러나 아무도 적극 해명하지는 않았다.

사람들은 공장장을 싫어했지만, 그의 삶이 자신들의 삶과 크게 다르지 않았으므로 딱히 미워할 수도 없었다. 그리고 공장장의 삶에 대해서 "열심히 일했고 고분고분 살았지만, 삶이 너무 자명한 사람"이라는 결론을 내렸다. 공장장의 가족도 이 사건에 관심을 보이지 않았고, 실종에 대한 어떠한 단서도 발견되지 않았으므로, 공장장의 실종 사건은 미결로 종료된다.

공장장의 마지막 모습을 본 사람은 '박'이었다. 사람들은 '박'이 곤란을 겪지 않을까 우려했지만, 그에게는 확실한 알리바이가 있었다. 공장장이 사라지기 전날, '박'은 공장장의 지시로 공장장의 아이에게 보낼 음식을 깡통에 밀봉하는 야근을 했다. 이는 공장장이 오래전에 사장의 지시로 사장의 아이들에게 보낼 음식을 밀봉하는 작업을 그대로 따라한 것이다. 사실 공장에서 일하는 사람들은 모두 한번쯤은 깡통에 무엇인가를 밀봉해본 경험을 갖고 있었다. 공장 사람들은 아이에게 줄 장난감이나 여자 친구에게 줄 반지 따위를 깡통에 밀봉하기도 했다. '박'은 공장에서 일하는 자신에 대하여 "벨트 앞에 서서 그저 익숙한 각도로 몸을 움직이기만 하면 돼요. 생각이 탈수되고 몸이 기계의 일부가 되는" 경험을 하였다고 형사에게 말한 바 있다.

그렇다면 공장장은 어떻게 된 것인가? 소설에는 공장장의 실종에 관한 어떠한 언급도 되어 있지 않다. 공장장이 단순히 회사를 떠난 것인지, 아니면 신변에 사고가 난 것인지, 살아있는지 죽었는지, 죽었다면 사고사인지 살인에 의해서인지 소설은 정확한 어떤 결론도 내리지 않는다. 다만 '박'의 꿈을 통해 공장장의 실종과 관련된 하나의 암시가 언급되고 있을 뿐이다.

> 짧은 잠 속에서도 공장에서 일하는 꿈만 꿨다. 꿈속에서도 그는 레일 앞에 서서 밀봉을 하고 있었다. 깡통에 자기 손을 넣어 밀봉했고, 빈 깡통 속에 빈 깡통 속에 빈 깡통을 넣고 밀봉하기도 했다. 어떤 날의 꿈에서는 공장장이 나타나 그에게 밀봉할 것을 하나씩 건네주었다. 깡통에 넣을 수 있는 것도 넣었고 넣을 수 없는 것들도 넣었다. 사장의 금고나 사장의 머리통 같은 것이었다. 사지가 절단되어 죽어있는 개를 주기도 했고 거대한 백골을 주기도 했다. 이걸 어떻게 넣어요? 라고 물으면 공장장은 방앗간에서 곡식을 빻을 때 쓸 것 같은 분쇄기를 가리켰다. 그는 거침없이 분쇄기로 가서, 강도를 조절한 후 백골을 넣었다. 가루가 된 백골이 털털거리며 쏟아져 나왔다. 그 가루를 모아 깡통 속에 담았다. 백골 통조림은 외양이 같은 수 천 개의 통조림에 뒤섞였다.
>
> ─편혜영, 「통조림공장」, 『문학동네』, 2009 여름, 270쪽

위에 인용된 것은 전(前)공장장이 사라진 후 새로운 공장장이 된 '박'의 꿈이다. 박에 따르면, 사라진 공장장은 깡통에 죽은 개를 밀봉한 경험도 있고, 자신이 죽으면 그 가루를 통조림 깡통에 보관하면 어떨까 하는 이야기를 '박'에게 한 적도 있다. 박의 꿈에서 공장장은 거대한 백골을 "분쇄기"로 갈아 가루를 만들어 깡통에 담는다. 죽으면 가

루가 되어 깡통 속으로 들어가고 싶다는 평소 공장장의 말 때문에 꾼 꿈이기는 하지만, 이 엽기적인 꿈은 흔적도 없이 사라진 공장장에 대한 암시를 담고 있는 것으로 읽을 수도 있다.

공장장의 죽음 직후, 만들어진 깡통에서 나온 인혈 사건도 유야무야 된다. 그리고 여전히 공장은 가동되고, 사람들은 반복되는 일들을 하고, 공장장의 역할은 누군가에 의해 대체된다. 공장장의 실종이 충격을 느끼게 하는 것은, 공장장의 실종 그 자체가 아니라 한 사람의 실종이 어떠한 의미도 갖지 못하는 사실에 의해 야기된다. 공장장의 역할은 박에 의해 대체되고, 공장장의 삶은 기계처럼 폐기된다.

박은 스스로 공장장과는 통하는 것이 하나도 없다고 생각해왔다. 그러나 새로운 공장장이 된 박은 어느덧 자신도 옛날 공장장이 했던 일을 그대로 반복한다. 가장 먼저 출근하여 기계를 켜고, 가장 늦게 퇴근을 한다. 절대로 먹지 않던 통조림도 먹기 시작한다. 전 공장장의 깡통 속에서 공장장의 삶의 흔적이 묻어나는 깡통을 따는 것이 두려운 그는, 그 깡통을 밀봉한다. 전 공장장도 그러했을 것이라는 생각을 갖고서. 깡통을 만들던 공장장의 삶은 깡통으로 영원히 밀봉된다.

물론 이 소설은 공장장이 죽었는가, 살아 있는가를 탐색하거나 누가 범인인가를 찾아내는 탐정소설이나 추리소설이 아니다. 이 소설에서 중요한 것은 공장장의 실종 그 자체라기보다는 그 실종이 어떠한 의미도 갖지 못하는 사회의 시스템과 그 시스템 안에서 부품처럼 살아가는 사람들과 타인에 대한 철저한 무관심을 드러내는 것이다. 공장에서 요구되는 것은, 개별성을 띤 인간의 노동이 아니라 주어진 역할 완수이다. 비대해진 사회 시스템 역시 인간 자체가 아니라 시스템적 역할을 요구한다. 단순하게 반복되는 노동으로, 인간은 '노동하는 기계'

가 된다. 그리고 그 역할은 누군가에 의해 끊임없이 수행된다. 사회는 공장의 컨베이어벨트처럼 시스템화 되고 인간은 기계의 부품처럼 누군가에 의해 대체될 수 있고 폐기될 수 있다는 사실은, 인간에게 공포감을 느끼게 한다. 대량생산되는 공장의 깡통처럼 인간도 이제 규격화된 사물이 된다. 인간의 사물화는 외부의 억압에 의해서가 아니라 내면화에 의해서 반복적으로 학습되고 각인된다.

4. 부서져 내리는 도시

김중혁의 「유리의 도시」는 첨단 문명을 자랑하는 도시가 불특정 다수를 향한 살인과 동시 테러에 노출되는 순간 혼란과 공포에 사로잡히는 과정을 예민하게 드러내는 소설이다.

김중혁의 「유리의 도시」는 도시의 고층 빌딩에서 갑자기 대형 유리가 떨어져 많은 사람들이 사망하는 사건에서 시작된다. 불특정 다수를 대상으로 하는 유리 추락 사건은 세 번이나 연달아 일어나고, 많은 사상자를 낸다. 이 사건을 해결하기 위해 재해방지대책본부 소속의 경찰 이윤찬과 도심테러격파본부 경찰 정남중이 투입된다.

이윤찬은 우선 사고가 난 유리의 성분을 조사하여 '알루미노 코바늄'이라는 특이한 성분이 유리에 섞여 있음을 밝혀낸다. 그리고 그 성분이 특정 물질에 민감하게 반응한다는 사실도 알게 된다. 정남중은 사고가 난 유리가 같은 회사에서 생산된 대형유리라는 점에 착안하여 수사망을 좁혀나간다. 그 과정에서 도시 건물 곳곳에 존재하는데도 평소에 관심의 대상이 되지 못했던 유리에 관심을 갖게 된다.

사방의 건물이 거리를 둘러싸고 있었다. 건물에 붙어 있는 수백만 개의 유리가 한꺼번에 거리로 떨어지는 장면을 상상하여 보았다. 투명한 유리가 한꺼번에 쏟아져 내린다면 비나 눈이 오는 것처럼 보일지도 모른다고 생각했다. 투명한 유리들이 지나는 사람들을 덮치고 거리를 피로 물들인 다음 스스로 파편이 되어 사방으로 흩어진다. 그러자 유리가 살아있는 생물체인 것 같은 생각이 들었다.

－김중혁, 「유리의 도시」, 『현대문학』, 2009. 8

위 인용문은 이윤찬이 사건을 조사하면서 도시 곳곳에 존재하는 유리의 존재를 자각하는 부분이다. 유리는 오래된 건물의 외관을 쉽게 리모델링할 수 있다는 용이성 때문에 최근 건축물에서 많이 사용되는 건축 자재이다. 화려한 건축물이 뽐내는 도시의 유리들은 종잇장처럼 얇은 문명의 외피를 뚫고 삶의 안전망이 여지없이 제거된 '무(無)의 한복판'으로 떨어진다. 그것은 바벨의 탑처럼 순식간에 무너져 내릴 수도 있는 신기루처럼 보이기도 한다. 이처럼 우리는 문명의 상징인 고층 빌딩의 유리가 불특정 다수를 향한 살인 무기로 돌변하는 아이러니에 공포감을 느끼게 된다.

이 사건을 꾸민 범인은 유리를 연구하는 연구원 고은진으로 밝혀졌다. 그녀는 재즈댄스 동호회에서 정지현을 만나 가까워진다. 그러던 어느 날 정지현이 14층 아파트에서 떨어져 죽었다는 사실을 알게 된다. 고은진은 정지현의 자살을 받아들이지 못한다. 그 이후 고은진은 창밖을 보고 있으면 친구가 떨어지는 환각을 보게 되고, 유리와 함께 사람들이 떨어져 작은 알갱이로 산산조각 나는 장면과 소리를 자주 상상하게 된다. 그녀에게는 유리와 함께 죽은 친구의 죽음이 근원적인 상처로 각인되어 있다.

고은진은 유리의 안전성을 시험하는 연구에서 알루미노 코바늄의 존재를 알아내게 된다. 연구원 고은진은 정지현이 죽기 일주일 전에 알루미노 코바늄과 유리의 상관관계를 알아내고, 친구에게 유리로 마술을 보여주려고 생각했던 적이 있었다고 한다. 고은진이 정지현에게 보여주려고 했던 마술은 안경에서 안경알이 빠지는 마술, 컵이 줄어들면서 물이 넘치는 마술, 창문에서 유리가 빠지는 마술이었다. 그녀는 초음파를 발사하는 총을 건물에 쏘다가 정남중에게 체포된다. 그녀가 발견한 것은 바로 코바늄을 넣은 유리에 초음파를 발사하면 유리가 갑자기 수축된다는 현상이었다. 그녀는 세상의 유리를 다 없애고 세상을 파괴하려고 그랬는지, 아니면 친구를 죽게 한 세상에 복수하려고 그랬는지, 그것도 아니면 친구의 죽음을 추모하기 위해 그랬는지, 끝내 입을 열지 않은 채 체포된다.

이윤찬은 '유리창 사건'을 일급비밀에 붙인다. 누군가 코바늄과 초음파의 관계를 알게 된다면 더 많은 창문이 테러 대상으로 변하게 되지 않을까 하는 걱정 때문이었다. 그리고 사건은 고은진의 체포로 일단락된 것 같았다. 그러나 한 달 후 또다시 유리 추락 사고가 발생한다. 비밀을 아는 사람은 분명 이윤찬과 정남중과 유리전문가 한 사람뿐이었는데도 말이다.

작가가 관심을 갖는 것은 고은진이 왜 유리 추락 사고를 냈는가 하는 이상심리를 보이는 여자에 대한 분석도 아니고, 혹시 고은진 말고도 이 비밀을 아는 누군가가 또 있는 것이 아닌가 하는 공범자를 찾는 문제도 아니다. 혹은 고은진 이후의 사고를 누가 냈는가 하는 것도 아니다. 작가가 우리에게 말하고 싶은 것은 우리의 일상에 깊숙이 들어와 있는 유리라는 문명의 상징이 어떻게 인간을 파괴할 수 있는가 하는 문제이다. 이 소설에서 우리를 공포로 몰고 가는 것은 유리라는 기표로 상징되는 문명이 바로 인간을 파멸로 이끄는 무서운 살상무기가 되는 사실 그 자체이다.

5. 공포사회의 징후들

세 편의 소설을 읽고 느끼는 공통점은 섬뜩함이다. 우리가 발 딛고 사는 세상은 수많은 악운과 반복되는 노동과 위험한 환경으로, 더 이상 희망적인 미래를 꿈꾸는 것을 허락하지 않는 것은 아닌가? 눈앞에 보이는 적이라고 판단되는 것들과 싸우면 과연 좋은 세상이 올까? 더 무서운 적이 나타나는 것은 아닐까? 희망이라고 판단되는 것을 향해 나아가면 정말로 희망이 올까? 희망이라고 믿었던 것은 신기루처럼 허상이 아닐까? 과연 과학의 발전과 문명은 인간의 미래를 행복으로 나가게 해줄까?

과학의 발전은 인간의 미래를 장밋빛으로 물들이기도 하지만 때로는 판도라의 상자처럼 열려서는 안 될 상자 속에서 노출되어서는 안 되는 것들이 마구 쏟아져 나오기도 한다. 그렇다면 소설 속에서 디스토피아의 징후가 늘어나는 것은 이런 미래에 대한 디스토피아적 전망들의 반영 때문이 아닐까? 역사의 진보를 믿던 시절, 인간의 이성을 신뢰하던 시절, 미래에 대해 희망을 갖고 있던 시절이 지나가고 역사의 진보를 믿지 않으며, 인간의 이성을 신뢰하지 않으며, 미래에 대해 어떠한 희망도 품고 있지 않는 환멸의 시대가 맞이하는 어쩔 수 없는 우리의 자화상 아닐까?

한편에서는 불황이 계속되고 정리 해고가 상습화되고 청년 실업자가 늘어나고 사회 보장 제도도 갈수록 힘을 잃어가는 시대에 살고 있기 때문이라고 분석한다. 또 다른 한편에서는 소수의 승자와 다수의 패자들을 배출하는 사회 시스템에 대한 비판을 모호하게 덮어버리기 위하여 자연재해와 특수한 개인의 범죄를 부각시킴으로서 '통치 형태로서의 공포'를 전략적 요소로 활용한다는 비판도 제기되고 있다. 오늘날 불안과 공포가 끊임없이 자가 증식을 해 나가는 이유는 무엇일까? 공포의 징후들이 포착되는 소설을 읽는 독자들의 마음은 어둡기만 하다.

소통을 위한 모색

―송하춘, 이승우, 고종석―

1. 그 많던 독자들은 어디로 갔을까?

2007년 『세계문학』 봄호 특집으로 기획된 "누가 문학을 읽는가"는 인터넷과 영상매체의 위력으로 문학이 위축되고 있는 현재 상황에서 '독자'의 존재를 모색함으로 우리 소설이 나아가야 할 방향을 진단하고 있다. 소설을 쓰는 소설가, 소설을 비평하는 평론가, 소설을 가르치는 교수라면 모두, 소설의 자리가 점점 위축되고 있다는 사실을 예민하게 체감하고 있다. 이남호는 21세기의 독자들을 "창(window)앞의 여자들과 D.M.B.를 든 남자들"이라고 진단하고, 문자적 성격에 불편함을 느끼는 전자인간들로 단정한다. 소설을 읽는 독자가 사라졌으며, 그나마 소설을 읽는 독자들이 한국소설이 아닌 일본소설을 읽고 있는 현 상황에서, 소설을 창작하는 주체가 대면하는 어려움은 만만치 않다. 박성창은 "근대적 문학의 한 축을 담당했던 독서의 모델이 퇴조하고 현실 속의 독자가 감소하고 있다. 이럴 때일수록 더욱 더 문학은 텍스트 속에 여러 장치들을 통해 새로운 독서의 모델을 갈구하고 독자들에게 새롭게 읽어 줄 것을 요청하는 것은 아닌가?"라며, 현실 상황의 어려움과 불명확한 미래를 정면 돌파할 수 있는 에너지를 작가들에게 요구하고 있다.

이제 우리는 독자와 소통하기 위해 작가들이 새로운 장치를 어떻게 도입하고 있는가 하는 질문을 던질 수 있다. 이 글에서 살펴보게 될 지난 계절의 작품에 대한 관심은 바로 이런 질문에 대한 필자의 고민이 반영된 것이다. 출구가 없는 문학적 상황을 인지하면서, '그럼에도 불구하고' 독자들과 소통하기 위하여 작가들은 소설의 다양한 가능성을 탐색한다. 이 글에서는 송하춘의 「그 먼 나라를 알으십니까」(『문학사상』, 2006년 12월호), 이승우의 「전기수이야기」(『문학사상』, 2006년 10월호), 고종석의 「이모」(『문학판』, 2006년 겨울호)를 대상으로 하여, 중견작가들이 현재 한국소설이 처한 상황을 돌파하고 독자들과 소통하기 위하여 과거, 현재, 미래와 대화하는 모습을 살펴보고자 한다. 독자와 소통하기 위한 중견작가들의 새로운 모색을 위해, 송하춘은 한국의 근대소설이 태동되던 지점으로 거슬러 올라가고, 이승우는 읽는 소설이 아닌 듣는 소설을 제안하고, 고종석은 이중 언어의 문제를 파고들고 있다.

2. 소설로 쓰는 '유정'론―송하춘의 「그 먼 나라를 알으십니까」

송하춘의 「그 먼 나라를 알으십니까」는 두 가지 점에서 흥미로운 작품이다. 우선 이 소설은 '바이칼 호수 여행'을 소재로 삼고 있는 일종의 여로(旅路) 소설이며, 다음으로 화자를 '최석의 아내'로 설정함으로 근대 소설이 태동되던 시기인 이광수의 「유정」과 대화의 관계를 유지하고 있다. 지라르의 욕망 이론에 의거하여 말하자면, 이 작품을 창작한 욕망은 바로 이광수의 「유정」이 되는 셈이고, 송하춘의 「그 먼 나라를 알으십니까」는 소설로 쓰는 '이광수의 유정'론이 된다.

송하춘은 『한번 그렇게 보낸 가을』, 『은장도와 트럼펫』, 『하백의 딸들』, 『꿈꾸는 공룡』 등 4권의 작품집을 발표한 바 있다. 여행을 소재로 삼고 있는 작품으로 「산고양이 섬」이 있다. 「산고양이 섬」은 '대마도 여행'을 소재로 삼고 있으며, 김인겸의 「일동장유가」와 대화의 관계를 시도하고 있다는 점에서 「그 먼 나라를 알으십니까」와 유사한 창작 과정을 보이고 있다. 가라따니 고진 식으로 말하자면, 「산고양이 섬」은 '대마도라는 풍경의 발견'을 다루고 있으며, 「그 먼 나라를 알으십니까」는 '바이칼 호수라는 풍경의 발견'을 다루고 있다. 그런데 「산고양이 섬」에서 화자가 관심을 갖는 것이 일본과 한국의 역사적인 문제였다면, 「그 먼 나라를 알으십니까」에서 화자가 관심을 갖는 것은 이광수, 혹은 이광수의 작품인 「유정」이다.

이광수의 「유정」(1933년)이 우리 소설사에서 가지는 의미는 다양하겠지만, 우리 소설의 공간적 배경을 시베리아로 넓힌 것을 가장 먼저 꼽을 수 있다. 근대문학의 공간적 배경이 한국이거나 일본 혹은 만주 정도였던데 비해 이광수의 「유정」은 바이칼 호수로 넓히고 있다. "최석(崔晳)으로부터 최후의 편지가 온 지가 벌써 일 년이 지났다. 그는 바이칼 호수에 몸을 던져 버렸는가. 또는 시베리아 어느 으슥한 곳에 숨어서 세상을 잊고 있는가"로 시작하는 이광수의 「유정」은 일기와 편지의 형식을 동원하여 시베리아 여행담을 고스란히 소설 속에 드러내고 있으며, 현실 탈출과 이상향에 대한 욕망, 의지가 아닌 열정에 대한 동경 등을 담고 있는 뛰어난 작품이다.

이광수의 「유정」은 최석의 친구인 화자가 최석이 딸처럼 키운 남정

임과 바람이 나서 시베리아 바이칼로 도망쳤다는 세간의 오해에 대하
여 잘못된 소문에 대한 진실을 밝히는 내용을 담고 있다. 최석은 딸처
럼 키운 남정임과의 염문설로 "에로 교장"이라는 오명을 뒤집어쓰고
가정과 사회에서 버림받는다. 이에 최석은 조선을 떠나기로 결심하고
동경에서 대련, 장춘, 하얼빈을 거쳐 모스크바 가는 급행열차를 타고,
치타를 지나 이르크스트 근처 바이칼 호반 눈 덮인 삼림 속으로 들어
간다. 최석은 그곳에서 통나무집을 짓고 외로움과 그리움 속에서 살고
있다. 이 소설의 공간적 배경이 되는 바이칼 호수의 장엄한 모습이나
침엽수 우거진 시베리아 묘사는 이국적인 정서를 한껏 고조시킨다. 최
석을 찾기 위해 딸 순임과 그를 사랑하는 남정임이 바이칼 호수로 오
고, 최석의 친구인 화자가 뒤따라온다. 그리하여 그들은 모두 바이칼
호수 근처 깊은 산 속 통나무집에서 만나 '최석의 죽음'이라는 파국의
자리에 함께한다.

송하춘의 「그 먼 나라를 알으십니까」는 잘못된 소문에 대한 진실
고백이라는 「유정」의 형식을 그대로 차용하지만, 이광수의 소설에서는
큰 의미를 갖지 못하는 '최석씨 부인'을 화자로 내세우면서 이야기를
전개하고 있다. 이 소설의 화자인 '최석씨 부인'은 자신이 바이칼 호
수로 여행 가서 젊은 애인의 손을 잡고 바람이 났다는 소문에 대해 직
접 해명하고 있다.

'최석씨 부인'은 어느 문학단체에서 가는 바이칼 호수 여행에 참가
하게 된다. '최석씨 부인'의 여행길은 최석 씨의 여정에 비하면 현대
적이다. 그녀는 시베리아 열차 대신에 비행기를 타고 이르쿠츠크 공항
을 거쳐 시베리아로 왔다. '최석씨 부인'에게 시베리아는 "알몸으로
꿈틀거리는 창백한 나무기둥들이 마치 외롭다 몸부림치는 어릿광대

들" 같은 자작나무 숲으로 각인된다. 그녀는 남시베리아 바이칼 호텔에 머물며, 방 안에서 신석정의 '그 먼 나라를 알으십니까'를 읽는다. 그리고 신석정이 말하는 "그 먼 나라"가 바로 시베리아 원시림임을 깨닫는다. '최석씨 부인'은 앙가라 강에서 바이칼의 전설을 듣고, 유배 마을의 한 통나무집을 방문하기도 하고, 바이칼 호수를 달리는 배도 타고 이르쿠츠크의 데카브리스트 기념관을 관람하기도 한다.

'최석씨 부인'은 현지 가이드인 몽골 대학생 바트 씨에게 마음을 빼앗긴다. 바이칼 호수 바람을 맞으며 난간에 서 있다가 바트 씨에게 손목을 잡혔을 때는 쌍화점까지 떠올리며 열정에 들뜨고, 바트 씨를 독점하고 싶은 욕망에 룸메이트를 질투하기도 한다. 이 소설에서 보여주듯, 이국으로의 여행이란 낯선 풍경과 낯선 사람에게 사로잡혀 열정에 들뜨는 특별한 경험이다.

송하춘은 이 작품의 주인공 아내의 입을 빌어 이광수의 「유정」에 대해 다음과 같은 생각을 전한다. "평생 자유라는 환상에 젖어 뜬구름만 잡다 간 사람. 혁명이라는 환상에 젖어 헛된 유배만 꿈꾸다 간 사람. 참다운 연애를 모르는 사람이 어찌 자유는 꿈꾸어요. 참다운 혁명을 모르는 사람이 어찌 감히 유배는 꿈꾸냐구요."라는 독백과 "고통 없는 사랑이 어떻게 아름다울 수 있나요? 사랑은 고난과 역경으로 치장된 유령과도 같은 존재랍니다. 이 세상 어떤 양심이 유배당한 사람의 아픔을 알겠습니까. 이 세상 그 어떤 도덕이 버림받은 사랑의 상처를 달랠 수 있겠어요"라는 대화는, 작가가 이 소설을 빌어 춘원의 「유정」에 대해 내리는 결론처럼 읽힌다. 이런 점에서 송하춘의 「그 먼 나라를 알으십니까」는 소설로 쓰는 '유정'론이 되며, 독자들은 소설을 읽으며 근대 소설이 태동되던 과거와 조우(遭遇)하게 된다.

3. 소설로 쓰는 '소설'론 - 이승우의 「전기수이야기」

이승우의 「전기수이야기」는 소설의 죽음이 선고된 전자 시대에 소설과 독자의 관계를 재조명해 보는 매력적인 작품이다. 「전기수이야기」는 우선 '소설'에 관한 인식을 소설의 형식으로 담아내는 메타소설이며, 작가가 오랫동안 관심으로 삼아왔던 소설과 소설가의 존재론적 문제를 인식론적으로 탐구해 들어간 작품이다.

『日蝕에 대하여』, 『세상 밖으로』, 『미궁에 대한 추측』, 『목련공원』, 『사람들은 자기 집에 무엇이 있는지도 모른다』, 『나는 아주 오래 살 것이다』 등 6권의 단편집을 발표한 바 있는 이승우는 이미 「도살장의 책」, 「肉化의 과정」, 「책과 함께 자다」에서 '소설의 죽음과 소설가의 운명'에 대해 천착한 바 있다. 「도살장의 책」에는 죽은 책들의 진혼의식을 거행하기 위해 도서관의 사서를 능욕하는 전직 도살자가 등장하고, 「肉化의 과정」에는 돈 때문에 사채업자에게 소설과 정조를 파는 소설가가 등장하고, 「책과 함께 자다」에는 마지막 독자에게 독자가 사라져버렸다는 고민을 털어놓은 후 자살하는 '책 배달 조합'의 '책 배달꾼'이 등장한다. 특히 「책과 함께 자다」에서 '5대째 손수 베낀 책을 들고 글을 아는 사람을 찾아 이곳저곳을 떠돌아다닌" '책 배달꾼'이 외로움과 모멸감을 견디지 못해 책이 가득한 방에서 자살을 하는 장면은, 소설가들이 직면한 위기의식의 극한을 섬뜩하게 보여준다.

「전기수이야기」에서 작가는 21세기에 한국에서 소설이란 무엇이며 소설가란 어떤 존재인가 하는 근원적인 질문을 던지고 있다. 이 작품에는 '서울, 21세기, 전기수'라는 사이트를 운영하는 아내와 실직자 남편이 등장한다.

어느 날 '나'는 부인의 요청으로 휠체어에 앉은 비쩍 마르고 왜소한 늙은 남자를 고객으로 만나게 된다. 처음에는 톨스토이의 '인생론'을 읽어주나 노인은 반응하지 않았고, 모멸을 느낀 '나'는 고객의 반응을 이끌어 내기 위해 이러저러한 잡다한 이야기를 하게 된다. 시간이 흐르면서 '나'는 수동적으로 단순히 정해진 책을 읽어주는 역할에서 능동적으로 이야기를 들려주는 역할을 하는 것으로 변모하게 된다. 그러면서 '나' 자신 역시 함께 변화하기 시작한다. '나'는 단순히 시간을 채우기 위한 이야기에서 벗어나 이제는 어느덧 자신의 속 깊은 내면까지 고백한다. 그러던 어느 날 노인은 외마디 비명을 지른 후 쓰러지고, '나'는 노인을 돌보는 여자를 통해 노인의 삶에 관해 듣게 된다. 노인은 30년 전, 고위공직자의 의문의 죽음과 관련되었다. 그는 '최고 실력자'였던 윗사람이 입을 다물고 있으면 언젠가 다시 불러주겠다는 말을 믿고 평생을 기다림으로 살았다. 그런데 그 '최고 실력자'가 죽었다는 뉴스가 나왔던 것이다. 한 달이 지난 후, '나'는 노인의 요청으로 노인을 다시 만나게 되고, 평생을 벙어리로 살아온 그의 웅어리진 이야기를 들어준다. 노인은 자신의 이야기를 끝낸 지 얼마 지나지 않아 숨을 거둔다.

이 작품은 '소설'에 관한 인식을 소설의 담론으로 담아내는 메타소설 형식을 띠고 있다. 작가는 소설의 형상이 드러내는 과정에 대해서, "머릿속에 있는 이야기는 이미지 덩어리로 존재하지, 그것을 풀어낸다는 것은 그 이미지에 육체를 부여하는 과정이야. 자잘한 세목의 연쇄가 이야기—육체이기 때문이지. 덩어리인 이미지를 세목으로 잘게 분리한 다음 사슬로 잇듯 일일이 연결"함으로 가능하다고 설명한다. 또한 소설의 존재 의미는 "누군가에 의해 말해지지 않으면 도저히 알 길이 없는, 길고 어둡고 놀랍고 뜨거운 이야기들이 우리 삶의 지표면 아래로 흐르고 있다는 사실을 잊으면 안 돼"라는 말을 통해 표현한다. 이미지에 육체를 부여하는 것이 소설의 형상과 관련된다면, 삶의 아래로 흐르는 이야기는 소설의 탄생과 관련된다.

또한 '전기수 역할을 하는 나'와 '이야기를 듣는 노인'을 통해 소설가와 독자의 커뮤니케이션 문제를 구체적으로 살펴볼 수 있다. 소설가는 소설을 발표했을 때 독자와 관련하여 "상대방의 끈질긴 무반응은 나를 거북하게 하고 어이없게 하고 불안하게 하고 굴욕감을 느끼게 하고 마침내는 자기연민에 빠지게 했어. 알아들을 귀가 없는 사람을 향해 무슨 말인가를 끊임없이 내놓아야 하는 일의 무의미함이라니" 하며 절망한다. 그러다가 소설가는 독자의 관심을 끌어내기 위해 적극적으로 대응한다. 소설가는 우선 이야기를 모으는 데 주력하고, 내용보다 중요한 것이 화법이라는 사실을 알게 된다. 독자와 소통이 가능한 상황에 이르자, 어느덧 소설가는 자신이 독자를 위해 소설을 쓰는 것이 아니라, 자신 스스로를 위로하기 위해 혹은 치유하기 위해 소설을 이야기함을 깨닫게 된다. 그리고 소설가와 독자의 소통이 정점에 이르렀을 때, 독자는 스스로 소설가의 역할을 하기 시작한다. 독자는 소설가의 이야기를 듣고 난 후 자신의 이야기를 하게 된다.

'전기수(傳奇叟)'란 조선시대에 일정한 보수를 받는 전문적인 이야기꾼을 말한다. 근대소설이 성립하기 전에 대부분의 독자들은 전기수나 구연자가 들려주는 이야기를 귀로 들었지만, 근대소설이 성립된 후의 독자들은 혼자만의 방에 고립되어 눈으로 소설을 읽었다. '낭독'이 공동체적이고 전근대적인 독서의 원리라면, '묵독'은 개인적이고 근대적인 독서의 원리였다. 그런데 이러한 근대적 독서가 어려움에 처하게 된 상황을 돌파하기 위하여 이승우는 들려주는 소설을 제안한다. 여기서 이승우의 「전기수이야기」는 소설로 쓰는 새로운 '소설'론이 되며, 독자들은 소설을 읽으며 소설가와 독자의 현재적 관계에 대해 사색하게 된다.

4. 소설로 쓰는 '이중 언어'론 — 고종석의 「이모」

고종석은 기자다운 해박한 정보와 다양한 사회적 문제를 예민한 언어감각으로 소설화하는 작가이다. 고종석은 『제망매』(문학동네, 1997)에 이어 『엘리아의 제야』(문학과지성사, 2003) 등 두 권의 단편집을 발표하였다. 고종석의 두 번째 단편집인 『엘리아의 제야』에는 기품 있는 삶에 대한 동경과 누이에 대한 사랑을 담고 있는 「엘리아의 제야」, 가족의 조건은 공통의 기억이라는 「누이 생각」, 아비의 사랑을 담은 「아빠와 크레파스」, 포르투갈 민요에 얽힌 어린 시절 친구들과의 우정을 다룬 「파두」, 미국인의 내면을 보여주는 「피터 버갓 씨의 한국일기」, 아내와의 사랑을 다룬 「카렌」 등이 실려 있다.

고종석은 특히 언어학자로서의 해박한 지식을 배경으로 언어의 문제에 관심이 많다. 「파두」는 같은 보육원에서 자라나 같은 초등학교 동기였으며 모두 대학에서 문학을 전공한 남자 두 명과 여자 한명의 이야기를 담고 있다 여자 아이인 미옥과 남자 아이인 경수는 입양되는데 반해, 유일하게 입양되지 않은 '나'는 신문사의 사환으로 일하며 학비를 벌었고, 장학금을 받고 대학을 다녔으며 신문사 직원이 된다. 뉴질랜드로 이민 가는 '나'의 환송회에서 미옥은 포르투갈 민요인 파두를 들려준다. 그리고 십 년 만에 한국으로 돌아온 내가 다시 미옥과 경수를 만나 사회문제에 대해 토론을 하며 서로의 생각이 많이 다르다는 것을 확인하지만 다시 이태원으로 놀러가면서 갈등이 봉합되는 것으로 소설은 마무리 된다.

파두의 의미가 숙명이라는 것을 듣고, '나'는 자신이 유년기의 숙명을 벗어나 중산층이 되었지만 뭔가 불편한 감정이 있다는 사실을 느낀다. 그리고 "문학이란 결국 말의 예술"이라며, 소설과 언어의 관계에 대해 말한다. 그리고 외국어와 모국어가 주는 질감의 차이에 대해서도, "대체로 외국어에는 모국어가 주는 만큼의 구체성, 육체성, 직접성이 없으므로, 그것은 느끼는 언어가 아니라 이해하는 언어이므로, 자기가 내뱉거나 휘갈긴 말에 대한 자신의 관련성이 엷어지는 듯한 느낌"(112쪽)을 받는다고 밝힌 바 있다.

고종석의 「이모」는 세계화 시대에 한국어와 영어의 관계를 재조명해보는 '소설로 쓰는 이중 언어론'이라는 점에서 독특한 작품이다. 인터넷의 보급으로, 이제 영어는 현실과 떼어놓고 생각할 수 없는 언어가 되었다고 할 수 있다. 아이들은 한국어와 거의 동시에 영어를 접하게 되고, 영어 능력은 개인의 능력을 가늠하는 절대적인 잣대로 부상하게 되었다. 고종석의 「이모」는 '언어'에 관한 인식을 소설의 형식으로 담아내고 있으며, 다음으로 작가가 오랫동안 관심을 갖고 있는 '이중언어(Bilingual)'의 문제를 적극적으로 개진하고 있다.

「이모」의 화자는 미국 뉴멕시코 주 앨버커키에서 '앨버커키 헤럴드'의 기자로 일하며 법대 진학을 준비하고 있는 20대의 여성이다. 그녀는 미국인 아버지와 한국인 어머니 사이에서 태어나 열 살까지는 한국에서 그 이후는 미국에서 살았기에, 한국어와 영어를 동시에 사용할 수 있는 이중언어 구사자이다. 그녀의 이모는 망원동의 옥탑방에 사는 시인으로, 서툴지만 조카와 의사소통할 수 있는 정도의 영어 실력을 갖고 있다. 그런데 흥미로운 것은 화자와 이모의 이름이 모두 '사라'이고 생일도 같은 날이라는 것이다. 이 소설은 "이모의 영어는 내 한국어만 못하다"로 시작하여 "내가 능숙한 한국어로 인사를 하면 이모는 어설픈 억양의 영어로 반길 것이다."로 끝난다. 한국어를 쓰는 시인인 이모 '사라'와 영어를 쓰는 기자인 조카 '사라' 사이의 공통점과 차이점이 바로 이 소설의 중요한 테마로 작가가 독자에게 전하고 싶은 메시지를 담고 있다.

작가는 이모와 조카의 공통의 이름이 '사라'가 된 연유에 대해서도 꽤 많은 지면을 할애하고 있다. 즉 이모가 태어날 때쯤 태풍 '사라'가 왔는데, 이모의 아버지는 이 태풍의 이름을 따서 아이의 이름을 '사라'라고 지었으며, 그리고 엄마는 이모의 이름을 따서 조카인 자신의 이름을 지었다는 것이다.

기자와 시인은 글을 써서 살아간다는 점이나 그 글을 읽어주는 독자를 상정하고 있다는 점에서 공통점을 갖고 있다. 그러나 기자의 생명이 정확한 의미 전달에 놓여 있는 반면, 시인의 생명은 언어의 소리와 질감에 놓여 있다. 언어학적으로 말한다면 기자에게 중요한 것은 기의인 반면, 시인에게 중요한 것은 기표이다. 또한 기자의 언어가 '소통'에 무게 중심이 있다면 시인의 언어는 '표현'에 있으며, 기자의 언어가 '이해'와 관련된다면 시인의 언어는 '느낌'과 관련된다. 그렇다면 시인인 이모 '사라'와 조카인 기자 '사라'는 기자이면서 동시에 소설가인 고종석 자신의 두 가지 정체성과 관련되는 것으로 보인다.

고종석이 정감을 갖고 있는 모국어의 단어는 '누이'나 '엄마'인데, 이 소설에서는 누이와 엄마의 이중적 이미지를 갖고 있는 '이모'가 선택되고 있다. "그녀는 이모, Emo 라고 쓴다. 내게 이모가 하나뿐이어서, 이모가 이모의 이름처럼 들린다. 사실은 그 이상이다. 내게 이모는, 정말, 이모의 이름이다. 나는 이모를 늘 이모라고 부른다. 그녀와 영어로 이야기할 때도 이모를 사라라고 불러본 적이 없다."라는 진술은 작가가 '기의'가 아닌 '기표'에 관심을 쏟고 있음을 드러내는 단적인 예이다. 고종석의 관심은 서사보다 언어에 놓여 있다.

이 작품에도 작가의 장점인 어원에 대한 설명이 등장하는데, 때로는 장황한 느낌을 주기도 하지만, 소설가이면서 언어학자인 고종석의 언어에 대한 박식함을 읽어낼 수 있는 대목이다. 고종석의 「이모」는 소설로 쓰는 '이중 언어론'이 되며, 독자들은 소설을 읽으며 소설가가 제시하는 미래의 언어 문제에 대해 숙고하게 된다. 과연 미래에 초국적 혹은 탈국적의 소설 쓰기가 도래할 것인가? 고종석의 의견에 동의하건 동의하지 않건, 분명한 것은 영어가 우선시되는 인터넷 시대에 한국어가 직면한 문제가 간단치 않다는 것이다.

5. 독자와 소통하기 위하여

소설의 위기와 종말을 논하는 담론이 광풍처럼 몰아치고 있다. 이 광풍은 진정될 기미가 보이지 않고 오히려 해가 갈수록 강도가 높아질 듯하다. 천정환은 한국소설을 읽는 독자에 관해서 "지난 연대(年代) 소설 독자의 이탈과 재구성은 2000년대에 이르러 돌이킬 수 없는 사실이 되고 있다. 상, 하위 계층 독자를 거의 잃어버린 주류 한국소설은 매우 폭이 좁은 계층의 독자들만 상대하는 것으로 보인다. 쁘띠부르주아 여성과 여학생 그리고 문학청년 이외의 문화 수용자들의 관심을 잘 끌지 못하고 있다."고 밝히고 있다. 작가들은 이제 소극적으로 독자들에 다가서기보다는 적극적으로 다가가야 한다. 물론 작가들 역시 양극화 현상을 나타내고 있는 듯이 보인다. 그들은 대규모로 대중화되거나 소수의 마니아층에 의해 존재할 것이다.

송하춘은 한국의 근대소설이 태동되던 지점으로 거슬러 올라가고, 이승우는 읽는 소설이 아닌 듣는 이야기의 가능성을 탐색하며, 고종석은 모국어와 영어라는 이중 언어 문제가 직면할 미래의 어느 지점을 상정하고 있다. 송하춘의 「그 먼 나라를 알으십니까」, 이승우의 「전기수이야기」, 고종석의 「이모」는 모두 현재 한국소설이 처한 어려운 상황을 돌파하고 독자들과 소통하기 위하여 새롭게 읽히기를 갈망하고 있다. 기존의 독자들을 다시 한국소설로 모이게 하기 위하여, 새로운 세대들을 인터넷의 바다가 아닌 문학의 샘으로 이끌기 위하여, 작가와 평론가, 그리고 문학교수들 모두가 지혜를 모아야 할 시점이다.